講談社文庫

島はぼくらと

辻村深月

講談社

島はぼくらと

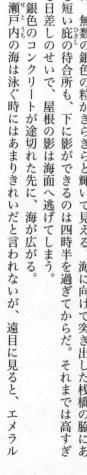

—I—

I

本土のフェリー乗り場はいつも、目が痛いほどの銀色だ。

夏はなおさら。

午後四時になっても翳《かげ》りを見せない太陽が、足下のコンクリートを灼《や》き、その上に、無数の銀色の粒がきらきらと輝いて見える。海に向けて突き出した桟橋《さんばし》の脇《わき》にある短い庇《ひさし》の待合所も、下に影ができるのは四時半を過ぎてからだ。それまでは高すぎる日差しのせいで、屋根の影は海面へ逃げてしまう。

銀色のコンクリートが途切れた先に、海が広がる。

瀬戸内《せとうち》の海は泳ぐ時にはあまりきれいだと言われないが、遠目に見ると、エメラルドグリーンとしか言いようのない色が濃淡をつけながらひたすら続く。中に、ぽつりぽつりと、お椀《わん》を逆さまにしたような緑色の島影が浮かぶ。

池上朱里《いけがみあかり》の住む冴島《さえじま》は、本土にフェリーの高速船で片道四百五十円、二十分ほどの距離。フェリー乗り場からは、ぎりぎり、見えない位置にある。

「おっそいね、新《あら》たち」

朱里の横で、ともにコンクリートに座り込んだ榧野《かやの》衣花《きぬか》が言う。

お母さんが通販してくれたという折りたためる麦わら帽子《ぼうし》は、つばが広くて、まるで女優のバカンス用だ。その上、うっすら赤く色がついたサングラスまでしている。そして、制服に似合わない帽子もグラサンも、この子にかかるとそのミスマッチまで含めて、おしゃれな印象になってしまう。サングラスが載せられた鼻は、鼻梁《びりょう》がすっと高く、肌の色も真っ白。眉《まゆ》は形を控《ひか》えめに整えられ、ふっくらとした唇《くちびる》は、グロスもつけてないのにぷるぷるだ。

レンズの向こうに隠れた瞳《ひとみ》は、カラコンよりも自然なシベリアンハスキーみたいな色素の薄いグレーで、「そのせいで目が日焼けしやすい」と冗談とも本気ともつかないことを言っていた。

帽子とグラサンなんて芸能人気取りに見えるよ、と前に言ったら、衣花は笑って「島に帰る時なんて、どうせ朱里たちにしか会わない」と唇をすぼめた。

髪は、ゆるやかな焦げ茶のウェーブヘア。天然だけど、縦ロール気味のパーマにも見える。

知らないブランド名のついた衣花の帽子は、実は二万円近くするはずだと、島のIターン青年、本木《もとき》が言っていたが、朱里は驚かなかった。衣花の家は、もともとそういう家だ。かといって、ほっかむりのように今朱里が頭に載せたスポーツタオルと同様に、衣花は高価な帽子のまま海に飛び込むことにも抵抗がない。高価な帽子の表面には、いつも白く乾いた塩が浮いている。

「おおーい、待って！」

声が遠くで聞こえ、朱里と衣花は顔を上げる。

乗り場に横づけされたフェリーが吐き出すエンジン音が、一段と大きくうなり始めた。そろそろ出発という合図だ。目の前に作られた、乗り込む人の列が動き出す。

券売機のあるフェリー事務室から、矢野《やの》新が顔を出した。全速力で走ったのだろう。シャツが汗に濡《ぬ》れ、ネクタイがよれよれだ。かけた眼鏡《めがね》も斜《なな》めに曲がっている。

「遅いよ、新！」

頭にかぶったタオルを取りながら朱里が叫ぶと、新は口を真一文字にしてさらに走る。バランスを崩し、肩にかけたスポーツバッグから中味がコンクリートの上にぶちまけられた。それを見て、衣花が息を吹きかけるような声で「あらら……」と呟《つぶや》く。

フェリーに吸い込まれていく人の列が、そろそろ途切《とぎ》れる。「ああっ」と声を上げながら教科書やシャーペンをかき集める新に向け、船の横で切符や定期券の確認をしていた乗務員が、「おいっ、新！」と怒声を飛ばした。高校への三年間の通学で、島の子どもたちは、すっかり彼と顔馴染《かおなじ》みになる。

「急げ！　ダッシュしろ、ダッシュ。根性見せろ」

「すいませぇん」

おたおたとバッグを元通りに直す新の背後から、涼しい顔をした青柳源樹《あおやぎげんき》が現れたのはその時だった。熱いコンクリートの上にへばりついた友人を前に、「何してんの、お前」と目を細める。

自分も間に合うかどうかギリギリだったくせに、こちらは焦った様子もない。細い首にかかった茶髪をかきあげ、だるそうに肩をまわす。金に近い髪の色も、シャツを全部出した制服の着崩し方も男子のピアスも、全部、島で最初にやり始めたのは源樹だ。それをかっこいい、と真似《まね》しようとした中学生たちを、大人がみんな「あんなのは、青柳の息子だけでいい」と止めているのを見て、朱里はちょっと複雑な気持ちになった。

源樹の家は、民宿や旅館しかなかった島で、唯一リゾートホテルと呼ばれる宿泊施設を経営している。その裏のゴルフ場も、神戸《こうべ》にある有名なホテルから引き抜いてきたというシェフがいるレストランも、島が紹介されている観光雑誌の一番の呼び物になっている。親に連れられての東京《とうきょう》から島への移住を、源樹が「親父《おやじ》のエゴまみれロハスに巻き込まれた」と言っているのも聞いたことがあった。

落ちた新の教科書を手に取り、つまらなそうにぱらぱらめくる。顔を上げた新が「ありがと」と手を伸ばして受け取ろうとするのを無視して、思いっきり海の方に投げる――真似をする。新が絶望的な「ああっ！」という声を上げるのを、面白そうに流してフェリーの方に駆けてくる。「待ってよ」と新が追いかけた。

「ふざけてないで、早くしなさいよー！」

衣花が口元に手をあてて呼びかける。

人口三千人弱の島に、中学校まではあるものの、高校はない。朱里たち島の子どもは、中学を卒業すると同時にフェリーで本土の高校に通うことになるわけだが、その時に、諦《あきら》めなければならないことがあった。

海辺の道を流すように、ユニフォーム姿の高校生たちがランニングしていく。袴《はかま》姿《すがた》の弓道部や、ラクロスのスティックを手にしたクラスメートたちの姿が、遠くに小さく見える。高校からは結構距離があるのに、こんな所まで走り込みに来るんだなぁと、その姿を眩《まぶ》しく感じる。

朱里と、衣花、新、源樹の四人は、ともに冴島で育った同学年で、高校二年生だ。

そして、本土と島を繋《つな》ぐ最終便の直通フェリーは午後四時十分。

そのせいで、島の子どもたちは部活に入れない。


夏休み直前、七月半《なか》ばの船内は混み合っていた。

夏は観光シーズンで一番のかきいれ時だし、Iターンの人たちも帰省の関係で島との行き来が活発になる。

それでも八十席近くある席がなくなってしまうことはないだろうからと、朱里たちはいつも、焦らず、並ばず、少しでも日陰になっている桟橋の隅っこに、フェンスを背に座り込んでフェリーを待つが、今日は四人まとめて座れるような場所がどこにもなかった。仕方なく、二階のテラスに出る。「お父さん、あっち」と船の先を見に行った親子連れが空けてくれたベンチに腰かけると同時に、バッグの中味を確認しながら新がため息をついた。

「間に合ってよかったぁ」

「お前、だから部活諦めろっつってんだろ」

つっけんどんな口調で源樹が言う。手にした世界史の教科書を、今度こそ新に返しながら。

「授業の後、どうせ三十分しか出られないんだから、出たって意味ねぇだろ。しかも運動部ならともかく文化部。そこまでやりたいって情熱があるわけじゃないんだろーし」

「そんなことないよ。演劇部、中学の頃から憧《あこが》れだったたし、うちの高校、力入れてるし」

「だからこそ、たった三十分出られたところで意味あるのかしらって思うけれど」

衣花が、風で飛びそうになる帽子を押さえながら小首を傾《かし》げた。ＳＰＦ50、と書かれたバラのマークの日焼け止めを手のひらに出し、「はい、朱里も」と貸してくれる。

「みんなが練習してるところを毎度抜けなきゃいけないわけでしょう？　朝練にしたって、フェリーは始発が八時過ぎじゃなきゃないんだし、リハーサルを通しで稽古《けいこ》することだってできない。みんな、新の入部を表向きは快《こころよ》く受け入れているように見えるかもしれないけど、去年の演劇コンクールだって、小道具作るくらいでほとんど参加できなかったんでしょ？　それ、意味ある？」

「でも、だって……」

「言いすぎだよー。新だって楽しいから入ってるんでしょ。入ってる意味はあるよね？」

さすがにかわいそうになって、朱里が口を挟《はさ》む。衣花から受け取った日焼け止めを腕に薄く伸ばしながら言うと、新が「え、と」と俯《うつむ》いた。

「母さんたちが、クラスの外にも友達作った方がいいって、言うから」と、やがてしどろもどろな口調で答えたのを、「真面目《まじめ》！　真面目かよ！」と源樹が茶化した。

「そんなんで毎回フェリーに乗るのギリギリになってりゃ世話ねえよ。お前のせいで、何回出発遅れてると思ってんだよ」

「でも、今日は源樹も遅刻だったよね」

朱里が言う。

最初の島を横切る頃、フェリーは加速して、エンジン音が大きくなる。背後の白波が高くなるのを感じながら、その音に負けまいと声を張り上げた。

「しかも新と違って焦った様子もないし、あっちの方がふてぶてしくて態度悪いよ」

「あ？　だって、どうせ新が走ってるの見えたし、あいつがフェリー止めといてくれたら、俺は焦んなくてもいいだろ」

「――立山《たてやま》はるかさん、でしょ？」

衣花の声に、にやついていた源樹の顔が凍《こお》りついた。「知ってるよ」と衣花が意地の悪い笑みを浮かべる。

「一年五組の立山さん。今日、源樹に告白しようとしてたって話だけど？　だから源樹は帰りが遅かった」

朱里はびっくりして源樹を見た。立山はるかの名前と顔は知っている。一つ下で、学年を束ねる委員長を務めている。彼女から「青柳先輩って彼女いるんですか?」と、衣花と二人、昼休みに待ち伏せされたのは、まだ今月初めのことだ。

その時、衣花は「へええ」と驚いたふりをしながら、微笑《ほほえ》んで、「源樹が好きなの?」と楽しむ様子で聞き返していたが、朱里は、「彼女、いないと思うよ」と答えながらも、内心は複雑だった。

源樹のことが好きだから、というわけではないと思う。たぶん。

だけど、一抹《いちまつ》の寂しさを感じたのは否《いな》めない。狭い島の外にひとたび出れば、それまで自分たちとだけしかつきあうことのなかった友達にも、別の世界ができる。頭ではわかっていたつもりが、源樹が急に遠いところに連れて行かれるような気がした。

彼女がいない、と聞いて、「よかったぁ」と一緒にいた友達と手を取り合っていた立山はるかは、「先輩たちはどうなんですか」と、特に衣花の方を気にする様子で尋ねていた。

「いつつも四人でいますよね。榧野先輩か池上先輩、どっちかが青柳先輩の彼女なんじゃないかって、気にしてる子、いっぱいいます。どう思ってるんですか?」

「うーん。青柳源樹って、お寿司屋《すしや》の大将みたいな名前よね」と優美な笑みを浮かべる衣花の横で、朱里は、ははは、と乾いた笑いを浮かべて、その場をやり過ごした。

中学時代、源樹は、衣花が言ったように、寿司屋みたいな名前、と言われ、そして、だから島の網元のお嬢さんである衣花と結婚すれば素材も調達できてちょうどいい、とからかわれていた。源樹はつまらなそうに、その時はただ、自分の名前が嫌いだ、とだけ言っていたと思う。

〝親父のロハスに巻き込まれ〟、〝連れてこられた〟、Iターン組の源樹が、島の中で浮き上がるような存在であることには気づいている。ただ、通学の行き帰りが同じというだけの縁で自分たちと〝いっつも四人でいる〟と見られていることを彼がどう感じているのか、朱里はあまり考えたくなかった。

そっと、自分の肘《ひじ》を見る。

日に焼けやすい地黒の肌は、日焼け止めを借りたところでもう諦めているし、衣花のようなあまりに立派な美少女のお手本を横に育ってしまうと、女らしいおしゃれについて考えるのもバカバカしくなる。ショートカットの髪を伸ばそうと考えたことも、物心ついてからは一度だってない。

「うるせーな」

源樹があわてたように早口になる。衣花と朱里に向け、大きく首を振った。

「別にどうだっていいだろ。衣花、お前、ほんっとふざけんな。こんなとこで言うことか？」

彼にしては珍しく動揺したように見えて、なんとなく、思ってしまう。きっと、衣花に誤解されたくないのだ。露骨に顔をしかめた源樹に、新が「ええっ！ どの子、立山さんて」と声を上げる。

源樹が彼女にどう答えたのか。聞くのが、怖かった。

気乗りしないけれど、一緒に盛り上がらなければいけない気がして「かわいい子だったよね」と言ってみる。すると、思いがけず源樹が「え？」と朱里の方を向いた。心臓がどきりとする。そのまま、源樹が首を傾げた。

「そうか？ 学年で中心張るような女子って、つれてる女はかわいいけど、自分イマイチなこと多くない？ 確かに気は強そうだけど。あれ、なんでだろうな」

「うわー」

「うわー！」

新と衣花がほぼ同時に非難の声を上げる。

「感じ悪い。モテる男の、上から目線」

「なんだよ、ホントのことだろ」

「じゃ、断ったの？ 立山さんのこと」

尋ねる時、胸がドキドキしていた。源樹が嫌そうに「ああ？」とこっちを見て、それから渋々「ああ」と頷《うなず》いた。

新がふむふむと頷く。

「まぁ、四時には帰らなきゃいけない生活じゃ、つきあうって言ってもなんだかなあって感じだよね」

「だいたい、顔だけだったら、衣花とかのがよっぽど整ってるだろ」

オマケのように源樹が告げた言葉に、息が詰まる。けれど、驚いたのはそのさらに後だった。

島の中でも、本土で高校に入ってからも、昔から容姿を褒《ほ》められ馴れているはずの衣花が「え」と一瞬――、束《つか》の間、表情を失ったように見えた。それをなぜと思うより早く、源樹が「ま、中味はサイアクだけど」といつもの軽口を叩く。衣花がすぐに表情を取り戻し「ひっどーい」と彼の肩を叩いた。

「ほんと、ひどい」と、あわてて流れに乗っかりながら、朱里は、帽子がわりのスポーツタオルを、頭に深くかぶり直した。

2

「ね、ね。それより、あれ。あの人の着てるTシャツの柄、アシークのアルバムジャケットじゃない?」
話題を逸《そ》らす――というほどの気持ちもなかったろうけど、新がふいにデッキの前方を指さした。

見ると、のそっとしたシルエットの若い男性が一人、前方のベンチに座っていた。背が低く、太っているというほどじゃないけど、少しぽっちゃりとしている。ロシアのお土産《みやげ》、マトリョーシカをなんとなく思い出す。テレビで観る芸能人がかけるような、フレームが太い、水色の眼鏡をかけていた。

知らない人だ。

何か、雑誌らしきものを読んでいる。厚い前髪が斜めに顔にかかっていた。新の言うそのTシャツの柄は、ここからではしっかり確認できないが、どうやら外国人の女性の写真がプリントされているようだ。

朱里が尋ねた。

「アシークって？」

「知らない？　二百年に一人の歌声って言われてるイギリスの歌姫で、最近だと映画にも出てて」

「知らねー」と源樹が言うのと、Tシャツの男が「あっついな」とシャツの胸元をつまみ上げるのが同時だった。

男が、こちらに気づいた。

立ち上がり、こっちに向けて手を上げる。穏やかな声で「ねえ、君たち」と近づいてきた。

冴島は、Iターン、Uターン、観光客含めて、大きさの割りには人の出入りの多い島だ。朱里たちも、知らない相手に話しかけられることには馴れている。

「君たち、冴島の子？」

「そうですよ」と答えたのは、衣花だった。

男が読んでいた雑誌が、その時、風に煽《あお》られ、表紙が見えた。知らない外国人のモデルと、英語。日本ではなく、海外のファッション雑誌か何かのようだった。「おっと」と呟いて、男がページを押さえる。そして聞いた。

「さっき、このTシャツのこと、話してなかった？」

新が頷いた。

「アシークのアルバムジャケットじゃないかなって、話してました。すいません」

「そうなんだ？　好きなの？　ま、確かに彼女が広く日本《にほん》に認識されるようになったのって、このアルバムからだからね。僕は、それより前の『リフレイン』の頃の方がよくて、そこが最高点だと思ってるけど、確かにここから急に一般人にわかるようにキャッチーになった。まあ、プロデューサーがヨハンからマイクになったのがこの時点だからっていうのが理由なんだけど、今振り返ってみると、デビュー前に彼女がレコード会社に持ち込んだ『ラシット』って曲がやっぱりまだ誰の手も入らない神の領域だったよ。お蔵入りになってるから、多くの人が聴けないのが残念だけど」

男が、一気に早口で話す。目がちらっと衣花と朱里を見た。身体《からだ》の角度だけ新の方に向けて、なおも続ける。

「だけど、びっくりしたなぁ。こんなところで彼女のことを知ってる子に会うと思わなかった。どうして知ってるの？」

「音楽は好きなので。彼女、有名ですし」

「へえ、じゃ、『ラシット』って曲の存在くらいは知ってる？ 僕、実はロンドンに留学してた頃、つてがあって彼女のライブにかなり出入りしてて、そのせいで彼女が映画の関係で来日した時にもつてで挨拶《あいさつ》に行ったことがあってさ。映画は確かにいいけど、君の本質じゃないねって話しかけたら、そんな辛辣《しんらつ》なこと言う失礼な奴は僕くらいのもんだったらしくて、苦笑しながら『正直ね』って言われた」

「あの……」

「あ、僕、こういうもんなんだけど」

男が、下げていた鞄から名刺入れを取り出す。無地の金属ケースに、朱里でもかろうじて知っている洋楽ロックグループのステッカーが貼ってある。「はい」と渡された名刺に『作家・霧崎《きりさき》ハイジ』とあった。

「作家？」

新の手に渡された名刺を全員で見て、それから尋ねる。男は口端をにっと引いて「そ」と頷いた。

男が小さく胸を張る。

「ま、尤《もっと》も僕の仕事はほとんどがゴーストだから。ゴーストってわかる？　作家の名前は別で、中味だけ代わりに書く仕事をそう言うんだけど、書いたものの名前を言えば君たちもたぶん知ってると思うよ。この間、ドラマになったし。あ、でもこっちの局じゃやってないかな。どっちにしろ、元の作家との契約があるから、どのタイトルかは明かせないんだけど」

一気に捲《まく》し立てられる情報の量に、朱里は圧倒され、言葉を挟めなかった。新が「へえ」と言ったきり、唖然《あぜん》としていいのか、感心していいのか、迷うような表情を浮かべている。衣花と源樹の二人は、新が受け取った名刺にちらっと視線を落とすだけだ。

「冴島には観光ですか」

気を取り直すように聞いた新に、霧崎が「いや、なんていうの、Iターン」と答えた。背後に置いたキャリーつきのバッグを見せ、「住みにきた」と言うのを聞いて、反射的に、えっ！　と思った。

Iターンで来る人たちにも、いろんな人がいる。

子育てしながら家族で来る者、夫婦二人世帯やシングルマザー。独身者が一人で移住し、島でIターン同士カップルになって結婚することも多い。

島に来る若い人たちの職業には、パソコンさえあればできるデザイナーとか、作家という言葉を聞くことも多い。Iターンの移住が増えてから、島の漁業組合や農協のサイトがきれいになったり、ネット通販の仕組みが手軽になったりした。それらも、ほとんどがIターンしてきたウェブデザイナーの仕事だ。観光客が劇的に増えたのだって、Iターンが個人でやっている旅行代理店がネットで島旅行を気軽に計画して売るようになってからだ。

その一方で、ネットや電話を通じて都会と繋がり、仕事する人たちは、めちゃくちゃ忙しそう、という場合はほとんどない。それもそうかもしれない。どの職業だって、売れっ子は、顧客と頻繁《ひんぱん》に顔を合わせて打ち合わせをしなければならないだろうけど、島暮らしを選んだ以上は、その必要がないということだ。

ほとんどのIターンは、島の漁師を手伝って網を引いたり、時季になるとみかんや柿の収穫を手伝ったりしている。長期の仕事はないが、Iターンの年収は、本業とバイト合わせて、年単位で見れば暮らしていけるぐらいのものにはなるらしい。住んでいる空き屋の家賃は、貸し主が家を寂れさせたくないという気持ちで、誰かに住んでもらえるならと、ほとんど無料に近い状態で貸していると聞くし、島の暮らしは、生活費もぐっと抑えられるせいで、都会で暮らすより、収入が減ってもずっと豊かなのだそうだ。

〝作家・霧崎〟に差し出された名刺をしげしげと眺めながら、ふと思い出して「そういえば、前川《まえかわ》さんも作家だって言ってたよね」と朱里は新に言った。

「漫画の原作書いてるって、見せてくれたことあったよね」

「嘘《うそ》。なんて漫画？」

霧崎が尋ねる。彼の目つきが少し鋭くなったように感じた。

うろ覚えなタイトルと雑誌の名前を告げると、霧崎が「ああ」と鼻息を一つ洩《も》らしてから、「知らないわけじゃないけどね」と頷いた。

「あの人って、冴島にいるの」

「他にも、陶芸家とか、絵本描いてる人とか、いろんな作家さんがいますけど」

霧崎が不愉快そうに「ああ、ごめんごめん。僕はそういうんじゃないから」と大袈《おおげ》裟《さ》に首を振る。

「……霧崎さんは、どうしてうちに？」

それまで黙っていた衣花が尋ねた。冴島を〝うち〟と呼ぶ響きがことさらはっきりと響き、その声に霧崎が衣花を見た。そして答える。

「僕は、そんな島暮らしを取材にね」

持っていたキャリーつき旅行バッグが、船の揺れに合わせて大きく動いた。霧崎が「おっと」と声を上げて押さえる。太陽の光に照らされて、表面が白くさえ見えたバッグの表面は、よく見ると灰色のクロコダイル柄だった。

この島にいる作家の中で、彼のように、テレビドラマの原作になった、というような話は聞いたことがない。霧崎は確かにお金持ちなのかもしれない。

霧崎が、「あ、でさ」と急に顔の向きを変えた。朱里たちの顔を順に見る。

「君たちは、生まれも育ちも冴島なの？　それともIターンしてきた家の子だったりする？　小学校や中学校は、冴島内？」

「こいつだけ途中からで、他はみんな冴島生まれですけど」

霧崎の口から出た〝取材〟の言葉にやや警戒した様子になりながら、新が答える。霧崎が「じゃあさ」と口調を改めた。

そして、尋ねた。

「中学校でも、小学校の時でも構わないんだけどさ。学校の文化祭とか学芸会で、劇ってやった記憶ある？　または、やることになってる劇とか、学校に伝わってる演劇、とか」

「劇？」

新と朱里、両方の口から同じ言葉が衝いて出て、二人で顔を見合わせる。衣花も怪《け》訝《げん》そうな表情を浮かべた。甲板《かんぱん》のベンチに肘をついて半分寝そべっていた源樹でさえ、微《かす》かに視線を上げた。

「そう、劇」

と答えた霧崎の目が、朱里たちから逸れた。

その仕草が少しわざとらしかった。と同時に、直感する。この人は、最初からこのことが聞きたかったのかもしれない、と。横の三人もそう思ったらしいことが、気配で伝わってくる。

不自然な問いかけをした霧崎が、なんということもないように、さらに早口になる。

「何かした覚えある？　ちょっと珍しいストーリーだったとか、おもしろい演目だったとか」

「劇は何回かやりましたけど、別に普通の演目ですよ。特に有名ってわけでも珍しいわけでもない、〝おおきなかぶ〟系の話とか」

「おおきなかぶ？」

大きな蕪《かぶ》を引き抜こうとして、応援をどんどん呼んで、だけどなかなか抜けません、というあの話だ。霧崎の顔に落胆するような表情が一瞬浮かぶ。さらにもう一押し「心当たりない？」と尋ねる。

尋ね方が下手だ、と朱里でもわかった。さりげないふりをしたかったろうに、こう言った。

「誰か、有名な作家が書いた幻《まぼろし》の脚本とか、そういうの」

「幻の脚本？」

随分と大仰《おおぎょう》な言葉だ。鸚鵡《おうむ》返しにされ、霧崎の顔に、はっとした表情が浮かんだ。

「知らないならいいけど」とそそくさとつけ加える。

「もし何か思い出したことがあったら、連絡くれる？　名刺にあるの、それ、僕の携帯番号だから。なんなら、友達にも聞いてみて。それとも、島の大人の祭りとか、商工会？みたいなところの行事で劇やることになってるとか、なんか、そういうのもあったら教えて」

「はあ……」

「それから、君」

すでに渡していた新以外の全員に名刺を渡し、最後に新をくるっと振り返る。

「アシークの『ラシット』、もし聴きたいんだったら、連絡してくれれば探せると思うよ。門外不出のメロディーだから、僕も知り合いのつてを頼るところからになっちゃうけど、不可能ではないから」

「あ、いえ」

「遠慮することないのに」

「あ、いえ、本当にいいです。聴いたことあるから」

新の答えに、にこやかだった霧崎の頰《ほお》が固まった。

「え。……どこで？」

「日本では販売されなかったですけど、本国の方じゃレーベルがネットで音源として販売してて、そこで普通に買えましたけど……。あの、正直、今出てるアシークの他の曲の原型の原型って感じで、あんまりよさがわからなかったんですけど、あの、霧崎さんは『ラシット』のどこが……」

「あっそう！」

新の口調に、含むものはなさそうだった。

けれど霧崎は鼻息荒く、一言呟くと、そのまま「じゃあ、何かわかったらよろしく！」とキャリーバッグを引き、朱里たちに背を向けた。一階の席に、そのまま降りていく。途中、重たそうなバッグに引きずられてバランスを崩し、手すりにぶつかりそうになっていた。

「なんだ、あれ」

終始静かだった源樹が、霧崎が消えていった方向を眺めて目を細めた。

「つてでライブハウス出入りしてたって、それってつまり、ライブに行ったたってだけの話だろ？　なんだよ、あれ」

「あの趣味の悪いキャリーバッグをこんなとこまで引きずってこなくてもねぇ」

衣花がため息を吐いた。

「大きい荷物は入り口の荷物置き場に預ければいいのに。あんなフェイククロコのビニールバッグ。それともよほど大事なものでも入ってるわけ？」

「あれ、ニセモノのクロコなの？」

「ええ」

「ブランドもの？」

「ブランドっていうか、メーカー？　姫路《ひめじ》の駅ビルにだって入ってるような、ファストファッションのメーカーをブランドって称するならばブランドだけど」

「ふうん」

朱里は手元に残された、作家・霧崎ハイジの名刺を覗き込む。

「読んだことある？」

新は、演劇や映画のＤＶＤをよく観ているし、本だって、島の誰より読んでいる。尋ねると、困ったように「ない」と首を横に振った。

「幻の脚本って、聞いたことある？」

と尋ねても、同様に「知らない」と答える。

「だけど、なんだろ。有名な脚本家って、たとえば、友野《ともの》サダノリとか響野京平《ひびきのきょうへい》とかかな。だとしたらすごいけど」

朱里は「ふうん」と頷いた。同じく「誰それ？」と興味なさそうに尋ねる源樹に「知らないの!?　あのドラマの……」と新が説明を始める。

著名な脚本家が書いた、幻の脚本。

夢みたいな言葉だが、不思議と、そういうこともあるかもしれない、とも思う。人の出入りが激しい冴島にそういう人がいた時期も、確かにあったのかもしれない。

フェリーのエンジン音が低くうなり、波に煽られた船体ががくん、と速度を落とす。山が半分削られたような、砂地の島を両脇に二つ過ぎた向こうに、冴島が見えてくる。

本土から見える、青いお椀を逆さまにしたような島とは対照的に、この島は、砂浜に沿って輪郭《りんかく》を濃くはっきりと引いたような印象の、黒い島だ。

冴島は、火山の島だ。

百五十年周期で活動すると言われる火山、冴山《さえやま》を中心に、人家と田畑、海が広がる。何十年も前に山から吐き出された溶岩が、そのたび、大地の色と、地形さえ変化させてきた。

朱里たちの暮らす場所の土は、他の島よりも本土よりも、ずっと黒い。

3

島のフェリー乗り場の地面は、本土のものと違って、常に濡れている。島に行くお客さんを送り出す、真夏のプールサイドのようなあの銀色の雰囲気はなく、海や魚、汐《しお》の匂いがむっと立ちこめている。同じだけの日差しがこちらにも降り注《そそ》いでいるはずなのに、島の海岸線は、どこも全部、乾く間もなく水の気配でいっぱいだ。本土の海は、陸と海が明確に線が引かれたように分かれているけど、島の海は、堤防やコンクリートを境目とも思わずにやすやすと乗り越えてくる感じがする。

冴島は、内側に〝湾〟と呼ばれる海を丸く三日月形に抱くようにした地形だ。湾の北と南にフェリー乗り場が一つずつ。朱里たちは、ともに、先に着く南側で降りる。

「衣花ちゃん、朱里ちゃあん」

フェリーから降りてすぐ、声が呼んだ。

顔をあげると、乗り場のすぐ前の道に、自転車を引いた蕗子《ふきこ》親子の姿があった。山道、坂道ばかりの地形に対応した電動自転車の後ろに、保育園の園服を着た娘の未菜《みな》が座って、こちらに手を振っている。ハンドルの両端に、加藤《かとう》商店の、日用品と食材が詰まった買い物袋が下がっていた。

「ただいまぁ！」と衣花が手を振り返す。

ぶんぶんと激しく手を振る未菜の横で、自転車を引いた母親の蕗子がさらに「おかえりなさい」と声を張り上げた。荷物を手に、朱里と衣花は、一緒に親子の方へ歩いて行く。

フェリーの入り口は、大きな荷物を乗組員が下ろして手渡してくれるのを待つ人の列がまだ続いていた。

その横を「じゃあな」とそっけなく手を振って、源樹がさっさと抜けていく。ひとたび島に着けば、源樹は自分たちとは離れて、すぐにどこかに行ってしまう。「あ、じゃあ、俺も」と新も手を振り、源樹とは別々に歩き出した。

「こんにちは、未菜ちゃん」

朱里が言うと、未菜がかぶっていた園の黄色い帽子に恥ずかしそうに手を添える。顔を隠し、舌足らずな声で「うん」と言った。蕗子が苦笑しながら、未菜の帽子をそっと顔が見えるようにずらす。

「朱里ちゃんにこんにちは、は？」

えー、と首を傾げた未菜は、曖昧《あいまい》に笑って応《こた》えない。「ごめんなさいね」と蕗子が謝った。

夏でも白く、美しい腕をした蕗子の細い身体を見ると、とても一児の母には見えない。無造作《むぞうさ》に束ねた髪がさりげなくつやつや光っていることとか、まっすぐな姿勢や、頬に柔《やわ》らかく散る薄い色のそばかすとか、蕗子の前に立つたび、朱里は彼女をとてもきれいな人だと思う。洗いざらしのシャツとジーンズ姿でも、ナチュラル系雑誌のモデルか女優みたいに絵になっている。

そのお母さんに頬を撫《な》でられ、くすぐったそうに目を細めた未菜は、お母さんのキレ長の一重の目と違って、くっきりとした二重だ。くりくりと大きな瞳を動かし、「朱里ちゃん」と、また呼びかけてくる。

二歳になる未菜は、この島で生まれた。

まだおなかが大きくなり始める前に冴島に一人でやってきた蕗子は、島の西側に広がる高台で暮らし始めた。Iターンしてきて、今年で三年。俗に言うシングルマザーだ。

島はシングルマザーと相性がいいのだと、蕗子がいつだったか言っていた。

実際、冴島にはIターンのシングルマザーが多く、役場庁舎の横にある冴島保育園には、お迎えの時間になるといろんな母親がやってくる。その多くが、自分の実家や元夫の繋がりではなく、誰も知り合いのいないここをメディアや口コミを通じて知り、問い合わせ、そして越してきた母子家庭のお母さんたちだ。税金や生活費が安く済むことや、保育園や補助金などの子育てに必要な環境が整っていることを知り、それまでの暮らしを捨てて、ここに来た。

冴島は、Ｉターンの多く住む島だ。

大きな市に吸収されることなく、島を島のまま、冴島村として残した今の大矢《おおや》村長の方針で、島は、朱里たちが生まれる前から、Ｉターンの人たちを多く受け入れてきた。

自治体の生き残りをかけて、と言われても、朱里たちにはいまいちピンと来ない。けれど、島から出て行った人、亡くなったお年寄りの残した家などを、本土の人に安価で貸し出し、空き屋に住まわせる事業もあるし、税金が安くて、仕事を積極的に世話する仕組みがある島だと、テレビの報道番組などでもよく紹介されている。

朱里の母親たちの年代の頃はまだ、昔からの島民と新参者の間に随分軋轢《あつれき》があったらしい。今もそれがまったくないわけではないけど、朱里たちは、Ｉターンが冴島の日常になってからの第二世代だ。

島で言う〝Ｉターン〟は、行為を指すのではなく、立場を指す。「あの家は、Ｉターンだから」というように。そう広くはない島の中には、Ｉターンの者だけで作る連絡会や組合や、様々な立場の人が、地域ごと、まだら模様のようにそれぞれコミュニティを作っている。

そして冴島は、Ｉターンの島であると同時にシングルマザーの島でもあると言われる。これも、大矢村長の方針だ。彼女たちが子どもを連れてくることで、人口は若返り、島は活気を失わずに済んでいる。


未菜が首をてこてこ振って、船の方向を示す。

「おふね、青い」

「あ、ホントだ。乗ってると気づかなかった」

衣花が大袈裟に頷いてみせる。

女の子には珍しく、人形よりは船や車、乗り物が好きだという未菜にせがまれ、蕗子親子は、毎日、保育園の帰りにフェリー乗り場までやってきて、自然と朱里たちとも顔を合わせる。冴島に来るフェリーの船体に、赤いラインが引かれたものと青いラインのものの二種類があることも、未菜に言われるまで、朱里たちは誰も気づかなかった。

「そうだ、明実《あけみ》さんから、桃の瓶詰めのお裾《すそ》分《わ》けをもらった。ヨーグルトに入れるとおいしいんだってね。どうもありがとう」

「あー、うちのおばあちゃんとお母さん、毎年大量に作るからぜひもらって。フキちゃん、たくさん押しつけられて迷惑じゃない？　ごめんね」

「迷惑なんかじゃないよー」

蕗子が笑う。

「もし、食べきれなかったら本木くんのところに持っていこうかな」と、仲がいいIターンの名前を口にする。

蕗子と朱里の母親である明実は、同じ食料加工品会社で働いている。

会社といっても、公民館のような場所にその時々で集まって、魚の一夜干しや海苔《のり》の佃煮《つくだに》を作る。

その名も『さえじま』。

シングルマザーの受け皿になる、と言っても、職が限られた数しかない島の中で、五年前、大矢村長が島のおばちゃんたちを集め、作ることを勧《すす》めた会社が『さえじま』だ。設立当初からいる九人の主婦のうち、くじ引きで決めた社長には、朱里の母親が就任している。

行政が絡《から》んでこういう事業を立ち上げる時、専門のアドバイザーのような仕事をプロとして請け負っている人たちがいるということを朱里が知ったのも、母のこの会社ができた頃だ。その土地の売り物になるものを見つけ、盛り上げる『コミュニティデザイナー』を名乗る女性が、母たちの手伝いにやってきた。

谷川《たにかわ》ヨシノというまだ三十代前半のその女性は、国土交通省の紹介で知り合ったと村長が島に連れてきて、朱里たちともあっという間に仲良くなった。

「儲《もう》けなくていいし、成功例にならなくてもいいから」というのが、彼女の最初の言葉だった。

「こういう事業って、農家のおばさんたちだけで始めたものが、今や何億円の大事業に、とか、地域のお年寄りにも活気が溢《あふ》れ――、とかテレビで如何《いか》にもなサクセスストーリーがよく取り上げられるけど、そこは別に目指さなくていい。お小遣い稼ぎくらいの気持ちで、空いてる時間にやってみませんか」

島の漁業組合や農協には、村長が話をつけてくれた。おばちゃんたちは、所謂《いわゆる》アウトレット品のような形が悪いせいで売り物にならない魚やみかんを安価で仕入れ、それを見栄《みば》えよく佃煮やジャムの形に加工して出荷する。

うちで普段作っているのと変わらない佃煮や魚の煮物が、商品になるのかどうか疑問だったが、Iターンのデザイナーの力を借りて、きちんと商品に見えるようラベルをまいてパッケージングし、同じくIターンのウェブデザイナーにネット通販の販路も築いてもらった。ものすごいサクセスストーリーというわけではないけど、地道に成果を出している。朱里の母を始めとして、島のおばちゃんたちも、みんな楽しそうだ。

二年目が終わる頃には、朱里の母などは図太く笑い、ヨシノにこう言い放った。

「あんた、成功例にならなくていいなんて話は、もう、あんたと村長だけの話にしといてや。みんな、成功例になってテレビに出るって、プロ意識持ってやっとるから」

その声に、ヨシノは嬉しそうに笑い、「OK。わかりました」と頷いていた。

島の主婦だけで始めた会社は、今ではそこそこの大きさになり、何人かIターンの人たちを雇えるくらいにまでなった。蕗子は最初、役場の臨時職員として採用されていたところを、朱里の母が社員にスカウトしたのだ。

とはいえ、ある日、帰宅した自分の家で、蕗子が母と祖母と一緒にごはんを食べているところを見た時の、朱里の衝撃はものすごいものだった。

「昨日からうちの社員になったフキちゃん」

朱里はまだ中学生で、本土の高校の受験勉強のこととか、そこから先の進路のこと、趣味にケチをつけられたことなど、いろいろあって、母親の明実とは微妙な時期だった。制服のスカートの丈《たけ》の長さのことで揉《も》め、「私は一体いつまでお母さんの子どもでいればいいの!?」という大げんかを繰り返していた時期に、まだ母の娘と言ってもいいくらいの年の、よその女の人が、平然とうちの居間に座っている。朱里が普段、おいしいとも言わず、感謝もしなかった祖母と母のごはんを「おばちゃん、これ、おいしいよ！」と褒めちぎっている。

未菜を妊娠中だった蕗子は、おなかはふっくらしているものの、その他はすらっと可憐《かれん》で、着ているものも、どことなく都会っぽい明るさを放っていた。島のみんなが、役場に入る臨時職員の人たちを、「電話の受け答えで、『お待ちください』って敬語使われたんよ」、「丁寧《ていねい》で畏《かしこ》まっとる」と良い方にも悪い方にも言って騒ぐのを、ふうん、というくらいの気持ちで聞いていたけれど、ああ、それって、こういう人たちがやっていたんだ、と妙に納得し、それから無性に悔しくなった。島の生活に畏まった態度で入ってきたくせに、うちでは、「おばちゃん」と親しそうな声を出す。それを朱里の母も祖母も、とても喜んでいた。

近かったり遠かったりを上手に使い分けて家の中に入り込んだ蕗子を、ちらりと憎らしく思ったが、彼女にそんな計算高さがないことは、親しくなればすぐにわかった。外から来た、おしゃれでキレイな蕗子が母を尊敬することで、朱里も自分の母を、ひょっとしたらいい母なのかも、と見直した面もある。三年経って、蕗子親子はうちの第二の家族のようなものになっていた。

地域での子育てや、繋がりというキーワードを偽善めいたものと取る人もいると聞くし、島という限られた空間での暮らしは大変なのではないかと、高校のクラスメートたちにさえ言われたことがある。

しかし、まだ幼い頃に父親が海で亡くなった朱里には、そんな言葉だけの批判の方が、むしろ空々《そらぞら》しく響く。

祖母、母、朱里の、女だけの三世代が同居する自分の家を、気にかけてくれたのは近所のおばちゃんや、亡き父の友人——島の、「兄弟」たちだ。朱里は、その人たちに育ててもらった。今も、彼らの助けを借りて生活している。島の子育ては、みんなでする。

やがて生まれてきた未菜のおむつだって寝かしつけだって、できることは、朱里の家では、母も祖母も朱里も、遊びにきていた衣花だって、みんなで手伝った。申し訳ながる蕗子に、「こういうもんやから」ときっぱり言い切る母のことが、癪《しゃく》だけど、朱里は誇らしかった。

昔から島にいる、朱里の立場でも思う。シングルマザーの家庭は、島と相性がいい。

背後から、「あ、そうなんだ。じゃ、あの映画は君、見逃してるんだあ」という声が聞こえた。声の方向に顔を向けた衣花が、振り向いたことを後悔するように黙る。

さっきの、作家・霧崎がフェリーから降りてくるところだった。横に、観光客らしい同年代の男の人を連れている。船内で話しかけたのかもしれない。

「最近じゃ、あの監督も随分巨匠扱いされてテングになってるらしいけど、僕の中じゃ、『え、あのVシネ撮ってた人でしょ?』って感じなんだよね。前に一度、あの人のインタビューを録《と》る機会があって、会った時に本人が言ってたのが――」

「……なんていうか、ああいうコミュニケーション能力低そうなヤツに限って、なぜかすぐに友達作ったりするのよね」

霧崎の声を聞きながら、衣花がぼそっと呟く。蕗子が罪のない顔で、「衣花ちゃん、知り合い？」と聞くのに「まったく、全然！」と、肩を抱いて身震いしてみせる。

霧崎に話しかけられていた相手が、困ったように視線を浮かせる。フェリー乗り場で待っていた民宿のプラカードを掲げた男性の姿を見つけ、ほっとした表情を浮かべた。霧崎に「じゃあ」と短く別れを告げて、さっさとそちらに駆け寄る。

「え」と肩透かしを食らったように、その場に残された霧崎が、ふっと、顔をこちらに向けた。

あ、ヤバい、とその時に思った。

「フキちゃん、行こう」と呼びかけたけど、間に合わなかった。霧崎の目が、蕗子の姿をはっきりと捉《とら》え、そして目を瞬いた。

歩き出した朱里と衣花の背中を、「ねえ」と、霧崎の声が呼んだ。衣花も気づいたらしい。蕗子たち親子に向けて「先に帰ってて」と言った。朱里と、目を合わせる。

未菜を乗せた蕗子の自転車が遠ざかるのを見送りながら、たっぷりと時間をかけて、衣花が「何ですか」と霧崎を振り向いた。彼が聞いた。

「今の、ひょっとして、多葉田《たばた》蕗子じゃない？」

「は？」

間髪入れず、衣花が冷たく聞き返す。コミュニケーション能力が低い、と彼女に決めつけられた霧崎は、空気を読んだ様子もなく、なおも「違う？」と尋ねてくる。

「違うの？　多葉田蕗子。水泳、背泳ぎの。よく似てるけど」

「あの人は、この子のお姉さんですよ。人違いです」

衣花が平然と朱里を指さして言い放ち、それきり、朱里の肩を突いて、くるっと背を向ける。早足に、二人で蕗子の後を追う。

「バレるよ」

小声で言うと、「だろうね」と衣花も答えた。

胸の底が、ざわざわと嫌な気持ちで波立つ。

霧崎の肩書きの、〝作家〟という言葉に、胸騒ぎがする。しばらく滞在する——、それどころか住む、とも言っていた。

「出てってほしい、マジで」

朱里の気持ちを代弁するように、衣花が言い捨てた。

「ロハスに憧れてんなら、とっとと音を上げて帰れっつーの」

後ろを振り向かずに小走りになる。

4

魚商《うおしょう》に寄っていくという蕗子たちに合流し、帰り道だから朱里もつきあう。民宿もホテルも逆方向だ。霧崎が追いかけてくる様子はなかった。

フェリー乗り場にほど近い坂道沿いにある魚屋は、本土からの最後のフェリーを待って閉店する。店の前まで来て、衣花が「じゃ、また明日」と去っていく。

店先に並んだ大きな水槽《すいそう》の一つに泳ぐ魚を、未菜が自転車に乗ったまま、ぽかんと口を開けて見ていた。「かわいいね」と話しかける朱里の横で、蕗子が魚を選んでいる。足下にある水が張られたたらいの中では、平貝《たいらがい》が色鮮やかに並んでいた。

「お。朱里ちゃん、あんたもこれ持ってけ」

並んだ水槽の一つから、店のおばちゃんが一匹を取り出す。

生きたままのサバが手の中でウロコを光らせてぴちぴち跳ねるのを、おばちゃんが馴れた手つきで、首をくきゃ、と折った。魚から少しだけ漏《も》れ出た赤い血を逆さまにして手短に切り、店先に下がったビニール袋に無造作に突っ込んで手渡してくれる。

〝くびおれ〟というこの魚の締め方を見て、島の外から来た人たちは結構な割合で面食らう。この大きさの魚を女性が素手で……というのはかなりインパクトが強いらしい。「すごいですね」と言う客の声を受け、魚商のおばちゃんは、

「島のマリンちゃんやから」

と、下手なウインクを返す。この〝マリンちゃん〟は、今年六十三になるおばちゃんがゼロから考えた名前ではなく、「パチンコ海物語」からだ。

朱里の家はそうでもないけど、島のおばちゃんたちは、たいていテレビとカラオケ、そしてパチンコが好きだ。面積十平方キロメートル、人口三千人弱のこの島に、映画館も本屋もないが、パチンコ屋はある。入り浸ってる、と噂になるのが嫌だから、と隣の島や本土にまでわざわざ出向くおばちゃんたちさえいる。

島のおばちゃんたちは、一口におばちゃんと言っても、おばちゃんだったり、おばあちゃんだったり、年齢は四十代半ばから七十代くらいまで様々だ。そして、どの人も、朱里から見ても相当強烈な個性をしている。

「あんたもこれ、オマケ」

小さな魚を一匹買っただけの蕗子の手に、塩だらけのわかめを入れたビニール袋を渡す。「ありがとうございます」と、蕗子が笑顔を作る横で、おばちゃんが「今日の客はあんたたちで終わり」と、さっさとシャッターを下ろしに行ってしまう。魚に見入る未菜の前を通る時、目が合って、おばちゃんが「べ」と小さく舌を出した。

──私がオマケをもらえるのは、朱里ちゃんのおかげだと思う。

いつだったか、蕗子に言われたことがある。

──私は、朱里ちゃんが私と仲良くしてくれるから、そのお相伴《しょうばん》にあずかってるだけ。島のおばちゃんたちに私がなれなれしい口を利《き》けるのは、おばちゃんたちと何年も関係を築いてきた朱里ちゃんのおかげで、ズルして入り込んだっていう気がしてる。

ありがとうね、とお礼を言われて、妙に照れくさかった。島のおばちゃんたちのことを、随分難しく考えてるんだな、とその時は思ったけど、あれから何年か経って、島に溶け込める人、溶け込めない人をIターンの中に何人も見た今となっては、蕗子が自分に感謝してくれた理由も、なんとなくだけど、わかるような気がしてきた。

フキちゃんは、うちの祖母にも母にも、最初から「おばちゃん」「明実さん」と快活に話しかけていたじゃないか。

指摘すると、蕗子はふっと笑って、本当はとても怖くて、虚勢を張ったカラ元気だったのだと打ち明けてくれた。嘘ではなさそうだった。

島の外から来て、何にもできない女一人。顔つきぐらい明るくして、とにかく喋《しゃべ》りかけないと相手にしてもらえないだろうって、図々《ずうずう》しいこと覚悟でやった。いつそれがバレて拒絶されるかって、怖かったよ、と語った。

魚商を出て、坂を上がる頃、傾いた夏の日がオレンジ色に染まり始めた。地平線が見渡せて、杏《あんず》のように熟《う》れた日が周囲の海に溶ける様子が目の前に広がる。

家の前まで来て、蕗子は「じゃあ、またね」と微笑んだ。「うん、また」と言って、朱里も微笑む。

少し前までは、毎日のようにうちで夕ご飯を一緒に食べ、泊まっていくことすらあった蕗子は、未菜が一歳半を迎えた頃から徐々にうちと距離を取り始めた。露骨なタイミングは作らなかったけど、世話を焼きたがる母と祖母からやんわりと離れ、頼らず甘えないと決意したように、朱里には思えた。

お裾分けの食べ物を持っていったり、うちに誘うこともまだあるにはある。だけど、母たちも無理強いはしない。朱里はたまにもどかしかった。頼らない、と決めた蕗子は立派だが、いたずら盛りの未菜を待たせて蕗子が台所に立って夕食を作る手間や、二人で小さなテーブルに向かい合わせで座って、少ないおかずを食べるところを想像すると、うちに来なよ、と言いたくなる。

おせっかい好きの島のおばちゃんたち同士にはない遠慮の距離があること。これがきっと、元からの住民と、Iターンとの違いだ。

島には、Iターンのことを「好かん」と露骨に言う人もいる。

「Iターンは、いつかいなくなると思って、ここに責任がない」と。

島の夏は、街灯もまばらなせいで、ひとたび日が沈むと、やってくる夜の早さと暗さに驚くほどだ。薄闇が張り始めた道を、自転車を引いてまだ登る蕗子の手がこちらに向けて揺れる。シートに座った未菜の小さな背中が、一瞬白く光って、すぐに見えなくなった。

5

著名な脚本家が書いたという〝幻の脚本〟について、新が「そういえば」と話し始めたのは、霧崎が島に来て一週間が過ぎた頃だった。

朝のフェリーは、夕方の帰りのフェリーと比べて、皆、淡々と静かだ。本土に通勤や通学をする人たちは、はしゃいだ様子が一切なく、ただそういうものだからと眠い瞼《まぶた》をこすりながら船に乗る。

人で混みあう中、自分たちの近くに座った新が、「霧崎さんに、また話しかけられた」と話すのを聞いて、朱里も衣花も、一瞬「誰のこと？」と本気で聞き返した。少し離れた場所に座った源樹は、朝はだいたい眠って過ごす。今朝も、話に参加してくる様子はなかった。

「あの人だよ、この間、帰りのフェリーで話しかけられた、作家の」

「あ、あの小物感全開の自称作家？」

衣花が言って、それを聞いた朱里も「ああ」と呟いた。マトリョーシカみたいだ、と思った彼のシルエットや、派手な眼鏡のことを思い出した。

新が「うん」と頷いた。

「あの人から、冴中と冴小の図書室に入れないかって話しかけられたんだよね。島の郷土館とか、公民館の中の図書室はもう行ったみたいだった」

「図書室？」

「うん。本気で探してるんだと思う。あの時話してた〝幻の脚本〟」

冴島小と冴島中は、敷地を隣り合わせにして島の中心部に位置している。九年間、朱里も毎日通った場所だ。なんだか嫌な感じだ。自分たちの学校だったところに、あの人が入りたがっている。

新は、昨日、フェリーから降りて家に帰る途中、源樹の父が経営する島で唯一のスーパー、青屋で飲み物を買った帰りに、霧崎から話しかけられたのだという。

「脚本を探すためとは言わなかったし、伏せようとしてたけど、たぶんそうだと思うんだ。霧崎さん、商工会とか農協でもバイトを探しながら、情報集めようとしてるみたい」

「あいつ、働けるわけ？」

衣花が辛辣な言葉をさらりと吐く。朱里にも気持ちはわかる。Iターンの人たちを頼り、島では農協や漁業組合から短期バイトの仕事が提供されるものの、おじさんたちに混じって肉体労働するのには向き不向きがある。霧崎が体力に自信があるとは思えなかった。

「だいたい、作家で儲かってるんだったら、ここで働く必要ないでしょ？」

「それも全部、お金のためじゃなくて、島に溶け込むためにしてるみたいな口ぶりだったけど……。先週から、荻原《おぎわら》さんのとこでみかんの収穫手伝ってるみたいだよ」

「あ、じゃ、モトちゃんと一緒だ」

朱里が声を上げる。

三年前に島にIターンしてきた本木真斗《まさと》は、島の海岸沿いのほぼ真ん中に位置する、元は民宿だった家を借りて住んでいる。ウェブデザイナーで、朱里の母の会社『さえじま』の通販サイトのリニューアルも彼がした。サイトを最初に立ち上げた時のデザイナーはすでに島を去ってしまっていて、本木が管理を引き継いでくれたのだ。

島のどこからも交通の便がよい彼の家は、彼が住み始めるまで長らく誰も住まない場所だったため、島のおばちゃんやお年寄りの恰好《かっこう》の休憩所だった。

散歩の途中で、みんながふらりと縁側に腰かけて休んでいく。大きな柿の木が張り出た庭が憩《いこ》いの場所になっていて、本木が来たばかりの頃は、まだそうと知らず勝手に庭先で休んでいく人も多かった。民宿だった頃を朱里は知らないが、立地だけなら一番人気の宿だったそうだ。

たくさんの人が出入りした結果、朱里の母も本木と知り合い、以来、娘の自分たちも含めて、彼と親しくつきあうようになった。「他人が自分の庭をうろうろしてても、怒ったり大騒ぎしたりしないとこが、あの子のいいとこでもあるし、心配なとこでもある」と前に言っていた。

二十八歳で、どこかぼうっとして抜けたところのある彼を、母や、周りのおばちゃんたちはよく構う。ただ、そんな本木も、島にやってきた当初は、ここでの生活の仕方がまるでわからなかったと言う。

仕事を探すにもどうしたらいいかわからずに農協の前で座り込んでいたら、人に話しかけることにだけは躊躇《ちゆうちよ》のないおばちゃんたちから、「あんた向いてないから、もう帰り」と冷たくあしらわれた。本当に本当に、何度帰りたいと思ったか知れない、と言っていた。

そんな彼が、どうにかこうにか島の生活の中で見つけてきたのが、今名前が出た、荻原さん宅のみかんだ。夏の間に精を出して手伝ううちに紹介されて、今では別の漁師の家で冬の貝漁の網を引く手伝いもさせてもらっている。みんなから「モトちゃん」と愛称で呼ばれるようになり、朱里たちも仲良くしていた。

「あ、本木さんてそうだっけ」と新が頷く。タイプがまるで違う霧崎と本木が一緒に並んでみかんをコンテナに詰めるところを想像してみたが、しっくりこなかった。

「じゃ、聞いてみるといいかも。霧崎さん、脚本のこと、本木さんにも相談してるんじゃないかな。結構露骨に探してる」

「へえ。でも、そんなのあるわけないのに、ご苦労なことだね」

衣花がぴかぴかに磨かれた自分の爪《つめ》の先を見つめながら言う。すると、その時、新の顔つきが変わった。「いや、それがさ」と口調を改める。

「霧崎さんから聞かれて、しばらくして思い出したんだけど……。ひょっとしたら、本当なのかも」

「何が？」

「幻の脚本」

新の顔を見つめ返す。彼が言った。

「本当にあるのかも。――実際にどう〝幻〟なのかはともかくとして、少なくとも一部の人にそう思われるような価値があるものが、冴島にはあるのかもしれない」

「え、でもそんなの聞いたことないよ。新、高校の演劇部でそんな話でも出た？」

「いや。高校では、何にも聞かれたことないけど」

新は演劇部だ。霧崎の眉唾《まゆつば》ものの話にも、本当は興味があったのかもしれない。

「だけど、思い出したんだよね。そういえば、小学校の卒業式の時、本土から謝恩会の劇を観にきた人がいたなって」

「いたっけ、そんな人」

「いたんだよ。俺、話しかけられたから覚えてる」

冴島の小学校、中学校は、それぞれ卒業式の後で親や教師相手に謝恩会をする。その中で毎年、劇を披露することになっていた。

この間、霧崎に「〝おおきなかぶ〟系の話」と、新が語ったものがそうだ。

実際には〝おおきなかぶ〟そのものをやるわけじゃない。けれど、彼がそう言った理由はわかる。〝おおきなかぶ〟系、は一つのパターンだ。

大きな蕪を引き抜こうとするおじいさんとおばあさんが、二人で頑張って蕪を引っ張る。だけど、なかなか抜けなくて、猫を呼んできました、ねずみを呼んできました、と、場面場面で登場人物が一人ずつ増え、「まだまだかぶは抜けません」という流れを繰り返す。最後は「抜けました」とハッピーエンドを迎えるわけだが、これとよく似たパターンの話を、絵本や童話ではたくさん見る。

朱里たちがやった、『見上げてごらん』という劇もそうだ。特に珍しい話ではないと思う。冴島小では、昔からこれをやることになっている。

家の庭にある一本の木を見上げると、オレンジ色の実が生《な》っている。それを発見した主人公は、それが欲しくて、取ろうと背伸びするけど取れない。どうやって取ったらいいのか、お母さんに相談し、お父さんに相談し、猫に相談し——ということを繰り返して、みんなで力を合わせて取る。

〝おおきなかぶ〟と一つ違うのは、島は子どもが少ないので、それを演じる学年によって、人数や筋が大きく改変される、という点だ。

たとえば朱里たちの学年は、朱里と衣花、源樹と新の四人だけだった。七人いた前の学年が演じた時より、できる役は当然少ない。配られたプリントに印刷された脚本から、去年先輩のものを観てやりたいと思っていた猫の役が削られていて、ショックだった記憶がある。去年の子たちは、全員で木を揺らして実を落としていたけど、四人でそれをやっても迫力に欠けると思われたのか、朱里たちの代では、足下にある石を一つずつ摑《つか》んで投げて実を落とす、という非常に大雑把《おおざっぱ》な変更がなされていた。

練習ではうまくいったのだが、本番で、石はなかなか舞台上の木の実に命中せず、朱里たちは半べそをかきながら石を投げ続けた。親や先生たちから「ガンバレー」と声が飛び、最後には「よし、俺が投げてやろうか」と源樹の父が舞台に登ろうとして、周りの大人に止められていた。如何にも子どもの演劇らしい、バタバタと落ち着かない劇だった。

新が顎先《あごさき》に手をやって、宙を見つめ、思い出すような表情になる。

「劇を、体育館の後ろでずっと真剣な目で観てる男の人がいて、親でも先生でもないのに誰なんだろうって、気になったから覚えてる。終わった後で、俺が気にしてたことに気づいたのか、話しかけられたんだよね」

——の、幻の脚本がやられるのかと思って観にきたけど、違ったみたいだ。

彼はそう言って苦笑し、そして、すぐに帰っていった。誰のものだと思ったのか。名前も口にしたらしいが、新は覚えていないと言う。

いかに島にIターンが多いとはいえ、部外者が小学校の謝恩会のような内輪の席に来るなんて、確かにあまりあることではない。

「もうずっと忘れてたんだけど、霧崎さんから聞いて、久々にその時のことを思い出したんだ。きっと、何かあるんだよ。霧崎さんだけじゃなくて、他にもそれを探しにきた人がいた」

「その脚本は、どう幻なの？」

前よりは少し興味が湧《わ》いて尋ねると、新が申し訳なさそうに「それはわかんないけど」と軽く頬をかいた。

「想像だけど——。その人が名前まで言ってたってことは、それを書いた人は、相当有名な作家か脚本家か何かだと思うんだ。で、そんな人の書いたものがどこかに残ってるんだとしたら、読んでみたいってことなんじゃない？　俺が会ったその人も、評論家とか、演劇関係者か何かだったのかもしれない」

「幻って言われてるってことは、その人の、未発表のものがあるってこと？」

「だと思う」

「でも、なんでそれが冴島に？　実際にあるのかどうかは別にして、どうしてそんな噂が立ったんだろう」

「わかんないけど、村長やばあちゃんあたりに聞けばわかるかな。ひょっとしたら、お年寄りたちには、霧崎さんがもうあたってるかもしれないけど」

「ふうん。だけど、偉いね」

衣花が気に食わない様子で目を細め、新を睨《にら》んだ。

「新、あいつのこと律儀《りちぎ》に〝霧崎さん〟とか呼んで、ホントに偉いね。イラつかない？」

「え、そうかな」

本当に驚いたように彼が目を瞬く前で、衣花が小声で「鈍感」と呟いた。

「で、どうすんの。あいつのこと、学校の図書室に案内すんの？」

「あ、それはさすがに断った。もう卒業してるわけだし、今の子たちも部外者が勝手に入ってきたら、さすがに嫌だろうなって思うから」

「霧崎さんはなんで今の子たちじゃなくて、新に頼んだんだろ」

「朱里まであいつに〝さん〟づけすんの？」

衣花が嫌そうに首を振る。だって他に呼びようがない。反論する朱里の横で新が「初日に話したからじゃない？」と答えた。

「それか、ひょっとしたら、今の子に頼んで断られたのかも」

「だろうね。私だったら、話しかけられたら絶対逃げる。真砂《まさご》ちゃん、大丈夫？」

衣花がしれっとした口調で言う。真砂は、島の中学に通う新の妹だ。新が「あー、聞いてみようかな」と呟いた。

フェリーが、そろそろ本土に着く。エンジン音が微かに低く小さくなった頃、それまで奥の席で眠っていた源樹がようやく顔を上げた。列を成して降りる人の流れを見送り、最後に腰を上げて、朱里たちは船を下りた。

ずっと寝ていたし、タヌキ寝入りというわけでもなさそうだったから、源樹はきっと自分たちの話を聞いていなかったろう。

「この間の作家の霧崎さん、本当に幻の脚本、探してるみたい」

高校に向かう道すがら、横に並んで朱里が言ってみると、源樹は寝起きの不機嫌そうな表情を崩さないまま、ただ「あ、そう」と呟き、それきり何も言わなかった。

話しかけたことを微かに後悔しながら、朱里も黙る。

源樹との距離を、たまに遠く感じる時がある。衣花や新にはできる、無条件で飛び込むような物言いが、源樹には空気で拒絶されているように感じられる時がある。

衣花や新は、そう感じる時はないのだろうか。

朱里自身、自分がどうしてそんなふうに彼を気にしてしまうのか、わからない。


その日の夕方。

冴島のフェリー乗り場の前で、今度は、源樹が霧崎につかまった。

降りてくる人を待ち構えるように立った霧崎の姿を見て、まず嫌な予感がし、きっと新にでもまた話しかけるのだろうと思っていたのに、彼が寄っていったのは予想に反して自分たちの中でも一番とっつきにくいであろうタイプの源樹だった。

島に着くと、源樹はいつもすぐ、「じゃあな」とそっけなく朱里たちと別れる。そのタイミングを見計らうようにして、霧崎が彼の横に立った。

「ねえ、君。君ひとりだけIターンの子なんだって？　しかも、リゾート開発についてきた、ホテル青屋の子なんでしょ」

離れた場所から様子を見ていた朱里は、肝《きも》が冷えた。

「あ？」と興味なさそうに彼に顔を向けた源樹の表情は、ここからでは見えない。「君だけ、なんか他の子と違う感じするよね」と、霧崎の声が聞こえた。そう言う彼の手が、黄色いみかんを詰め込んだ半透明のビニール袋を提げていた。あれはたぶん、彼が働く荻原さんの家からもらったのだろう。

ずんずん歩いていく源樹にぴったりとくっついて、霧崎が何か話している。二人が遠ざかっていく。何を話しているのか、はっきりとはわからないけれど、霧崎の声は源樹をおだてるようにはしゃいで聞こえた。

「げ。やな感じ」と衣花が呟く。

朱里も同感だった。

とても、嫌だった。

霧崎がどんな気持ちで何を考えたのかは知らない。だけど、あの人は源樹なら取りこめるかもしれないと考えたのだ。源樹が、島のもともとの子じゃないから、と判断して。

胸がぎゅっと痛んだ。

源樹が新に代わって彼を学校に案内することはないだろうし、「島の子と違う」とおだてられたところで霧崎と親しくなるとも思えなかった。何がどう嫌と言えなかったけど、ただ、かき回さないでほしいと、強く思ってしまう。

源樹の背中は、霧崎の声を受けながら、どんどん遠ざかっていく。こっちを振り向かない。茶色い髪と、着崩した制服のシャツや、だらしなくかけた鞄の紐《ひも》のすべてを引き留めたくなって、だけど、朱里はそっと下を向き、目を逸らした。

「大丈夫かな」と新が呟く。

「大丈夫でしょ。でも、モトちゃんあたりにちょっと言っておいた方がいいかも。あいつ、ちょっと危険だと思う」

衣花が言った。

「危険って？」

新が尋ね返す。

「みんなに嫌われる。衣花が答えた。島の中でも、たぶん、Iターン仲間の中でも、激しく浮いてるから心配。明らかに不穏分子だもん」

6

本木の住む元民宿は、海岸沿いにある。

三日月形の〝湾《はじ》〟と呼ばれる海を抱く島の堤防を眺めながら歩いていると、傍《かたわ》らにある海が弾く光が眩しくて目を開いていられなくなる。「待ってよー」と子どもの声がして、顔を上げると、小学生男子の二人組が自転車を乗り捨てて、湾に飛び込み、泳いで反対側に渡ろうとするところだった。

土曜の午後だけど、少年野球の練習に行くのかもしれない。真っ黒に日焼けした彼らがバタバタと騒ぎながら海を渡る。途中、兄の方が泳ぐのをやめて、立ち泳ぎの姿勢で、「早くしろー」と弟を待つ。

本当は自転車でまっすぐ道を行った方が早いのに、朱里たちの時も、男子はみんなわざわざ海を渡りたがった。もらいものの落花生《らっかせい》や枝豆を背負い、渡った先で「塩味が利いてちょうどいい」とそれをかじっている先輩たちの姿を見た時は、朱里もさすがに「ええっ」と驚いた。衣花が「バカね」と笑っていた。男子の無駄な情熱、嫌いじゃない、と。

堤防には、歴代の小学校卒業生たちが描いた絵が、長々と続いている。ドラえもん、ピカチュウ、ハローキティ。卒業年と、それぞれの考えた標語が入る。朱里たちが書いた、『海はぼくらと』の文字とくじらの絵は、本木の家に行く時、必ず目に入る。

衣花と新とともに、歩きながら「暑いなー」と呟いてみる。波が堤防を越えて濡らしたはずの道も、今日みたいな日はあっという間に乾いてしまう。白い砂埃《すなぼこり》舞う道を、真っ白いフリルつきのワンピースを着た衣花が、同じく白い日傘《ひがさ》をくるくる回しながら歩いている。

源樹には、なんとなく声をかけなかった。衣花も新も誘わなかったようだ。

大きな柿の木が屋根の上に枝を伸ばした、古い木造の平屋が見えてくる。民宿の持ち主が島を去っても、柿は毎年実をつけ、この木はそっくりそのまま、ここを借りた本木のものになった。

「ごめんくださぁい」

わざと大きな声を出して引き戸を開ける。鍵はかかっていなかった。中に入ってすぐに、古い畳《たたみ》の匂いが朱里たちを迎える。

「やあ、いらっしゃい」

眠そうな顔の本木が奥からやってくる。三毛猫と虎猫が、奥の部屋を横切るのが見えた。にゃあん、とどちらのものかわからない声が一鳴き、座敷に響く。

特に本木の飼い猫だというわけではなく、この辺りでは、どこの家にも出入りしている猫たちだ。あ、今日はここにいましたか、という気持ちで手を伸ばそうとすると、うちに来る時は母たちに身体を触らせているはずの三毛猫が、するりと窓を抜けて、逃げるように姿を消した。

適度に散らかった部屋の中に、手つかずの日本酒の瓶や、ナスやトマトの入った袋が置かれている。荻原さん宅のみかんもありそうだ。

朱里が「これ」と母から頼まれたお裾分けの鯛《たい》の煮物と桃の瓶詰めを渡すと、本木が大袈裟なほど大きく「わあ！」と声を上げた。受け取ったタッパーを開けると、うちと同じ味噌《みそ》の匂いが周りに広がって、新や衣花を前に恥ずかしくなる。だけど、本木は上機嫌に「ありがとう、ありがとう」と喜んでいる。

「明実さんによろしく伝えて。本当にすごく嬉しいよ。僕の生命線だから」

「自炊しなそうだもんね、モトちゃん」

「うん。おかげで生の野菜とみかんばっかり食べてる」

魚が特においしいと言われる島の中でもったいない話だと思うが、本木には、そんなふうに生活感が薄いところがある。田舎《いなか》暮らしを自分から希望してここに来たはずなのに、なんとなくぼんやりとして頼りなく、危機感が薄いというか、生活に対する切迫感が薄い。「いい子なんやけど、今どきの子」というのが、朱里の母と祖母の、本木に対する共通意見だった。

島のおじさんおばさんたちから、仕事のことでも生活の仕方でも、怒られるたびに落ち込むそぶりを見せつつも、しばらくすると復活してくる姿勢を「へこたれない」と褒める人もいたし、「へらへらして」と悪く言う人もいたが、一年もすると、誰も何も言わなくなった。

ここで生まれ育った朱里にはわからないが、Iターンたちに聞くと、島の住民の物言いは外の人には随分きつく響くらしい。限られた人間関係の中で、互いに思ったことをため込まず、即座に相手に遠慮なくぶつける。それもまた、島の中のことだから、ぶつけ合った後で長くそれを引きずることもない。怒られて、これはもうここで暮らしていけない、と思った翌朝に、無視されることもなく平然と挨拶されるようなことを繰り返したせいで、随分図太くなった、と本木も言っていた。

夏でも自分で麦茶を作るようなことはなさそうな本木が、冷蔵庫から『さえじま』の商品であるみかん缶ジュースを出してきて、朱里たちの前に一本ずつ置く。自分でも一本プルタブを引く。首もとのタオルで頰の汗を拭《ぬぐ》った。

「霧崎さん、荻原さんのところ、昨日で辞めちゃったよ」

霧崎の話がしたい、ということはすでに伝えてあった。けれど、聞いた言葉に仰天《ぎょうてん》する。「もう、ですか？」と新が声を上げた。

「島に来て、まだ一週間くらいなのに」

「うん。荻原さんのところで僕と一緒に働いてたのは、三日間だけ。まあ、荻原さんも忙しい時期だけのバイトだからって気にしてないけど、僕らみたいな両方ともあんまり頼りにならない男二人しか今季の人材がいなくて申し訳なかったな」

「霧崎さん、みかんの入った袋提げてたのに」

昨日の夕方、源樹に話しかけた彼の手には、みかんが入ったビニール袋が握られていた。だから順調に働いているものと思っていたけど、荻原さんはきっと急に辞めるような相手であっても、ただそういうものだから、と自分の家のみかんを持たせて帰らせたのだろう。たとえ怒りながらでも「持ってけ」と、売り物にならない、傷ができたみかんを渡す。もったいないからというのがその理由だ。朱里の母もそうだが、島の大人たちには、そういうところがある。

本木が「珍しいことじゃないよ」と口では言いながら、けれど、弱ったようにため息をついた。

「本当は、そういうことされると同じくIターンで来た者として肩身が狭いから困るんだけど……。たぶん、長くいる気もないんだろうなあ。霧崎さん、島のこともほとんど下調べなしにやってきたみたいだし、口だけは〝住む〟って言ってるけど、実質は少し長めの観光滞在みたいな気持ちなんだろうなあ」

島に移住を考える人たちは、役場に問い合わせたり、現地に何度も調査に来たり、丁寧に情報を集める。本木もそうやって、冴島だけではなく、いくつかの場所の情報を集めたと言っていた。

けれど、霧崎はそうではない。初めから冴島に決めて、ネットと電話で手続きしただけで、直《じか》に現地に来た。

「〝幻の脚本〟については聞きました？」

「聞いた、なんとなく」

本木がますます困ったように笑う。

「島の中のものを探したいから、住んだり、溶け込もうとしたりってことみたいだけど。でも、難しそうだね。現実にそんなものある？」

「それが聞いたことなくて」

新が首を振る。

「俺、演劇部だし、自分でも脚本書くから、島の図書館にある演劇の本とかは全部読んでたんですけど、その中では見たことないです」

「え、新、自分で脚本書くの？」

衣花が驚いたように声を上げる。新が「え、そうだけど」と照れくさそうに下を向くが、追及はやまない。

「今も書いてるの？　どんなやつ？」

「ちょっとミステリ仕立てなんだけど……。もう、いいじゃないか、俺のことは。本当はそんなに興味ないくせに」

ごまかすように最後はちょっと声を荒らげた。本木に向き直る。

「霧崎さんは、その〝幻の脚本〟を書いた作家のファンかなんかなんでしょうか？　前にもその脚本を探しに来た人がいたみたいなんです」

どうしてそんな噂が立ったのかはわからないが、新が小学校の謝恩会に来たという本土からの客のことを話す。本木は黙ったまま聞いていたが、やがて、聞き終えてからふいに真面目な顔つきになった。

話そうかどうか、迷うような表情を一瞬浮かべた後で「憶測を、話してもいいかな」と続けた。

「霧崎さん、ひょっとしたら、その脚本を自分のものにしたいんじゃないかな」

「え？」

「わからない。霧崎さんの人格を軽んじるような、本当に僕の思い込みの推測だよ。失礼もいいところなんだけど……」

「モトちゃん、前置きはいい」

衣花がきっぱりと言い放つと、本木が「うん……」と気乗りしない様子で頷いた。意を決したように続ける。

「……誰も知らないからこそ、の〝幻〟なんでしょ？」

「はい」

「で、それを書いたと思われる脚本家は、その未発表原稿をみんなが探すような、たぶん、すごく才能のある人」

「はい」

「そんな人が書いた脚本が、誰にも知られずにどこかにある。そして、霧崎さんは作家。……だけど、こう言ったらアレだけど、僕は名前を聞いたことがなかった。つまりは代表作も、ないような状態なんだと思う」

「つまりこう言いたいの？」

衣花が首を傾げる。

「霧崎は、幻の脚本を、ここで見つけて持ち逃げして、自分のものとして発表する。盗作するつもりだ、ってそういうこと？」

「憶測だけど」

本木が気まずそうに缶ジュースを飲む。朱里と新は顔を見合わせた。ありそうなことのような気がしてきたからだ。黙ってしまった二人の前で、衣花が「舐《な》められたもんだわ」と声を張り上げた。

「この島からなら、脚本を盗んだところで誰も騒がないとでも思ってるわけ？　あっきれた。ふざけるんじゃないわよ」

「だから、憶測の域を出ない話だよ。衣花ちゃん、落ち着いて」

本木が困ったようにおろおろと宥《なだ》める。とにかく、と続けた。

「霧崎さんの目的が、脚本にしかないことは明らかだと思う。ああいう人は、それはそれで人とつきあうのが苦手だろうから、大変だとは思うけど。Ｉターン同士の集まりにも来ることは来たけど、やっぱり浮いてたし」

浮いている、というと聞こえがいいけど、それは言い換えると、衣花が昨日言ったような〝嫌われる〟ということだ。Iターンとして島にやってきたけど、島にも、Iターン同士で作るコミュニティからもあぶれて孤立する人や家をたまに見る。

そういう人たちが島の家を引き払ってここを去るのを、朱里はいつも、自分たちが追い出してしまったような一抹の罪悪感を抱えて見送る。たとえ、その人と直接かかわることがなかったとしても。かかわらなかった、という事実そのものに、よそ者を受け入れなかったような心の狭さや後ろめたさを感じてしまう。Iターン同士での仲間はずれのような現象が起きるのも、見ていて気持ちのいいものではなかった。だからこそ、衣花も〝不穏分子〟なんていう言い方をしたのだろう。

「モトちゃんの言い方、優しいなあ。あんなの本人の責任じゃない」

衣花がまた、はっきりと言い切った。

「あんなに上から目線で話してたら当然だよ。向こうに、仲良くしよう、うまくやっていこうっていう気がないんだもん。仕方ない」

「そうかな。ひょっとしたら、本人はすごくつらいのかもしれないよ」

本木が言って、意外に思う。彼の口調は至って静かだった。衣花が怪訝そうに、本木を見つめる。

「仲良くしたくてもどうしていいかわからなくて、上からしか話ができない人もいる。——どうして相手が自分の話に靡《なび》かないのかもわからない。わからないから、自分をよく見せる話を重ねてしまって、それがさらに距離を遠ざける。そんな感じなのかもしれない」

「そんなふうには見えないけど」

衣花が不服そうに頬を膨らませる。

「僕の、一意見だけどね」と本木が穏やかに笑った。

「霧崎さん、分析しちゃうんだ。Iターンの飲み会でも、段階についての話をしてた」

「段階？」

「うん。島の人たちが、外の人間に対して心を開いて、仲良くなってくのには段階があるんだって。たぶん、それもここに来る前に本とかで読んだんだと思うんだけど」

だとしても、よくそんなことをここで何年も先に暮らしているIターンの先輩たちに話せるものだ。本木が続ける。

「無関心が一番悪い状態。次は、文句を言われる。『都会の人間は嫌いだ』とか、構われるのは、相手が自分に興味がある証拠で、だけど、話しかけられてる以上は脈がある。次の段階として、『どこから来た』とか、興味を示される段階、『不便なことはないか』と心配される段階……と移っていく。自分は、来る時に、おしゃれなスーツケースを『気取りやがって』って島の人に言われたから、脈があるんだって言ってた」

「バッカじゃないの」

衣花が言い放つ。

「腹立つ！　そういうのが上から目線だっていうのよ。そんな段階段階ごとに、現実がきれいに色分けできるわけないじゃない」

「うーん。そういう、親しさの段階分けみたいなものをしないと不安だっていうのは、同じIターンとしてわからないわけじゃないけど、その一つ一つの段階を飛び越えるのって、相当時間も必要だし、頭でそんなふうに考えちゃうんだとしたらつらいだろうなって思ったんだよ。ともかく、霧崎さんはそういう〝考える人〟だ」

「ふうん」

衣花がまだ納得できない様子で鼻息を洩らす。どんな表情を浮かべたところで、相変わらず人形みたいにきれいな顔だ。その横顔がつまらなそうに、ジュースを一口、口に運んだ。

本木の家を後にする時、念のため、と思って、蕗子のことを話した。

「霧崎さんが気にしてるようだった」と話すと、それまで余裕があった本木の表情が少しだけ曇った。

「それは……。何もないと思うけど、少し気になるね」

「うん」

僕も気をつけてみる、と本木が言った。精一杯、遠慮したような言い方だった。

朱里は、自分は鈍い方だと思うけど、それでも彼が蕗子を特別に思っていそうだということくらいは、さすがに気づいている。みんなもきっとそうだろう。だからこそ、衣花だって、相談する相手に本木を選んだ。

明実さんにお土産のお返しがしたいけど何もないなあと、話題を変えるように言いながら、本木が台所に入っていく。袋や冷蔵庫を開ける音がして、しばらくして申し訳なさそうに手ぶらで戻ってくる。

「秋になったら、庭の柿をもらってもらうね」

「期待してる」

去年もそうだった。

本木がこの家に入るまで、空き屋の軒先にはみ出たあの木は、隣の家のおじさんがなんとなく手入れして、消毒し、落ち葉を掃《は》き、秋には、みんなでなんとなく実を分け合った。新住民が入ったことで、がっかりした人もいただろう。

空になった机の上のジュース缶を片づける本木の横顔が、ふっと真顔になる。

仲良くなったばかりの頃、どうしてこの島に来たのか、聞いてみたことがある。それまでの暮らしを捨てようと、移り住める別の場所の資料を一人で取り寄せていたという本木。冴島の資料は、そんな中で取り寄せた覚えもないのに何故か彼の元に届いた。Iターンの情報を集めていることを知った誰かが送ってくれたのではないかと思ったそうだ。

不思議な話なのだと、振り返って話していた。

民宿の持ち主から直接送られたものかと思ったが、いざやってきてみると、民宿はすでに昔の経営者から本土の市にある不動産屋に売られていた。ここ十年は、Iターンが住むこともなく、長く空き屋になっていた。島への移住を希望する人のために、自治体からの斡旋《あっせん》で紹介することはあるが、頼まれもしない資料を積極的にこちらから送付することはない。

本木のもとに届けられた茶封筒の資料を見ても、仲介してくれた不動産屋は覚えがないと首を傾げていた。封筒の消印は、島の郵便局だった。中には、その業者が扱うのと同じ民宿の図面や地図が、コピーを繰り返したような粗いプリントで入っていた。

民宿の下見に来た本木は、不思議だと思いつつも、そこに不気味さや怪しさのようなものは感じなかったのだという。民宿の建物を見て、海を見て、それから、移住を決めた。

自分は〝誰か〟に呼ばれたのだと思った、のだそうだ。

本木を島に呼んだのが誰かは、今もまだわからない。一度、彼の元にきたという茶封筒の資料を見せてもらったことがあるけど、手書きの宛名は丁寧に書かれていたものの、その筆跡は薄くて、男のものか女のものかも、はっきりとはわからなかった。

差出人を書く裏面の左隅には、ただ、「冴島」とあった。

朱里や母は、初めてそれを聞いた時、おかしな話だと思ったし、それを気に入ってここに来る本木のことも随分物好きだと思った。祖母に話してみたことがあるが、祖母は笑いもせず「そういうこともあるよ」と頷くだけだった。

本木は、どうして、冴島に来たのか。

別の聞き方で、彼に聞いてみたことがある。誰かに呼ばれたとか、そういう意味ではなく、何故、本土の暮らしをやめて、Iターンしたのか。

本木は力なく笑って、「くだらないよ」と答えた。

「都会の生活が嫌になったんだ」

それからもう一度、「さらに、くだらないよ」と前置きした後で、こうも言った。

「人を、傷つけたんだ」

本木の家を出て、衣花と新とも別れ、日向《ひなた》の道を歩いていると、「おおい」と呼ばれた。自転車に跨《また》がった、大矢村長だった。

「村長さん」

「どこ行くの。帽子もかぶらんと、ふらふらして」

「ふらふらなんてしてないです」

口調は親しげだが、島のおじさんたちの中では、大矢は、服装も顔つきもしゅっとして、一人全然違って見える。襟《えり》のないシャツを着ることはないし、やはり農作業や漁業をするおじさんたちとは違うのだな、という空気を感じる。

経歴は元大学教授。

島を出て、大阪《おおさか》の私立大で経済学を教えていたそうだが、四十代で島にUターンし、村長選に出馬。以来ずっと島の村長をしている。ずっと島で生活してきたわけではない、本土の都会で働いていた経験を持つ村長は、大矢が初めてだ。

Iターンやシングルマザーへの施策を初め、何かと先進的な試みをしているとテレビや新聞にもよく出ているし、講演に招かれることや視察も多くて、島にいることは少ない。不在の村長は、これもまたよくも悪くもいろんなことを言われるらしいけど、村長は「なあに、気にしんよ」と笑っている。

「外の世界がどういうもんかっていうのを忘れた瞬間に、島は閉じてつぶれる。俺の役目は、外の風を入れることと、都会に冴島を営業してくることや」

実際、そうやってできた人脈を活《い》かし、島は著名なデザイナーや学者をたくさん招き入れている。多忙なのだとは思うが、その一方で、大矢村長は、島の住民の名を、Iターンや子どもも含めてすべて覚えているのではないかと思えるほど、一戸一戸との関係を大事にしている。

朱里の家には、特に優しい。

それはたぶん、海で亡くなった朱里の父と彼が、「兄弟」だったからだ。

ただ、「兄弟」と言っても、血縁はない。島では、昔からの風習で、男たちは成人近い年頃になると、「兄弟」の杯《さかずき》を交わす。まるでやくざのようだと言われたことがあるが、島では、朱里の祖父も、そのまた祖父も、ずっと昔からそうしてきた。

「兄弟」になった者同士は、家同士が、血縁のある親戚同様のつきあいをすることになる。そして、「兄弟」の杯は、一人とだけ交わすものではなく、一人が何人もと繋がる。そして、「兄弟」の兄弟は、また、兄弟。AとBが「兄弟」の契《ちぎ》りを交わして、AとCもすでに契りを交わしていた場合、新たに契りを交わさずとも、BとCは「兄弟」として結ばれる。

島には、こうした公的な「兄弟」が、網の目状の関係として広がっている。どこかの家で婚礼があれば、「兄弟」は全員親戚同様に列席するし、葬式の際にだって、この辺りの家ならば、どの家にも「兄弟一同」の生花が必ず飾られる。地区の運動会だって、「兄弟対抗リレー」があるのが普通だ。

島の限られた人間の中でそうやって繋がり、有事の際には助け合って生きる仕組みが自然とできていた。周りを海に囲まれたこの場所では〝何かの際〟の繋がりが親戚以外にも必要だったから、きっとこうなった。

「兄弟」の契りを結ぶのは、必ず男同士だ。だいたいが昔からの同級生とか、先輩後輩の間で「いずれは兄弟に」という話になるらしいが、昔は、そろそろ年頃なんだから、と親が適当な相手を紹介することもあったらしい。まるでお見合いだ。

そして、女は、男の関係に附随《ふずい》する。夫が「兄弟」である妻同士は、なんとなく、心の姉妹のようになって結びつく。

朱里の母と『さえじま』で働くおばちゃんたちは、ほとんどが父の「兄弟」の奥さんだ。大矢村長も、その繋がりの強さをあてにしたからこそ、母たちに会社の設立を勧めた。社員の中には、村長の奥さんもいる。

「村長さん、今日は島にいるなんて珍しいね。しかも自転車」

普段は狭い道を運転手つきの公用車で行く。朱里が言うと、村長が「土曜やから」と答えた。

「運転手にも休みをやらんと。朱里ちゃんも行くか？　今から、少年野球の開会式や」

「あ、やっぱり今日って野球あるんだ」

本木の家に向かう途中で見た少年たちを思い出す。試合前からあんなに泳いで疲れないだろうか。

「夏やから」と村長が答えた。

「はりきって挨拶してくるわ。今からうちのチームは淡路島《あわじしま》の子たちと対戦。こりゃ負けられん」

はっはっは、と声を出して笑い、「熱射病になるなよ」と言って、自転車を漕《こ》いでいく。

朱里と反対方向に歩いていた衣花と新に、村長が「お、デートですか」と話しかけ、衣花が「違います！」と声を張り上げるのが聞こえた。

言われてるなあ、と思いながら、海の上を見上げると、誰かが空に指を入れて泡立てたような雲が、遮《さえぎ》るもののない視界いっぱいに続いていた。その合間を、飛行機雲が一筋、通っている。

忙しい村長を追いかけるように、すぐにIターンの若者数人が「ちょっと、大矢村長！」と声を上げながらやってきた。ランニングと短パン姿の茶髪の男性二人組。もう長く島にいる人たちだ。通りすがりの朱里に「あ、こんにちは」と挨拶してから、村長に追いつき、「バザーの件ですけど」「僕らに運営任せてもらってるあの施設って」と、熱っぽい口調で話しかけるのが聞こえる。それに「はいはい。まったくみんな、すごい意欲やなぁ」と答える村長の声も、さりげなく楽しげに聞こえた。

7

話があんだけど、
という源樹からの短いメールが入っているのを確認して、心臓が一度、ぐっと押されたようになった。見れば、衣花と新にも一斉送信されている。

日曜の夕方だ。

明日の朝になればまたいつものフェリー乗り場で顔を合わせるのに、それまで待てない何かがあったのか。もうすぐ夕飯なのに、と微かに渋い顔をする祖母と母に「ごめん！」と謝って家を出る。待ち合わせに指定された島の研修所は、普段は誰も使わないが、島内放送の設備が中に入っているため、緊急の場合に備えていつでも鍵が開いている。

小さな研修所の屋根を覆《おお》うように太い枝を伸ばした楡《にれ》の木の下で、源樹はすでに待っていた。そばに、中学の頃から乗っているマウンテンバイクが立てかけてある。

気怠《けだる》げな様子で「よお」と挨拶される。彼の家があるリゾートホテルの一角は、島でもほとんど観光客しか足を向けない場所なので、彼がこの場所まで来るのは珍しい。源樹の私服なんて久々に見る。

「あの自称作家、ウザイんだけど」

新と衣花もやってきて、四人全員がそろったところで、源樹が言った。「霧崎さんのこと？」と新が言うと、頷く。

「あいつ、こっから、さっさと帰らせねぇ？　出て行かそう」

「意外。源樹って、人のことにあんまり興味ないかと思ってた」

衣花が言った。朱里も同感だった。すると、源樹が心底嫌そうに顔をしかめ、「たまんねえよ」と呟いた。

「幻だとかっていう脚本、探すまで帰らないつもりなんだろ？　そんなもんここにあるかよって思うけど、見つかるまで居座るつもりっぽいから。そのたびちょっかい出されるんだったら、本当、たまんねえよ」

「源樹ならうまくあしらいそうだけど」

実際彼に捕まった時だって、適当にやり過ごしているように見えた。

「俺だけじゃねえし」と源樹が答えた。

「俺のとこにはもう来ないかもしんないけど、他のとこには行くだろ。また新のとこに来るかもしんないし、他の人たちにだって、もう迷惑かけ始めてるんだろ？　聞いた。荻原さんの畑、中途半端に勤めてやめたり、蕗子と未菜のことも、なんかやな感じに嗅《か》ぎ回ってた。だいたいさ――」

源樹がそこで一番大きく眉根に皺《しわ》を寄せ、吐き捨てるように言った。

「むっかつくんだよ。人のこと、Iターンとか、外から来た、とかいろいろ言いやがって。俺、島に来たの二歳の時だぞ？　その前の記憶なんかほとんどねぇっつーの。なんで、あんな新米に、よそ者扱いされなきゃなんねーんだよ」

朱里は驚いて目を瞬いた。源樹がその顔を覗き込んできて「なあ、そう思うだろ」と言葉を重ねる。

「俺、かわいそうだと思わない？　なんであいつにそんな失礼なこと言われなきゃならないわけ」

「……そう、なんだ」

驚いていた。

源樹が、どうやら本当に憤慨《ふんがい》しているらしいことが伝わって、朱里の心に、じわじわとあたたかい、安堵《あんど》に似た気持ちが沁《し》みだして広がり、それが驚きを凌駕《りょうが》していく。

源樹は、島の子だ。

本人もそう思っている。

「だいたいあいつ、なんでそんなにその脚本にこだわるわけ？　さっさと諦めて出て行きゃいいのに」

「あ、それなんだけど、本木さんが面白いこと言ってたよ。自分のものとして発表したいんじゃないかって」

新がかいつまんで本木の推測を話す。源樹が考えるように黙り込んだ後で、「ありそう」と呟いた。

「なんか、そんなことなんだろうなって思った。だけど、暇だなー。人のもの探すくらいだったら、その分時間使って汗水垂《た》らして自分のもの書けよ。それができないんだったら、自分には才能ないですって認めてるようなもんだろうが」

「だからきっと才能がないんでしょう」

衣花が冷たく言い放つ。「それから」と源樹が不服そうに唇を尖《とが》らせた。

「本木のとこ行くならなんで俺も誘わねえんだよ。腹立つな、お前ら勝手にこそこそ集まって楽しそうに」

「別にこそこそしてないし、そんなに楽しそうにしてたわけじゃ」

新が首を振る。

「だいたい、源樹は興味ないかなって思ってた」

「はじめは興味なかったよ。あんなヤツのことどうでもいいもん。でも、いろいろかき回されるんだったら話は別」

「でも、どうしよう」

朱里はため息を吐いた。

「ここに長くいるつもりがないって言っても、そんな脚本は本当にないってわかってもらうまでは、霧崎さん、諦めないんじゃない？　本当にあるんならともかく、ないってことの証明は難しいよ。口で言っても信じてもらえるかどうか——」

「そんなん、簡単だよ。脚本、あることにして、渡して帰らせりゃいいんだよ」

源樹がきっぱりと言った。

え？　と呆気《あっけ》に取られる朱里の前で「だろ？」と全員の顔を見回す。

「よかったですね、見つかりましたよ、って何か摑ませて帰らせりゃ、それであいつだって気が済むわけだろ。適当なのでっちあげて、それ渡しゃいいんだよ」

「でも、適当なのって一言で言うけど、そんなのどうすれば」

「簡単じゃん。新、お前、なんか書いてるって言ってなかったっけ」

「え」

まさか自分に話が振られるとは思っていなかったのだろう。新がぽかんとした表情を浮かべる。源樹は満足そうに頷いている。

「演劇部で、ミステリ仕立てのなんか書くってはりきってただろ？　だけど、どうせ書いたところでお前四時には帰る幽霊部員なんだから、意味ないわけだし。それ渡して帰そうぜ」

「ちょっと待ってよ！　俺だって、頑張って、必死に書いてるんだよ。それにまだ途中だし……」

「じゃ、書き上げろよ。大丈夫、大丈夫。頑張って必死に書いてんならおもしろいんだろ？　騙《だま》せるって」

「でも、実際のプロの脚本家が書いたものとして通用するかどうか」

「いいって、いいって。その脚本家の中でも駄作だったんだなってことで納得するって。気にすんな」

「でも」

「筆跡は、ワープロ打ちだったら、たぶん、ごまかせるわね。後は、印字した紙を茶渋とかで染めれば、かなりそれっぽくなる」

衣花が割って入る。そして、形のいい顎を大きく引いて頷いた。朱里を見る。いいよね？　と。だから頷いた。

「オッケー。染めは女子で担当するよ」

た。

「ええええっ」

新が絞り出すような声を上げる。「決まりだな」と、源樹が畳みかけるように言った。

街灯の明かりがまばらな冴島の夜は、あっという間に暗闇になる。自転車の発電灯がカラカラ音を立てて光り、足下の少し先を照らす。夜の海に月が反射するせいで、堤防の周囲はいつもそれなりの明るさを保っていた。

夏の家々は、窓を開け放つせいで、歩いているとどの家からも同じテレビ番組の音が二重、三重になって聞こえてくる。

「霧崎さん、でも、追い出すみたいでかわいそうだね」

別れ際、ふと思いついて朱里が言うと、源樹が「別にかわいそうじゃねえよ」と答えた。

「この島には合わないってだけのことなんだから。あいつが悪いってことですらないと、俺は思うけどね。まして、俺らが悪いわけじゃない」

「そっか」

今日、源樹と話したことでじわじわと溢れだした安堵と嬉しさは、まだ朱里のつま先を仄《ほの》かにあたため続けていた。

「じゃあな」と手を振り、自転車に跨がる源樹の姿がライトの光とともに遠く離れていく。波の音が遠くに聞こえる。夜の海はのっぺりと闇に溶けて、音以外には波の姿も、水の境界線も、すっかり見えなくなっていた。海はその気配だけが、夜の島に充満している。

源樹は、覚えているだろうか。

いっそ、忘れていてほしいけど、朱里は覚えている。

島の同じ保育園に通い、もうじき卒園して小学校に上がろうという年の冬、源樹の母親が島から消えた。

冴島に移住して、開発に乗り出す父親と違い、源樹の母親は本土に仕事を持っている人だった。今のIターンの人たちと同じような生活スタイルだ。デザイナーで、打ち合わせはあるけれど、基本的にはどこでもできる仕事だからと、夫のIターンを了承して源樹と一緒に移り住み、だけど本土にも家を残して、半々で仕事をしていた。

島にいるより、本土のマンションで過ごす時間の方が長くなり、源樹を送り迎えするのはお母さんよりお父さんの方が多くなり、やがて、まったく姿が見えなくなった。

本土で仕事仲間と不倫していたのだと、大人の噂で知った。

源樹は、島に残った。

大人の噂を、保育士さんも、親たちもしていた。源樹は誰にも何も言わなかった。

ある時、保育園の裏側で、お迎えの遅いお父さんを待って、乾いた砂を蹴《け》っているのを見た。うーうーうー、と声が出ていた。他には誰もいなくて、朱里だけがそれを見てしまった。

島の子なのに、島の子じゃないような言い方を、大人はみんな源樹にしていた。青柳の家の子だから、といい意味にも、悪い意味にも聞こえる言い方を、長く、してきた。

青い園服を引っ張って、こっちを向かせた。

泣いているかと思ったけど、源樹は泣いていなかった。しばらく気づかなかった。泣いているのは朱里の方だった。秋にたき火をした時みたいに、煙以外の何かが目に沁みて、目を開いていられなくなる。

「私と『兄弟』になろう！」

と、朱里は言った。声が途切れた。咄嗟《とっさ》に言っていた。言わなければ、源樹が泣いてしまう気がした。

「私と、兄弟になろうよ」

島の「兄弟」の契りは、男同士が結ぶものだ。

源樹にはその時、断られた。「やだよ」と言う乾いた声の後で、源樹がわーん、と大声を上げて泣き出した。胸が痛くなって、朱里も泣いた。自分じゃなくて、人の心が痛くて泣くのなんか、初めてだった。

源樹は、そんなことがあったこと自体、もう忘れてしまっているだろう。実際に年頃になった時、島の風習に対しては微妙な立ち位置にある青柳家で、源樹にどこかの家と「兄弟」の契りを結ばせるつもりがあるのかどうかも、朱里は知らない。

一生懸命だったのだ。夢中だったのだとしか、言いようがない。朱里は源樹の「兄弟」になりたかった。

今、島で十七歳になり、島の人間を自分をひっくるめて「俺ら」と言う源樹を見ると、朱里は、誰にともなく「ありがとうございます」とお礼を言いたくなる。

そうしなければ、この幸福に追いつかない気がする。源樹を一人にしないでくれて、ありがとうございます、とお礼を言いたくなる。

8

新の書いた脚本を、「小学校の古い倉庫で見つけた」と話して渡すと、霧崎ハイジは、露骨に顔色を変えた。

口ぶりだけは相変わらず「へえ、そうなんだあ」と興味なさそうに気取りながら、だけど、茶渋で染まったぺらぺらの軽い紙を、恭《うやうや》しく、微かに震える指でつまむ。

「貸してもらえる？　読んでみたいな」と言われ、「どうぞどうぞ」と手渡す。

「初めてきちんと最後まで書き上げたけど、脚本って、書くのおもしろいね」

かなりの無理強いだったにもかかわらず、一週間とかからずに脚本を上げた新は、微かに興奮して頬も紅潮《こうちょう》して見えた。

「霧崎さんが読んでどんな感想持つのか、ドキドキする。うわー、やだなあ、むしろ感想聞きたくないな」と本心から言っている様子なのを見て、新も随分お人好しだなあと思う。


けれど結局、新が霧崎から直接感想を聞く機会は、訪れなかった。

新の書いた、偽の〝幻の脚本〟を受け取った霧崎は、翌早朝のフェリーで本土に渡り、そのまま、戻ってこなかった。

彼が契約していた古い空き屋は、ゴミもそのままに、彼の荷物だけがなくなって、荒れたまま残されていた。敷金礼金は払っているんだろうし、後は業者が手入れするのだろうけど、ほとんど夜逃げ同然だった。

「わかりやすっ」と、源樹が呟いた。


それから、三ヵ月後。

秋に入り、本木の家の柿の実がすっかり熟れて濃い黄色とオレンジ色のブレンド色に染まる頃、彼の家にみんなで集まっていた時のことだった。

霧崎の一件以来、すっかり「書くことの楽しさ」の虜《とりこ》になった新が、パソコンを持ち込み、画面を覗き込んで、そして「え」と、素《す》っ頓狂《とんきょう》な声を上げた。「え」と「げ」の中間みたいな声だった。

「どうした？」

畳に寝そべって、本土で買った『マガジン』を読んでいた源樹が顔を上げる。衣花と朱里も振り向いた。表情を固くした新が「これ……」と画面を指さす。頬と口端を引き攣《つ》らせ「載ってるんだけど」と呟く。

「何が？」

並んで、小さな画面を覗き込む。そこで、朱里たちは皆、彼と同じ「え」の声を上げた。

中央テレビ　第47回シナリオコンクール
最優秀賞　賞金30万円　※映像化契約あり。来秋放送予定。
霧崎ハイジ『水面の孤毒』

画面には、涼しい顔をして映る、見覚えのある霧崎の顔が表示されていた。

新の方を振り向けなかった。彼の書いた〝幻の脚本〟のタイトルは確か違うものだったと思うが、朱里たちは流れ作業のように紙を染め、渡したきりだったから、内容までは読んでいない。

新を見る代わりに、源樹の方を見る。口元が、笑うように引き攣っていた。「あれ？」と、ごまかすような乾いた呟きが漏れる。おそるおそる、ゆっくりと、朱里とほぼ同じくらいの速度で、新の方を、ようやく見る。

新はまだ、固まっていた。

けれど、次の瞬間、彼の口から出たものとは思えないくらいの大声で、新が叫んだ。

「やったー!!」

突き抜けるような、高い声だった。

「やったー！　すごいよ。タイトル違うけど、俺が書いたの毒殺のミステリだったし、たぶん、これだよ！　俺、すごくない？」

「え、あ、うん」

襟首を摑まれ、源樹が珍しく素直に頷いている。がくがくと顎を揺らし、申し訳なさそうな声で「すごい」と、一拍遅れて言った。

「……お前がそれでいいなら、だけど」

「すごいよ。テレビ局の人が読んでくれたんだ。うわあ」

興奮さめやらぬ新の声を聞きながら、外から、本木が「どうしたの？」と戻ってくる。

庭からは、近所のおばちゃんたちがあら汁を作る匂いがしている。パソコンから目を逸らし、男子たちの声が尽きない横で、衣花が「いこっか」と朱里を促《うなが》した。

入り口で靴を履きながら、「段階は確かにあるよね」と話し出した。

「段階？」

「前に、霧崎ハイジが言ってた、Iターンが島のみんなに溶け込む段階」

室内で、新が本木にパソコン画面を見せている気配がする。「うわ、霧崎さんだ。元気そうだなぁ」という、本木のどこかずれた感想が聞こえる。

「最初は、素材のお裾分けをもらうじゃない？　みかんとか、魚とか、野菜とか。みんな売り物にならない分を無駄にするよりはって、処分感覚でくれる。人間ディスポーザーみたいに」

「うん」

「でも、それじゃダメなのよ。そんなの親しさの基準にはならない。そこから少し仲良くなると、モトちゃんみたいに、朱里のお母さんが煮物を作ってくれたり、桃の瓶詰めをくれたり、素材を加工して、手が入ったものが届くようになる。きちんと、食べられるようにって」

「ああ」

衣花の言うことはよくわかった。

鍋やタッパーのまま持っていくお裾分けは、容器がきちんと洗って返されるところまで含めてセットだ。親しい相手でなければやらない。

「そういうのが進むと、最終的に、誰かの家の庭が井戸端会議の場所みたいになるのよ、きっと」

本木の庭に出ると、柿の木の下に、簡易机が出ていた。

前の住民に代わって、おじさんやおばさんたちに消毒の仕方を聞き、初夏にはまだ小さい実を間引いて実らせたいい色の柿が、秋の高い空の下で堂々と輝いている。

ちょうど、家でフルーツポンチを作ってきたという、蕗子と未菜の親子が「朱里ちゃーん、きぬちゃーん」と、自分たちを机の方から呼んでいる。大人用はこっちです、と、シロップ仕様のものと、お酒入りのものとに分けて、前に貼り紙をつけている。

立派な木の下には、自然と人が集まるのかもしれない。

今日のこの集まりは、本木が「柿を、よければそろそろもらっていただきたいので」と周囲に声をかけたものらしい。

人の中に入り込むことと、自分の庭に人を入れること。人に、自分の中に入ってきてもらうこと。

それはたぶん、どちらも等しく時間が必要で、そしてまた時間だけではどうにもならないものでもある。

食べ物の匂いが満ちた狭い庭は、人が道路と海の方まで溢れ出て、まるでちょっとしたお祭りのようだ。途中「何事や」と足を止めた人が、また中に引き込まれ、問答無用で食べてけ食べてけ、と箸《はし》とお椀を渡される。

蕗子が作ったフルーツポンチを、衣花と一緒に、ナイショで大人用の方をもらう。仄かに苦いシャンパンの泡が口の中で溶けて、喉《のど》をゆっくり通っていく。

中に浮いたみかんも桃も、まるで初めて食べるもののようにおいしかった。

— II —

1

波の音が聞こえる。

冬の夜は窓もカーテンも閉めているのに、新が布団《ふとん》のまどろみで、季節を問わず真っ先に聞くのはさざめく海の音だ。

その音に呼ばれるようにして目が覚める。もう少し寝ていたいと思いながら、あたたかい布団の中で聞く波音は心地よい。

顔にあたる小春日を受けながら、思う。

ここが、俺の住む島《ところ》だと。

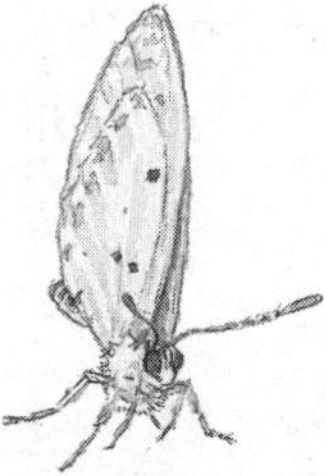

すぐに冷たい水で顔を洗う気がせず、立てつけの悪い半透明のガラス戸を引いてリビングに行くと、中ではすでに妹の真砂がコタツのテーブルにパンくずを散らかして、朝ご飯を食べ終えるところだった。いつも通り、父親の席にはきっちり折り畳まれた新聞。島の各戸に新聞が届くのはその日の昼近くだから、父が朝に読むものは一日前の日付だ。

「おはよー、新くん」

中学のセーラー服を着た真砂が、ジャムの壜《びん》を締めて立ち上がる。昔はお兄ちゃんと呼んでいたこともあったけど、二、三年前から、母に注意されてもこの呼び方しかしない。

「おはよう」

応える新を残して、制服のスカートを翻《ひるがえ》し、洗面所に消えていく。

まず、真砂が〝犬洗い〟と家族に呼ばれる洗顔法で洗面台を水浸しにし、髪をセットする。妹が濡らした鏡を拭《ふ》き、落とした長い髪をつまんで捨てながら洗面台を使うのが新の役目だ。

本土に渡る、という手間はある新だけれど、島内の中学であっても部活をやっている分、真砂の方が朝が早い。島の役場で働く仕事好きの父も、普段のこの時間はもう姿がない。

「新、このジャム食べちゃって」

台所からひょいっと顔を出した母が、真砂が置いていった壜を顎で示す。腕が大きく膨らんだ割烹着《かっぽうぎ》姿のまま、窓辺のストーブに近づいていく。その上に載った、しゅんしゅん蒸気を吐き出すやかんを手に取って、インスタントコーヒーの粉が沈んだ新のカップに熱湯を注ぎ入れる。立ちのぼるコーヒーの匂いに、目が覚めていく思いがした。

「新が食べきってくれたら、新しいのの封が切れるから。ジャム、あちこちからたくさんもらうからたまっちゃうんよねぇ」

「姉ちゃんのところに送ったら？」

「あの子も一人だからあんまり食べへんのやって。野菜も果物も送りすぎやって怒られた」

母がちろりと舌を出して言う。あの調子じゃ彼氏はまだだね、と。

新の母は保育士で、冴島保育園の園長だ。部屋の中に干しっぱなしの、胸に『やのせんせい』とアップリケが入ったエプロンを手に取り、丸めるように畳んで鞄にしまう。

新は言いつけ通り、時間が経って耳が硬くなり始めた食パンに、一人分だと山盛り状態になるが、明日の家族全員分はなさそうなみかんジャムを載せていく。

顔を洗い身じたくを整えたらしい真砂の声が、玄関から「行ってきまーす」と響いた。声を受けて、新と母の声がそろう。

「いってらっしゃい！　気をつけて」

姉の瑞乃《みずの》が夏に戻ってきた時、この挨拶を聞いて、「居酒屋のかけ声みたい」とうんざりしたように言った。母が「居酒屋ってかけ声あるの？」と尋ね返し、真砂は「お姉ちゃん、居酒屋行くの？　コンパ？」と興味津々という感じに目を輝かせていた。

けれど、そう言いながらも、ひとたび家族の「行ってきます」を聞けば、その姉だって一緒になって挨拶に応える。

どれだけ出がけに激しい喧嘩《けんか》をしても、衝突しても、必ず「行ってきます」と「行ってらっしゃい」を気持ちよく言うこと。

これは矢野家の家訓だった。父の教えだ。

「別れる時は絶対に笑顔でいろ。後悔することがあるかもしれんから」

新にはもうほんの少ししか記憶にない、小学校に上がる前に亡くなった祖父は、本土の病院に入院していた。両親は新たちを連れ、島と病院を行き来し、よくお見舞いに行ったが、ある夜、容態が急変し、祖父はそのまま亡くなった。網元に──つまりは衣花の家に──頼んで夜のうちに船を出してもらったけど、間に合わなかった。

それだけが理由ではないと思うが、きっと、父にとって別れと挨拶は大事なことなのだ。

祖父と父は、最後に喧嘩別れしたわけではない。

最期の時にこそ間に合わなかったけど、それこそ笑顔で別れたはずだ。けれど、自分が後悔しなくて済んだからこそ、それを家訓にまでしたい気持ちというのも、新には何となく想像がつく。行こうと思ってもすぐに行けない、会えない距離が、島と本土の間には横たわっている。

瑞乃と、新と、真砂。女二人に男が挟まれた矢野家の三人兄弟のうち、瑞乃がこの家を出たのは中学を卒業してすぐだ。新が今通っている豊住第二《とよずみだいに》高校ではなく、ブラスバンド部の名門校だという栄日《さかえび》高校に進学するため、本土に住む叔父《おじ》の家に下宿を始めた。今は大学に通うため、その叔父の家も出て、大阪で一人暮らしをしている。

姉が家を出た時は、だから、今の新よりも年下だったということになる。当時は、姉は自分よりずっと大人だと思っていたけど、今の自分と同じでまだ「大人」ではなかったのだろうなぁとふと感じて、不思議に思う時がある。島の子どもは、豊住第二以外の高校に通おうと思ったら、そんなふうに中学卒業と同時に家を出なければならない。新の学年にはいなかったけど、そのせいで、毎年何人かの子どもが中学卒業と同時に島を出る。

しかし、島に住む子どもたちにとって、いつか島を出るのは当たり前のことだ。早いか遅いかの違いしかない。

豊住第二に通っていても、高校を卒業すれば、新たちもまた、進学か就職で本土に渡ることになる。家業を継ぐか役場の職員にでもなる以外、島には仕事がないからだ。やがては帰ってくる場合ももちろんあるが、島の子どもは皆、いつかここを出て行くことを前提に育つ。

「ごちそうさま」

口の中に残ったジャムの甘さを薄いコーヒーで流し込み、新は立ち上がった。

新の住む菅多《すがた》地区は、坂道に家がびっしりと密集して建った高台だ。狭い土地を余すところなく建物でおおった場所の合間を、車一台通るのがやっとという細い道が曲がりくねって走っている。家と家の隙間《すきま》には、よくこんなところに車庫入れできるなぁと思うような場所に車が停まっている。

フェリー乗り場に行く途中で、「おはよう」と声をかけられた。

夏に、本木と霧崎がともに収穫のため働いていたみかん農家の荻原さんだ。島の朝は早い。もうどこかで一仕事終えた後なのか、かぶったキャップと作業着に、すでに汚れた跡があった。軽トラに乗り込むところだったらしい。荷台にかけられたビニールシートの下に、野菜が積まれている。

「おはようございます」

「おう。お前ら悪ガキは、相変わらず本木の家に入り浸ってんのか」

「あ、はい」

別に悪ガキじゃないのにな、そういう年でもないし、と思うけど、荻原さんにとっては挨拶みたいなものなのだろう。表情も変えずに「なんであいつは不思議と好かれるのかね」と早口に言った。

「ふとの？」

「富戸野《ふとの》も変なヤツやったけど、仲良くしてたようやし」

「夏に来た、作家だとかいう、ちょっと太った」

「ひょっとして霧崎さんですか？」

「いや、富戸野だよ」

あ、本名なんだ、と気づいた。霧崎ハイジはきっとペンネームで、荻原さんのところでは本名を名乗ったのだろう。

彼のあの、少し太めの体型を思い出し、〝ふとの〟さんかぁ、とつい思う。そして、ちょっといいと思った。彼が雇用主にきちんと本名を名乗って働いていたことも、だから荻原さん宅では本名で呼ばれていただろうに、本木が新たちの前でそのことを何も話さなかったのも。

それにしても、本木と彼はそんなに仲がよかったのだろうか。

「急に、消えるように帰っちゃいましたね、——富戸野さん」

「いや、島を出てく日、うちに挨拶に来たよ。本木と一緒に」

「え？」

「世話になった家に筋通すように本木が言ったんやろ。ホテル青屋で売ってる菓子折持って挨拶に来た」

それも初耳だった。急に消えてしまったように思っていたけど、ひょっとして、出て行くことも、探していたという〝幻の脚本〟のことも、霧崎は本木に、新たちに話すより詳細に相談していたのかもしれない。

「そうだったんですね」

「あの息子は、不思議やな。食えへんとこがある」

「あの息子って、どっちですか」

「本木の方や。富戸野はもうおらへんやろ」

荻原さんが言い、それから「坊、これ、船で食え」とりんごを一つ渡してくれる。

荻原さんの畑では作っていないから、きっともらいものだろう。もう高校生なのに、「坊」はないなぁと思いながらも、「ありがとうございます」と受け取り、鞄にしまう。

「本木も、あいつ、要領がいいんだか、悪いんだか。夏にうちのばあちゃんが熱中症になった時、飲み物買ってくるって、自販機もあるのにホテルまでわざわざ買いに行って呆《あき》れた。先週、うちのかあさんがぎっくり腰やった時も、何ができるわけもないのに、うろうろ家に来て。話し相手くらいにはなってたみたいやから、特に邪魔でもないけど、ありゃ、暇なんやな」

「冬の間は、四《よ》ツ家《や》さんのところの網漁を手伝ってるって言ってましたけど」

「そうか？　じゃ、ただの寂しがり屋か。向かいの家の母ちゃんが貧血の時も来て、畑手伝ってたから助かったようやけど。ありゃ、本業のウェブデザインの方が注文来んのやわ、きっと」

仕事を探してやらんと、とぶつぶつ言いながら、そのまま軽トラに乗り込む荻原さんを見送る。本木に伝えたら喜ぶかもしれないな、と思う。仕事を探してもらえるなんて、最高の構われ方だ。

しかしその時。ふっと、新の頭に疑念が湧いた。

霧崎の探していた、幻の脚本。

新が書いて渡した偽物を、本木は読んだだろうか。出て行く日まで一緒にいたなら、霧崎と、内容について話したりしただろうか。

人を傷つけ、本土の生活を捨てて、島にやってきたという本木。ウェブデザイナーを名乗ってはいるけど、ここに来る以前のことを彼はほとんど話さない。島に来た経緯からして、彼の元に届いた差出人不明の封書がきっかけだ。

ふっと心がざわついて、余計な詮索《せんさく》をしたくなる気持ちを抑えつける。

目の前を見上げると、遠い海から汽笛《きてき》の音が届いた。

「おはよう」

高校についてすぐ、活動場所である視聴覚室に顔を見せると、新と同じく二年の甲田《こうだ》が「おっす」と手を挙げた。彼の周りにいた部員たちもバラバラと「あ、おはよう」とか「ご苦労さん」と声をかけてくる。

「おはようございます」と先輩にきっちり頭を下げ、甲田が片づけていた模造紙の山を一緒に丸めにかかる。低予算の演劇部は、大きな大会以外の公演には、セットがほぼこの模造紙の背景画だけだ。本当はどこかにこの大きさのまま広げておけるといいんだけどな、とちらりと気になる。何度も丸めて広げてを繰り返した紙は、表面に白いでこぼこの皺がたくさん寄っている。

十二月になって、冬もそろそろ本番だ。模造紙に触れる手が乾燥している。バケツに汲《く》んだ水で雑巾《ぞうきん》をしぼり、床を拭く後輩たちの手も赤くかじかんで見えた。

「おはよう」

部長の白川《しらかわ》先輩が言う。

「ごめんね、今日も片づけだけ手伝ってもらっちゃって」

「あ、とんでもないです。俺こそいつも最後の方にしか来られなくてすいません」

謝りながら、本当になぁ、と心の中で呟く。普通の部員なら、片づけをするのなんか当たり前で、それは「手伝う」という言い方にならないだろう。結局部員扱いじゃないんだよな、と残念に思う。

顧問の合図で視聴覚室の真ん中に集合し、恒例である朝の部活の〆《しめ》、発声練習が始まる。早朝から活動していた横の部員たちに比べて、自分の喉がまだ完全にあたたまっていない、その差をはっきり感じながら、キーボードに合わせて声を出し、「ありがとうございました！」と大声で挨拶をする。場が解散になる。

教室に向かう途中で、源樹とすれ違った。新に気づき、気怠げに「よう」と話しかけてきた。源樹は一人きりだ。

「どっか行くの？　もうすぐホームルーム始まるんじゃない？」

「職員室。進路票出しに」

後ろ手に持っていた紙をぺらっと示す。

「提出遅れてたから」

「あ。そうなんだ」

就職か進学かを選んでマルをつける欄《らん》と、その下に並んだ第一志望から第三志望までの欄。

源樹の家は父親が忙しい。顔を合わせて相談する機会がなくて、時間がかかったのかもしれない。今回の進路票は、家族と話し合って提出するよう言われていた。

「じゃあな」と源樹が、中央の階段を折れていく。彼が去って、初めて、横の甲田が口を開いた。

「意外だよな」

「何が？」

「青柳とお前。仲いいの」

そうかな、と首を傾げると、甲田が「うん」と頷いた。

「なんていうか、島の奴らってみんな個性的。お前以外」

「そう？」

「あー、いいよなぁ。榧野さんたちと仲良いなんて」

甲田は衣花がお気に入りなのだ。島の女子たちはレベルが高い、毎日一緒に行き帰りしているのが羨《うらや》ましい、と、甲田以外からもよく言われる。

「青柳とお前なんて、本当だったら生息場所違う感じだろ？　なんかすごいよな」

本当だったら、ってなんだろうと思いながら、「そう？」と答える。島で生まれていなければ、という意味だろうか。

けれど、まぁ確かに。同じクラスではないし、部活の有無の違いもあるが、高校では新と源樹は別行動だ。

源樹が仲がいいメンバーは、シャツを着崩し、髪の色も染めたり脱色していて薄い。新たちとは違うタイプだ。バスケ部やサッカー部、運動部の生徒も多いから、部活に支障が出ない範囲ではあるけれど、言ってみれば派手だ。女子にも人気がある。

「源樹が不良に見えるってこと？」

島では大人の何人かが源樹にその言葉を使う。「不良」という言葉に宿る物慣れないのに幼い、それでいて畏まった滑稽《こっけい》さは自分たちの世代にはおよそ似合わないのにな、とそのたびに思う。

「不良だと思ってるわけじゃないけどさ」

甲田がごにょごにょと小声になる。

「青柳も大学、行くんだな」

「じゃないかな。もともとお父さんも東京の人だし、あっちの大学受けるのかも」

源樹がさっき持っていた進路票の紙を、何の気なしに甲田も見てしまったのだろう。第一志望から第三志望まで、どこかの大学名と学科が書かれていたように、新にも見えた。

自分たちの豊住第二高校は公立普通高校だが、生徒の大半はよほどの事情がない限り、大学か短大、あるいは専門学校に進む。「進学」のために勉強している。大人が聞いたら嘆きそうな理由だが、みんながそうするから自分も、という流されたような雰囲気もある。

卒業してすぐに就職する生徒もいるにはいるが、豊住第二の進学率は年々どんどん上がっているそうだ。この高校を受験する生徒たちも、もともと進学を前提に考えている生徒が多い。——尤《もっと》も、新たち冴島の子どもにしてみたら、この高校を選んだ理由は、フェリー乗り場に近く、島に住みながら通える唯一の高校だから、という点に尽きる。

源樹はどこの大学の、何学部に行くんだろう。

ふと気になった。

先週進路票を渡された時、新は何を書いていいか迷った。姉が通っている大阪の大学や、知っている有名人の出身大学の名前をなんとなく書き入れたが、その時々の思いつきで毎回書いているだけだ。

何がやりたいか明確に決まっている生徒なんて、自分の年ではほとんどいないかもしれないが、それにしても自分は本当に何も決まっていないのだなあと思い知る。姉の瑞乃は「大学に行ってからやりたいことが見つかる場合もある」というけど、その彼女だって今それが見つかっているかどうかわからない。

やりたいことや進みたい道が、源樹にはあるのだろうか。

「なー、今度椢野さんたち誘ってどっか行かない？」

急に話が飛んだ。

そう聞く甲田が、衣花を前に気圧《けお》されず話せるとは到底思えなかったが、新は「わかった」と頷いた。

「どっかってどこ？」

「え。映画とかカラオケじゃダメ？」

言ってみただけなのかもしれない。甲田が「冗談だよ」と会話を終わらせてしまう。予鈴のチャイムが鳴る中、照れくさそうに顔を伏せた。

帰りのフェリー乗り場にいつも通りギリギリに新が到着すると、フェンスの前に女子の姿はなかった。源樹がつまらなそうに一人で立って、ケータイをいじっているだけだ。

「あれ、衣花たちは？」

「クラスの女子の家に泊まんだって」

源樹が、つ、と顔を上げ、「さっき俺の教室まで言いにきた」と新を見た。

特に決まりがあるわけではないが、四人そろって帰れない時、新たちは連絡を取り合う。フェリーや島で会った大人に「一緒じゃないのか」と聞かれた時に面倒だからだ。

そういえば今日は金曜日だった。

一年の頃から、衣花も朱里も本土に住むクラスメートの女子の家に学校の帰りに寄って、そのまま泊まり込むことがよくあった。学校側がわざとそうしているのかどうかはわからないが、島から進学した新たち四人は、一年の時から誰ともクラスが一緒になったことがない。だから、衣花と朱里もそれぞれクラスメートが違うはずなのだが、いつの間にか互いの友達を紹介しあい、二人そろって同じ子の家に泊まり込んだりするほどに仲良くなっている。女子って不思議だ。

男子では——、源樹と自分では、あり得ないことだと思う。

フェリーはすでに着いていた。エンジンが、震えるような小さなうなりを海の上であげている。船と乗り場に渡された木の板を通って、先客が乗り込んでいく。

源樹はひょっとして自分を待っていてくれたのかもしれない。気づくのと、源樹が「乗るか」と足を踏み出すのとが同時だった。「うん」と頷いて、新も一緒に歩いていく。

瀬戸内の海は、同じ航路であっても、冬は夏よりフェリーの揺れが激しくなる。座席の左右が均等に揺れて傾く中、二人がけの空いたところを探して船内を見渡し、そこで、新は知った顔に気づいた。

蕗子と、未菜の親子だ。

右後ろの窓際二人がけの席に並んで座っている。去年、まだ一歳だった頃には膝《ひざ》の前で押さえつけられるようにして座っていた未菜も、今では一人で椅子《いす》に腰かけられるようになった。船からの景色が見たいと言ったのか、窓際に未菜、通路側に蕗子の順に座っている。

咄嗟に近くに席を探そうとして、やめた。蕗子たち親子は、知らない男と一緒だった。通路を挟んで反対側の三人がけ席の端っこに、誰か座っている。

かっこいい人だ、というのが第一印象だった。顔立ちが俳優みたいに整っている。イケメン、というのには年がだいぶ上だから抵抗があるけど、芸能人みたいなオーラがある。首筋にかかった長髪も無理なく似合っていた。

着ている迷彩柄のダウンベストに新でも知っているフランス発祥の有名ブランドのマークがついている。彼はたぶん、自分にすごく自信があっておしゃれなのだろう。十何万もするベストを俺が買うんだったら、絶対にあんな柄ものなんか買えない。一番無難な、派手さのない色をきっと選ぶ。

男と蕗子は親しげだった。

「未菜ちゃん、予防接種は泣いた？」と彼が問いかける声が、からっと聞こえた。応える蕗子の声も軽い。「今回は泣かなかったんだよねー、未菜」と、娘の顔を覗き込む。

「いつもは泣くけど、今日は泣かなくて偉かった」

「がんばった」

未菜が自分でも言って、蕗子と男が微笑む。

都会から来たという雰囲気はあるものの、男に嫌な雰囲気はなかった。不穏な——たとえば、夏に霧崎ハイジと初めて会った時のような、胸が騒ぐ感じもない。

蕗子が手帳らしきものを鞄にしまいながら、「島にはお医者さんがいないから」と説明している。

船内は混み合ってはいなかった。

島と本土を繋ぐフェリーは、新たちが利用する朝と、この最終の便だけは、利用客が特に多いことを考えて、日中に行き来するものより大きな船を出している。通常は左右に二席ずつ計四列の座席が、間に三席を挟んだ二、三、二の七列になる。通路も二本に増え、印象ががらっと変わる。

その中で、蕗子たちはそう目立つ様子もなく座っていた。

源樹を見ると、彼も黙って蕗子たちを見ていた。けれど、何事もないように「座ろうぜ」と新を促す。彼らと離れた前の席に荷物を置こうとする。

するると、座って窓の外を見ていた未菜が身を乗り出すようにして、顔を上げた。

「あらた」

いきなり名前を呼ばれて、新は腰を浮かし、未菜を見た。源樹や朱里には「くん」や「ちゃん」をつける未菜は、新のことだけは呼び捨てだ。たぶん、園で新の母がそう呼ぶからだ。

「あ、新くん。源樹くん」

蕗子が気づいて手を上げる。一緒にいた男性もこっちを見た。「島の子なんです」と、蕗子が男に説明する声がした。男がそれに応えた気配がしたが、何を言ったのかは聞き取れなかった。

新は会釈《えしやく》だけして、すぐにまた座る。

横の源樹を見ると、源樹は黙ったまま、窓の外を見ていた。普段、フェリーの中で居眠りすることも多いから眠いのかな、と思っていると、後ろを――おそらくは、蕗子たち親子と男の方を――、気にするようにそっと一度振り返った。顔を確認した程度で、すぐに元通り前を向いたが、彼にしては珍しいことだ。

「誰だろ。蕗子さんの知り合いかな」

「さあ」

フェリーが出航する。

島影をいくつか過ぎた頃に、後ろから、未菜がイルカの鳴き声のような「きゅー」っとすぼめた笑い声を上げて、男が「お。やったな」と笑って返すのが聞こえた。

その声を聞いて、ふっと、ある可能性に気づいた。

——まさか、未菜ちゃんのお父さんってことはないよね。

思ってしまった後で、そうだよ、そんなはずない、とあわてて思い直す。横の源樹は、知らないうちに目を閉じて椅子に背中を完全に預けている。寝てしまったのかもしれない。

「源樹」

「ん？」

ダメもとで呼びかけると、応答があった。考えを持て余して、「あの人」と途切れ途切れに口にしてみる。

「フキちゃんと今話してる人さ。まさか、未菜ちゃんのお父さんとかってことじゃないよね」

「違うだろ」

少しくらい振り返るかどうかして様子を見るかと思ったが、源樹の答えは即座に返ってきた。言い切られてしまったことで、ほっとすると同時に、それ以上続ける言葉も失って、新もただ、「だよね」と頷いた。

2

翌日のフェリー乗り場で話を切り出すなり、衣花と朱里がともに首を振った。

「違うでしょー、それは」

「新、単純すぎ」と。

土曜日の昼間だった。

朝も放課後も満足に部活に参加できない新だが、土日に活動がある場合には一日最初から終わりまで参加できる。午後イチの部活に合わせて到着したフェリー乗り場では、前日から泊まり込んだ友達の家から帰る途中だという女子二人が、新と入れ違いに島に戻る便を待っているところだった。

「フキちゃん、未菜ちゃんのお父さんとはもう連絡も取ってないって前に言ってたよ。仲良さそうに喋ってたんなら、それは違うんじゃない？」

「そっか」

「だけど、気にはなるかもね。その男の人、ホテル青屋の客かなんか？　Iターンって感じじゃなかったんでしょ？」

Iターンのデザイナーたちが活躍し、メディアでも冴島が紹介される機会が増えたせいか、島には一人でふらっと訪れる観光客も増えた。オシャレな客のほとんどは島の唯一のリゾートホテルである源樹の父のところに宿を取る。冴島は火山島だけあって温泉も有名だが、ゴルフコースも整体マッサージもついた宿はホテル青屋だけで、他は古くからの民宿がほとんどだ。

それが、と新も意外に思ったから説明する。

「青屋と全然別方向の、フキちゃんの家の方向に一緒に歩いてったんだよね。だからひょっとしてって思ったんだけど……」

「え？　あー、あっちの方だとグリーンゲイブルズがあるけど」

朱里が、そこで初めて本格的に新の話を聞く態勢になった。

グリーンゲイブルズは、お年寄りがやっていた食堂がつぶれた跡地を、最近になってIターンのグループが新規の民宿として改造した場所だ。オープンから一年。個人で旅行代理業務を行う別のIターングループと提携し、ネットで宣伝したせいか、団体のお客さんもようやく増えてきた。

朱里や蕗子の住む冴釣《さえづり》地区で、唯一の宿だ。丘の上のような場所にあり、見晴らしも悪くないが、やはり海沿いの他の民宿やホテル青屋のような、正面がすぐ海、という眺望には敵わない。温泉もないし、フェリー乗り場からも遠い。わざわざそこを選んで泊まるのは、はっきりいって物好きだ。

「送迎の車も来てなかったし、フキちゃんと丘を歩いてったから、あのまま一緒に家まで行くのかなって思って。声、かけなかったからわかんないけど」

「じゃ、未菜ちゃんのお父さんじゃないにしろ、彼氏ってことはあるのかもねー」

衣花の言葉に、新と朱里は二人そろって息を呑んだ。彼氏。

当の衣花は涼しい顔をして「だってそうじゃない？」と続ける。

「フキちゃんは若くてかわいいんだし、そういう人がいたって不思議じゃないよ」

「でも、聞いたことないよ」

「じゃ、これから言うつもりなんじゃない？」

島の保育園に子どもを通わせるシングルマザーの家庭の事情は複雑であることが多い。プライバシーや、職業的な守秘義務といった感覚が薄い島の生活で、誰がどんな経緯で島にやってきたかは、すぐに筒抜けになって、新たちだって知っていることがたくさんある。

妊娠して婚約していたのに、相手が前の彼女と切れていないことがわかって未婚の母になったお母さんや、DVやギャンブル狂いの夫から子どもと我が身を守るように逃れてきたお母さん。結婚する予定だったのに、土壇場《どたんば》で、親に反対されたからとお腹に子どもを抱えたまま、相手に別れを切り出された人もいる。

それらのお母さんたち各自の事情は、噂話というよりは、本人たちが覚悟を決めたように「もう過去のことだから」と割り切り、自分の口から明かすことが多い。男ってどうしようもないよねぇ、と、自分自身はそんな苦労もしたことがないくせに、新の母は彼女たちの話に大きく相づちを打つ。

そんな島のシングルマザーたちの事情の中でも、蕗子のものはまた格別に有名だ。相手の男のことだけならば聞かない話ではないかもしれないが、島に移り住むことになった経緯の方が特殊だった。

「おおーい、君たち」

束の間の十二月の陽光の向こうから声が聞こえ、三人同時に顔を向ける。そして、これもまた三人同時に「あ」と声を上げる。衣花が一番早かった。顔をぱっと輝かせ、「ヨシちゃん！」と背伸びして手を上げる。ツバの短い帽子に、冬でも日に灼けた顔でにっこりと微笑み、谷川ヨシノが手を振っていた。

ヨシノは、国土交通省の離島振興支援課というところからの紹介で冴島にやってきた人だった。肩書きは、『コミュニティデザイナー』。

新たちがまだ中学生の頃、村長に連れられて島に現れ、あちこちよく見ていた。『プロセスネット』という会社で働いているのだと、新たちの中学にもやってきて説明した。子どもたちに向けてぜひ話をしてほしい、世の中にこういう職業の人もいるということを教えてほしい、と、村長が彼女に講演を依頼したのだ。

『プロセスネット』は、行政からの依頼を受け、地域住民と行政や、行政と民間企業の間に入って、その場所が抱える課題や問題の解決を手伝う会社なのだと、ヨシノは語った。

「たとえば、最初は勢いがあって人気のスポットになるだろうと思っていたデパートが、見込んでいたより人が集まらなくて、入ってたお店もどんどんそこから出て行っちゃうような状況になったとするよね？　これは地方の都市部の話だけど、そうなると、そこが廃墟《はいきょ》のような状態になったり、言ってみれば、その街が寂れて勢いがないことの象徴になってしまったりする。そんな時に、では残された施設や建物を今後どう活用していったらいいか、ということの相談に乗るのもうちの会社の仕事です」

パソコンを操作し、ヨシノの言葉通り廃墟のようになった商業施設を彼女たちが変えていく様子が、スライドで映し出されていく。地域の商工会や市長を交えて話し合いを重ね、どんなふうなビルに変えていきたいか、そのイメージならばこのデザイナーを紹介できる、というように人を繋いで、徐々にその施設を中心とした街作りのプランが練《ね》られていく。

「ここで重要なのが、前にどこかの街で同じようなことがあったからっていって、そのやり方を真似するだけでは、問題が解決するとは限らないこと。街ひとつひとつに事情があって、背景も違うから、その土地にあった答えを探していきます。そしてたぶん、何が正解っていうことがない。だけど、たくさんある選択肢の中から、一番いいと思えるものを目指して、住民と考えていきます」

表面が黒ずみ、前に入っていた店舗の名前が薄く残ったままのビルは、確かにかつての勢いを感じさせる分、如何にも寂れた印象だった。

しかし、黒板の前に広げられたスクリーンに、次の瞬間、表面に蔦《つた》が這《は》った壁の画像が映し出されると、新たちはみんな息を呑んだ。まるで、外国の建物のようだ。黒ずんでいたビルが、急に歴史のある立派なものに見えてくる。

「かけられる予算と相談しながら、この時にはデザイナーと、ビルの表面を緑で覆うプランを提案しました。蔦を這わせるのに時間がかかるように思えるかもしれませんが、それも、植物の種類によるんです。建物に重厚感が出たことで、地元に住む画家や陶芸家の先生たちの中には、ここで個展を開いてもいいと言ってくれる人もいたし、全国チェーンの書店や雑貨屋さんにも出店をお願いすることができました」

田舎だと言って手を抜かない、新の目にもハイセンスでかっこいい内装が次々画面に映し出される。

「コミュニティデザイナーって、じゃあ、地域や空間をデザインする仕事ってことなんですか?」

新たちの当時の上級生からそんな質問が出た。すると、ヨシノが首を振った。

「いいえ。私たちの仕事は、あくまでもデザインの力で人の集団が持つ課題解決のための力を高めるよう支援すること。コミュニティは自然発生するものなので、そもそもデザインできるものではないんです。地域に生活している人が二人以上集まれば、もうそれはコミュニティ。生活している人に寄り添って、一緒にアクションを起こしていくことが大事なの」

ヨシノがにっこりと笑って言った。スライドを映すのに暗くなった教室で、だけど、新たち子ども全員の目をしっかりと見て続ける。

「他にも、観光地を目指しているけれど、何も名物や名所がないと思っている地域をどう盛り上げていくかなどの相談に乗ることもあります。私のような外部の人間からすると、地元の人が何でもないと思っていることが本当はものすごい観光資源だということに気づけたりする。ただ魚がおいしいとか、みかんがおいしいとか。みんなが当たり前だと思ってることが、私たちにとっては、ありがたがって何百キロも離れた場所からやってくる理由になります」

他にもたとえば、知事や市長など、自治体の長が選挙で替わった時。前任が進めていた公共工事が思いがけない形でストップすることもある。「ダムの建設が途中でやめになったとかってニュース観たことない？」とヨシノが尋ねた。

「これは、建設途中のまま放っておかれたダムの跡地を公園にした事例です。この地域は、二つの自治体のちょうど真ん中にダムを作る予定だったので、これまで交流がなかった二つの町の住民や学校に呼びかけて、休みの日に親子連れで花を植える活動をしました。ここは今、草野球をやるのに恰好の場所になってます」

キレイ事に聞こえたらすいません、と謝りながら、ヨシノが言う。自分たちの仕事は人と人を繋ぐ仕事なのだ、と。

「村長さんにお願いされたから、今、みんなの前でこんなふうにお話させてもらってますが、本当は、自分の正体を明かすようで心苦しいです。冴島でも、これから何かとお世話になりますが、仲良くしてもらえると嬉しいです」

「うちの島も、何か助けてもらわなきゃならないことがあって、谷川さんはその手伝いに来てくれたってことですか」

手を挙げて質問したのは衣花だった。反抗的というほどではないが、含んだところのある声だった。自分たちの住む島が、よそから来た相手に助けてもらわなければならない土地なのか。憐れまれると言ったら言いすぎだけど、そんなふうに上から見られているのだとしたら居心地が悪いと感じたのは新も一緒だ。

しかし、ヨシノはそんな質問すら予測できていたように、きっぱり首を振った。

「いいえ。冴島は、Iターンの人たちも含めて、とても賑《にぎ》やかな活気のある場所です。他の離島が羨ましがるような試みをいくつもしている。だから、逆に、私が助けてもらうために来ました。勉強させてもらいたいんです。どうか、仲良くしてください」

日に灼けたせいでそうなったような色素の薄い短い髪と、フットワークの軽さを物語る真っ黒い顔、お金をかけた様子はないけれど、いいものを長く使っているのがわかるクタクタのチェックのシャツとショートパンツ。右手首に、誰かにもらったのか、手編みのミサンガが数本巻かれていた。

後に仲良くなってから、新たちは、ヨシノがこの時に見せてくれた仕事の内容が、彼女の仕事の中でも派手な部類の、ほんの一部に過ぎなかったことを知った。

住民の間に入り、地域の課題を解決する手伝いをする。人と人を繋ぐ。

この、「住民の間に入る」ということは、生半可なことではない。それは、行政が言ったのではすんなりと住民が聞かない種類のことを、間に入るヨシノたちが、住民と信頼関係を結んだ上で聞いてもらう、ということだ。よそ者である彼女が、ゼロから地域に入り込んで彼らと関係を結ばなければならない。一年や、それ以上の時間をかけて、ヨシノたちの会社はそれをやっていく。

本当は自分の正体を明かすようで心苦しい、と語ったヨシノの言葉は本当にその通りだったのだろうと、当時はわからなかったけど、今なら、新にもわかる。

国土交通省からの紹介で村長に雇われたヨシノは、島の中に家を用意された。その家で寝泊まりしながら、徐々に島のおばちゃんたちと知り合い、その夫の「兄弟」たちのつてを頼っていろんな地域の会合に「勉強させてください」と顔を出すようになった。酒豪のおじさんたちの酒に気持ちよくつきあい、おばちゃんたちの台所を、都会に出て行った娘たちの代わりを務めるように手伝う。

一年もすると、島のおじさんおばさんが「ヨシノは」、「うちのヨシノが」と身内を呼ぶように彼女を呼び捨てにし始めた。「あいつ、本当にあんな遊ぶようなことばっかりしてて」「結婚もしないでどうしょもない」とぼやくおばさんたちも多い。島に用意された彼女の家は、今やほとんど物置状態で、島に滞在する時、ヨシノはほぼ毎夜それらのおばさんたちの家を順番に泊まり歩いて世話を焼いてもらっている。

新の家にも、朱里や衣花のところにも、時にはホテル青屋にだって泊まって、源樹のお父さんと、最近の冴島や観光はどうだという話をして帰って行く。

そしてヨシノは、Iターンの若者たちともあっという間に仲良くなった。中でも同年代であるシングルマザーたちとはすぐに打ち解けたようで、彼女たちからの相談にもよく乗っているらしかった。冴島の他にもたくさんの土地を行き来しているはずの彼女は、けれど、外の世界のことをほとんど匂わせなかった。もちろんずっと島にいるわけではないが、滞在期間中はまるで昔からこの島で生まれ育ったように、この場所でかわいがられている。

村長に連れられてやってきたというのに、島の大人たちは行政や村長への愚痴《ぐち》も平然とヨシノにこぼすし、Iターンへの悪口も、その逆に、Iターンから住民たちへの不満も、すべてが自然とヨシノの元に集まってくる。

それがたぶん、ヨシノの本当の仕事なのだ。

もともとの住民と新住民の間に入り、行政と住民、Iターンの間を円滑《えんかつ》に繋ぐ役割を果たすため、ヨシノは冴島に雇われた人なのだ。この場所にどんな問題や不満が渦《うず》巻《ま》いているのか情報収集し、互いに働きかけ、課題を解消していく。

そして、新たちはそれでもなお、ヨシノに感嘆する。ただ「仕事」として割り切ってしまうには、ヨシノはあまりに熱心にすぎるのだ。演技とか、立場や得といった考えとまったく別の次元で、ヨシノは人のために時間を使いすぎているように見える。

一度、新の家に泊まった際、ヨシノの携帯に電話がかかってきて、ヨシノが「ごめんなさい」と言いながら、部屋の隅で応じていたことがある。聞くとはなしに内容が聞こえてしまったのだが、友達同士のような口調で話す会話のはしばしから、電話の相手が随分思い詰め、泣いていることが伝わってきた。

「でも、結婚を考えているならちゃんとしないと。これからもそこで暮らしていくんでしょ」

はっきり聞こえた言葉は多くなかったが、それでもヨシノと同じくらいの年の誰かの相談に乗っているのだということがわかった。そして、それはたぶん、友達じゃなく、彼女の〝仕事相手〟だ。島の誰かでこそなさそうだったけど、彼女が出入りしている日本全国のどこかの自治体で、プライベートな恋愛に悩む女性の相談に乗っているのだ。その時の電話は結局、二時間近くかかっていた。電話を終え、謝りながら戻ってきたヨシノは余計なことは語らず、ただ「長電話してごめんなさい」と謝った。

正直、何故そこまで、と思う。

仕事だけで、人はここまで自分を捧げられるものなのか。新はそう思うし、近いことは朱里も衣花も、島の大人やIターンたちも、言っていたことがある。

時々、怖くなるほどだ。

ヨシノは、何を考え、何のためにやっているのだろう。仕事だからと言われたらそれまでだが、そう聞いていても、島の人間はみんな、それでもヨシノを頼ってしまう。話を聞いてほしいと思ってしまうし、助けてほしいと思ってしまう。そして、頼られる声に、ヨシノは嫌な顔ひとつしない。

仕事としての実績や、お金のためだけにやっているわけではないのだろう。自治体からの報酬は、国や県からの補助金もあるとはいえ、高額なものでは決してないはずだし、仕事の内容も、すぐに実績に繋がると思えないくらい些細な事柄が多い。そんなことのすべてに、ヨシノは丁寧に時間を割くのだ。仕事もプライベートもなく、全身で飛び込んで「人を繋ぐ」仕事をしている。境界線は、おそらく自分にもわからないのではないだろうか。朱里の母親が立ち上げた『さえじま』の会社も、設立から今日の商品の売り込みに至るまで、ヨシノにだいぶ手伝ってもらったそうだ。

働いている過程で厳しいことを言われる場面もたくさんあるだろうし、冴島に溶け込む時にも、新たちに見えないところでは、きっと、物言いのきついおじさんおばさんたちから心ない言葉を浴びせられたろう。しかしヨシノはそれを見せないまま、感じさせないまま、すっかり島の人になった。

「私、ヨシちゃん尊敬する」

島に来て最初の一年で、衣花がそう言って驚いた。蕗子や本木のような年上のIターンたちと仲良くなることはあっても、衣花は対等か、それか島に先に住む者として、常に年上の彼らを見守るような目線でさえいる。〝尊敬〟という言葉はまず聞いたことがない。けれど、さらに驚いたのはその先だ。

「ヨシちゃん、この間、頑固な年寄りの相手して疲れてくったくたになってうち泊まりに来たんだけどさ。その時に言ったんだよね。早く年を取りたいって」

信じられる？　と衣花が、新たち全員の顔を覗き込んで尋ねた。その瞳の中が揺れていた。

「自分が年を取れば、もっと言葉に説得力が出て話を聞いてもらえるのに悔しいって。ね、そんなことのために、自分の若さを犠牲にしていいって思えるってどんだけなの。私なんて二十歳すぎたらもう年だって思って、だからそれがすごく嫌なのに」

「ヨシちゃん、たぶん、彼氏いないのにね。もう、そういうのもいいのかな」

何気ない口調で朱里が言って、衣花が「朱里、それザンコクだから」と呟いた。

3

「今度はどれくらい島にいられるの？」

部活が始まる時間が近づいているという新に別れを告げ、乗り込んだフェリーで朱里たちは二階のテラスに出た。この時間の小さなフェリーは揺れがきつい。すぐ横の海面から上がる冷気に、コートの襟を立てながら階段を上がっていく。気温が低くても、薄い色の太陽が頭上にあるだけで、気分はよかった。

「一週間くらい。本当は、仕事でこの辺り先月も来たんだけど、冴島に行けるのはひさしぶり」

「そうなんだ」

近くまで来ているのに寄らなかったことがわかると「なんで連絡しなかった」とへそを曲げるおばちゃんたちも多い。だから、ツイッターもブログもやらないのだとヨシノは言っていたが、正直、こんなにあちこち飛び回っていたらネットに書き込む暇などないのではないかと思う。前にそう朱里が指摘すると、ヨシノは「そうでもないよ。同僚の中にはフェイスブックやツイッターをどんどん活用して役立ててる人の方が多いくらいだし。私はアナログなんだよねー」と言っていた。

冬場のテラスに、朱里たちの他に人の姿はなかった。

「で?」と、ヨシノが朱里と衣花、両方の顔を交互に見ながら、手すりに腕を載せる。一階の通路を抜ける短い間でさえ、ヨシノは乗客たちから「お、ヨシノ」「帰ってきたのか」と声をかけられていた。中には、朱里でさえ名前を知らないような人たちが混じっていたから、本当にさすがだなあと思い知る。

新から聞かされた、蕗子と一緒にいたという男について、ヨシノもまた心当たりはないと言う。

「彼氏だったら、本木氏はがっかりだろうなぁ」とヨシノが言うのを聞いて、新が盛大に「えええ!?」と声を上げていた。

「本木さんて、──そう、なの？」と自分たちの顔を見るのを、朱里たちは、まさか気づいてなかったとは、と呆れながら見送った。まだ話していたいと後ろ髪引かれるようにこっちを見ながらも、部活の開始時間に間に合うように学校に向かうのだから、新は律儀だ。

「たしかに、その人が彼氏だったら私も嬉しいけど、フキからは何にも聞いてない。かっこよかったなら、あの子とはお似合いだね」

「それ。ヨシちゃんが今着てるのと同じブランドのダウンベスト着てたって」

衣花がヨシノのジャケットの腕の部分を指さす。最初に島にやってきた年の冬から、ヨシノの冬装備はこのワイン色のジャケット一枚だ。

「ふうん。お金持ちなんだね」とヨシノが言った。

「これ、あったかいよ。私は何年も前にフリマで買って、軽くてあったかいから便利に使ってるけど、正規の値段じゃとても買えない。ベストじゃなおさらだよね。着れる時期短いのによく買えるなあ。防寒よりファッション優先。色は？」

「迷彩柄」

衣花の答えを聞いた途端、それまで快活に喋っていたヨシノの表情が急に固まった。何かに気づいたことがわかる間が十分に空いた後で、ヨシノが「そっか」と頷いた。顔つきを戻して、朱里たちに言う。

「たぶん、その男のことはそんなに気にしなくていいと思う。フキとは関係ないよ」

「本当？　ヨシちゃん、その人のこと知ってるの？」

「うん、たぶんだけど、大丈夫、問題ない。そっか、来てたか」

これ以上は答えるつもりがなさそうで、聞いてほしくなさそうだった。ヨシノは明確に「ダメ」と言わないのに、雰囲気で拒絶を示すのが上手だ。気まずくなるのが嫌で、朱里はさりげなく、話を軽い方向に持っていく。

「その、迷彩柄のベスト見て、新は、柄物なんか選ぶってことは、きっとすごく自分に自信があるんだろうなって思ったみたい」

「あはは。たかがベスト一枚にいろいろ僻《ひが》まれて文句つけられて、彼も大変だ」

「うん。――ね、今回はまたヨシちゃん、仕事？」

「いや」

鼻から息を抜くように笑って、それから静かにため息を吐く。

「それもあるけど。今回は、フキに呼ばれたんだよ」

「フキちゃんに？」

「朱里、何も聞いてない？」

「何を？」

「フキの両親が島に来る」

ヨシノが顔を海に向け、それから朱里を見た。この話を人に聞かせたくなくて、テラスまで出てきたのだろうと思った。

「会う時、近くにいてくれないかって、メールが来たんだ」

4

ホテル青屋と源樹の自宅のある濱狭《はまさ》地区は、土日の、源樹が休みの日の方が当たり前だが騒がしい。今日も、客の子どもがはしゃぐ声で目が覚めた。

父親は土曜も仕事で、通いの家政婦さんも父に頼まれた通りの家事をこなすだけだから、源樹を起こすこともない。休みの日、源樹が目覚めるのはいつも昼過ぎだ。

漫画雑誌とゲーム機の散らかった雑然とした床を踏み分けて、カーテンを開けると、隣接したホテルの庭が見えた。夏に比べて生気を抜かれたように色が薄くなった芝生《しばふ》の上で、子どもたちが転げ回っている。赤いワンピース姿の女の子が、兄らしい相手に追いかけられ前のめりになったのを見て、おー、転ぶぞー、と思っていると、案の定、次の瞬間、彼女が地面に顔をつけて盛大に倒れた。途端に上がった大きな泣き声に、奥の方から母親らしき女性が「どうしたのー」と間延びした声を出して駆け寄ってくる。

子どもたちが上着を着ていないことに気づき、寒そうだな、と思う。なんとなく窓を開けると、沁みるような冷気がひゅっと部屋に舞い込んでくる。元気だね、と呟いて、窓を閉めた。

家政婦が作った朝食とも昼食ともつかない食事をレンジであたため、着替えて、食べながらしばらくまた漫画を読む。アイスが食べたくなって家を出た。

ホテルの中にある売店にも、すぐ近くにあるスーパー青屋にもアイスは置いてあるし、ツケにして買うことだってできるが、何を買ったのかがすべて父親に筒抜けになる。どうせ予定もないのだし、島のほぼ反対側である自然公園まで自転車を漕いだ。

公園の高台には、ジュースとアイスの自動販売機がある。

白い波を浮かべた海が見渡せる展望台は、土曜だというのにとても静かだった。やはり寒いからだろうか。ホテルがある地区の方が、すぐ近くの建物で暖をとりつつ眺めを楽しめるし、海にももっとダイレクトに近い。

先客は、一人だけだった。

迷彩柄のダウンベストに見覚えがある。あ、と思ったまさにその時に、自転車を降りたばかりの源樹と彼は目が合った。昨日、フェリーで会った男だ。蕗子と話していた。

「あれ」と彼が言った。

横風に髪が靡《なび》いた。すかした感じの男だな、という最初の印象は変わらなかった。アイスをここで買って食べるのはやめだ。買うだけ買って家に戻ろう。

けれど、男がゆったりとした足取りで近づいてくる。源樹に話しかけてきた。

「昨日、船の中で会った子だよね？」

息を吸い、覚悟を決める。源樹は黙ったままゆっくりと彼を振り返った。若く見えるけど、意外に目尻に皺が寄っている。「ええ」と源樹は答えた。はい、とか、うん、と答えるより、一番距離を遠く取る言い方を探したら、一度も口にしたことがない言い方になった。

観光に来たにしては、男は手ぶらでカメラも提げていなかった。身一つで公園をうろついていたようだ。「この近くに住んでるの？」と男が聞いた。

「あ、ごめん。僕、椎名《しいな》って言います。そこの民宿に泊まってて」

「グリーンゲイブルズ？」

「そうそう。そこ」

蕗子と丘を登っていったのは、彼女の家の向こうにある宿に泊まるためだったのか。新が気にしていたが、やはり蕗子の家に一緒に行ったというわけではないのだろう。

「蕗子の知り合いなんですか」

話すつもりはなかったのに、尋ねてしまっていた。新が気にしていたということは、あいつの口から衣花や朱里の耳に入るということだ。そして、特に朱里は蕗子のことなら絶対に気にする。

椎名は「フキコ？」と、知らない単語を口にするように呟き、それにより、彼は蕗子とは本当に初対面だったのだろうと直感する。

「ああ、昨日の子」と、一人で頷いている。

打ち解けて話していたように見えても、きっと、彼女が誰だかも気づかなかった。だからこそ、蕗子もガードを甘くして喋っていたのかもしれない。

「違うよ。たまたま船で一緒になっただけ。母子手帳をね、ちょっと見せてもらったんだ」

「母子手帳？」

「うん。予防接種の帰りだからって広げて何か書き込んでたんだけど、デザインがすごくかわいかったから、カバーだけ、ちょっと見せてもらった。冴島って、自分のところで独自にデザインして、他の自治体より随分凝ったものを使ってるんだってね」

僕、デザイナーなんだ、と彼が言った。

「だからちょっと興味あって、つい見せてもらってた。そっか、あのお母さんの方がフキコさんって言うの？」

源樹は応えなかった。余計な情報を与える必要はない。アイスの自動販売機に近づき、無視するようにコインを投入しようとしたところで、後ろから「僕にも買ってよ」と呼びかけられた。咄嗟に「はあ？」と声が出てしまう。

椎名はにこにこと笑ったまま、「どれ？　どれがオススメ？　こういう自販機のアイスって昔はたくさん食べたけど、もう全然食べないから懐かしい。しっかし、君も物好きだね、この寒空に」

うるっせーよ、と口の中で呟くと、「奢《おご》るよ」とさらに声が飛んできた。

「一緒に食べてよ」

「あんた、何なんだよ」

「観光客。と言っても、今の時期じゃ海もまだ泳げないし、暇なんだよね」

いつの間にかこっちに向けて歩いてきた椎名が、源樹の横に立ってコインを投入する。点灯したランプを示し「どれにする？」と話しかけてくる。

源樹は黙って、一つのランプを押した。落ちてきたアイスを屈《かが》んで取り出すと、すぐに男が同じものを買った。

アイスを覆った包み紙を取りながら、「実は視察も兼ねてる」と彼が言った。

「僕のデザイン事務所で、今度、冴島がそうしてるみたいに、オリジナルの母子手帳を作ることになったんだよね。依頼してきたのはここみたいな離島でさ」

だだっ広い公園に、噴水の水が流れる音が響いていた。小春日が照らす水面の光が、男の横顔に注ぐ。意外と年を取っているように思ったが、近くで見ると肌も少したるんでいる。顔立ちだけは嘘みたいに整っているが、若くはない。

「依頼を受けて初めて知ったんだけど、母子手帳って、あれさ、自治体ごとに違うんだってね。お金のある町はキャラクターものの手帳を作ったりしてるけど、見てみると、中はそんなに差がない。多少のデザインの違いはあっても、国が示したお手本通りに作ってるだけなんだ」

源樹が黙っていても、男は話し続けていた。源樹の顔に、ふっと目を向ける。

「調べたら、自分のところで独自に中味から本格的にデザインしてるのは、冴島ぐらいのものだった。国から、絶対にこの項目は入れるようにっていうお達しはあるみたいだけど、そこを満たしながらも土地に合った形を目指した冴島の手帳は本当によくできてるよ。自由度が高くて、お母さんたちがいっぱい、書き込みができるようになってる」

「あんた、何が言いたいの」

アイスを開封せず、じっと相手の目を見て源樹は尋ねた。椎名はたじろぐ様子もなく、「僕らの事務所が依頼を受けた島はね」と、話すのをやめない。

「この冴島よりも小さいんだ。その上、本土との距離も遠くて、そこで生まれた子どもはみんな、中学卒業と同時に高校に通いたかったら、島を出る。お母さんたちは、みんなそういう気持ちで育児をしてるんだって。この子と過ごせるのは、十五年だけだって、最初からそういう気持ちでその子を産んで、覚悟を決めて子育てしてる」

椎名の目が穏やかに笑った。凪《な》いだ海のように静かな、不思議な目だった。

「手帳の中にはね、だいたいどこも、妊娠中、産まれた子どもに最初にかけてあげたい言葉はなんですかってことを書く欄があるんだけど。──人によっては、書いたり書かなかったりする欄だよ。体重とか検査結果みたいな数値をメモするわけじゃないからさ」

だけど、島のお母さんたちの手帳はそれが真っ黒なんだと、椎名が言った。

「欄外にまではみ出す勢いで、そういう、自分だけの言葉を書くところこそが真っ黒に書かれてる。まるで日記なんだって、僕のところに依頼をしてきた人が言ってた。島のお母さんたちは、高校入学で島を出ていく自分の子に書き込みだらけのその手帳を渡して、送り出すんだって」

源樹は黙っていた。目を逸らすのだけは嫌だったので、視線だけは椎名の顔に向けたままにした。

「この島にあった手帳を作ってくださいって、頼まれたんだ。冴島の手帳は、最後のページに『贈る言葉』を書く欄があって、子どもに渡すことが前提になってるらしいね。で、僕が視察に来た」

「……あんた一人で？」

「うん。一人で」

しばらく滞在する、と椎名は言った。

何を考えているのか読めない表情で、わざとらしいほどひょうひょうと、源樹に尋ねた。

「ねえ。日を改めて、島を案内してくれない？」

5

蕗子が引っ越してきて、出産と育児を見守った。朱里の家が一番近いから、朱里も、母も祖母も、蕗子と未菜を第二の家族のように思ってきた。

けれど、それにはどうしても本当の家族でも親族でもない遠慮があって、お互いに踏み込めない部分があるし、蕗子が頼ってくれないことを、朱里は寂しく感じたこともあった。けれど、その場合にも、蕗子と同年代のヨシノの存在は頼もしかった。

朱里たちに相談できないことも、蕗子がヨシノに話していたことに、とりあえずはほっとする。それを、ヨシノがさりげなく朱里たちに明かしてくれることにも感謝する。

蕗子の両親は、朱里たちが島に戻った時にはすでにもう蕗子の家に来ていたらしかった。今日、彼女の両親が来ることは、ひょっとすると、母の明実も知っていたのだろうか。知らないのは、朱里だけだったのかもしれない。

どんなやり取りがあったのか知らないが、蕗子と彼女の両親は、蕗子の家ではなく、朱里の家に来ていた。朱里たちが戸を開ける一瞬前まで、中からは「帰らない」という蕗子の声が聞こえていた。それに、知らない声が、息を呑むように「あんたはっ」と答え、「落ち着いて話しましょう」という朱里の母の声が、そこにかぶさった。

「こんにちはー。ごめんくださーい」

あえて抜群《ばつぐん》に空気を読まないヨシノの明るい声が、場に割って入る。玄関を通らず、居間と繋がった土間の方から呼びかけ、衣花と朱里を従えて、ヨシノが戸を開けた。

「こんにちは」ともう一度呼びかける。

ヨシノと、朱里たちの姿を見た蕗子の顔に、はっとした表情が浮かんだ。泣いていたらどうしようかと思ったが、蕗子は気丈な表情で頬も引き締まって見えた。憔悴《しょうすい》し、頬に涙の跡があるのは、蕗子の両親——特に、母親の方だった。朱里も会うのは初めてだ。つい顔を見てしまう。蕗子の話では、もっと強く頑固そうな、厳しい人たちだと想像していたのに、二人は逆にこちらがたじろいでしまうほど背を丸めて恐縮した様子で、蕗子の向かい側に小さくなって座っていた。

普通の、優しそうな人たちだった。

「朱里」

母が呼んだ。顔を向けると「未菜ちゃんが座敷にいる」と続ける。

「衣花ちゃんと一緒に、外で遊んでおいで。六時頃までに帰ってきてくれればいいから」

「わかった」

ヨシノが「初めまして」と頭を下げて、蕗子の隣に座る。疲れた様子の蕗子の母が、この子は誰だろうという目を向けながらも、丁寧に「初めまして」と頭を下げた。

話が聞きたかったたし、気になったけど、衣花とともに座敷に向かう。二人とも、一言も口を利かなかった。居間から聞こえてくる話し声が低くくぐもったようになって、はっきりと聞き取れなくなる。

未菜は、朱里の祖母と二人で、塗り絵をしていた。歩き回ったりはせず、ただ、手元のクーピーを握り締めて、がしがしと、色をこすりつけるように塗っている。祖母が顔を上げ、衣花と朱里に向け「おかえり」と小声で言った。

普段は人なつこい未菜が、朱里たちが入ってきたことに気づいても、塗り絵から顔を上げない。衣花がそっと横に座り、黒く塗りつぶされたばいきんまんに向けて「夜って感じだね」と話しかけると、こっちを振り向かないまま、怒ったような声が「夜じゃないよ！」と答えた。

「ばいきんまんだから黒いんだよ！」

「そっか。ごめんね」

目線を下に向けたままの未菜が、自然とこっちを向いてくれるのを待つ。今、向こうの声はこっちまで聞こえてこないが、さっきまでの口論はきっとここまで届いていたはずだ。

伏せた未菜の睫《まつげ》が、とても長い。美人になるだろうな、と思う。蕗子の一重と違って、くっきりと厚い、ぱっちりした未菜の目は彼女のお父さん似なのだろう。

その顔を見て、あの、居間で小さくなっていた蕗子の両親は──、未菜のおじいちゃんおばあちゃんは、どう思ったんだろう。

考えなくていいことを、つい考えてしまう。

今日初めて対面した孫に、何か、言葉はかけたのだろうか。


四年前のオリンピックで、多葉田蕗子は銀メダルを獲った。

種目は、二百メートル背泳。嘘みたいにすごいことだけど、本当のことだ。

腕も背中も、蕗子の筋肉はがっしりとしているが、水泳選手には珍しく、パンパンという感じではなかったし、蕗子は屋外の練習で水着を着ていても、元の体質だとかでほとんど日焼けせず、まるで化粧品のCMに出てくるみたいに水を弾く白い肌が美しかった。

薄い瞼も唇も上品でたおやかだと言われ、メダルを獲るなり、「銀色のマーメイド」というアダ名がついた。

オリンピックが終わっても全国ネットで彼女の顔を見ない日はなかったし、その年の大きな話題の一つとして、長くずっと盛り上がっていた。

朱里たちもテレビでその様子を観ていた。蕗子は美人で、純粋にきれいな人だったし、すごい人だと思った。

おめでとうございます、という言葉に、ありがとうございます、と応える蕗子。

地元の中学校で壮行会をしてもらったから、とメダルを下げてお礼に訪れる蕗子。

出身の町での凱旋《がいせん》パレード。

恩師が語る当時の思い出。

過去のライバルが語る、蕗子の人柄。

市民栄誉賞、名誉県民、園遊会。

たくさんたくさん、テレビで観た。

いつ頃からメディアで姿を観かけなくなっていたのかもわからないくらい、蕗子をテレビの向こうでたくさん観すぎて、そして観なくなった。

全部、自分には遠い世界の華やかなことだったから、彼女が消えてしまったことにも、朱里たちは気づかなかった。

――疲れちゃって。

照れ笑いのような表情を浮かべてそう言った蕗子の重たい口が、徐々に、徐々に、ぽつりぽつりと断片的に、何があったのか、どう疲れたのかを何年もかけて話していった。話したその後で毎回、打ち明けたことを後悔するように沈黙し、翌日には何もなかったようにはにかんで笑うようなことを繰り返しながら、朱里にも、話してくれた。

その人の栄誉は獲得したその人だけのものなのだと、話を聞いて、朱里は思った。たとえ、どれだけ関係が近しくても。間違えないようにしたいと、朱里は思ったのだ。

蕗子はメダルを獲ったそのオリンピックの時も、親元の、生まれ故郷の町に住んでいた。遠征や練習合宿で家を長くあけることはあっても、水泳チームのある地元の企業に就職し、働きながら水泳を続けていたそうだ。

泳ぐのが好きで、ずっと泳いできたのだと蕗子は言った。

水泳部もない、プールもないような高校で、周りから浮くのを覚悟で、遠い町までバスに乗って練習に通った。信頼できるコーチについて、厳しいこともたくさん言われたし、つらいこともたくさんあったけど、無心に泳いだ。その思い出のプールに、オリンピックの強化選手に選ばれてからも、たびたび顔を出していた。

塩素の濃度にも、水にも温度にも、そのプール特有の匂いがあるのだと言う。

「冗談みたいな話だけど」と蕗子は微かに笑いながら、大好きだったというそのプールに自分の名前がついてしまったことを明かした。フキコ記念プール。

「名誉なことなんだろうけど、行きにくくなっちゃって。歓迎されて、なんだか大きなことになっちゃうから」

地元の駅にも小学校にも市役所にも、彼女の健闘を称える垂れ幕がかけられた。「垂れ幕、かけてあげたの見た？」と市民栄誉賞の式典で問いかけてくる市長に、「ありがとうございます」と恐縮すると、「いいのいいの。こちらも利用させてもらってるんだから」とにこにこしながら言われた。式典で登壇したらしたで、地元のメディアから質問攻めに遭《あ》う。

「子どもたちに夢を見ることの大切さについて、一言」

どう応えていいかわからず、不器用に笑っている自分のことが間が抜けて思えて申し訳なかった、と蕗子は言った。

――勤めてた会社から、記念碑を建てたい、っていう申し出があって、それを断った時にね。父と母が、「どうしてだ」ってがっかりした顔をして。市の、一日警察署長とか、郵便局長とか、そういうのも、全部、断ったんだけど……。

受験や勉強の妨《さまた》げになると、水泳を続けることをずっと反対してきた両親だったそうだ。このあたりの事情を蕗子は詳しく語らなかったが、「オリンピックの時になって、初めて、海外旅行に連れて行ってあげられる、くらいの気持ちで、ようやく水泳と親を結びつける気持ちの折り合いがついた」と語っていた。

――断っても面倒なことになりそうだから、いっそ作らせたらいいじゃないか、一日署長だってやってみたらどうなんだって勧めるの。せいいっぱい冗談めかしてたけど、あれ、本気だったろうな。

有名になると親戚が増える、というのも本当だったようだ。

たまの休日に、会ったこともない親戚がやってきて、「前から大ファンだった」、

「応援してた」と寝起きの蕗子にレンズを向け、バシャバシャ写真を撮って帰る。帰り際には、「急に親戚が増えて困っちゃうよねぇ、かわいそうに。ごめんね」と悪びれる様子もなく。

栄誉だから、栄誉だから。

おめでたいことだから。

昔の同級生が、今はもう連絡を取っていないのに「私が一言呼べば来るよ」と言っていたと人づてに聞く。

小学生の頃の校長先生は、まっすぐな性格の厳しくも優しい先生で、好きだったけど、きっと自分のことなどもう覚えていないと思っていた。委員会の活動で一緒になった時、「多葉田さん」と蕗子を大人のように呼んでくれるところが、特に好きだった。

オリンピックの時、母校でみんながテレビを見て応援する際、来てくれて、蕗子のメダルが決まった瞬間に涙ぐんで喜んだ。その様子をたくさんのカメラが全国に流した。

先生に迷惑をかけてしまったかと思ったが、以来、「一目、会いたい。時間は作れないのか」と、それまでまったく会っていなかったのに連絡が来るようになった。ニュースに登場し、「蕗子ちゃんは当時から」「自分が知っている蕗子ちゃんは」と彼が名前で自分を呼ぶのがなんだかとてもこたえたのだと、蕗子は薄く、困ったように笑って言った。先生の中にいる自分は、もうあの頃の「多葉田さん」ではなく、自分の知らない、初めて呼ばれる「蕗子ちゃん」なのだと、それがとても悲しかった。

──冥途《めいど》の土産用に記憶が改竄《かいざん》されてんだろ、と源樹が言って、衣花と朱里の母に怒られていた。蕗子は寂しそうに、この時は笑わず、か細く首を振った。

メダルは、それだけの価値を蕗子に与えてしまった。

起こったことの一つ一つはたいしたことのないものだ。狭い田舎で目立ったという、ただそれだけの。

だけど、島に来た頃、蕗子は疲れ果てていた。

皆が自分の後ろに見るものは、彼女がこれまでやってきた水泳とかけ離れた、まったく違った重さを蕗子に課していた。

蕗子の栄誉を喜び、祝った故郷は、蕗子に最も優しくない土地へと、いつの間にか姿を変えていた。

知り合いなんだと語り、彼女の栄誉に乗っかろうとする人たちは、大抵の場合、その親密さをアピールするように蕗子を悪く言ったそうだ。元はこんな田舎の出身なのに、偉くなっちゃって。

やってくる恩師や先輩、友達を通じての講演などの依頼を断ると「応援してあげてるのに」、「有名になって変わっちゃった」とへそを曲げられる。これらの言葉は、蕗子が直接、面と向かって彼らから言われたものだ。

　蕗子はその一年後、妊娠した。

　相手は、彼女を長らく導いてきたコーチで、既婚者だった。この時だけ、蕗子は「つまり不倫です」と話して、自分の言葉の重みにつぶれるように、誰にともなく「ごめん」と呟き、目を伏せた。

　どうして、蕗子が産もうと思ったのか。

　朱里にはわからない。

　現実に産まれた未菜はとてもかわいく、朱里も彼女たち親子が大好きだけど、当時、まだ誕生していない未菜を、夫のない状態で一人で育てようと決断した蕗子の気持ちは、もし自分が蕗子だったらと考えてみても、わからない。

　結婚はできないとわかっていた、と蕗子は言う。その人とは、もう連絡を取っていない。向こうの方から最後になって申し出てきたという未菜の認知も、断った。

　蕗子を学生時代から導いてきたというその人は、中国人の元オリンピック選手で、そのことについて、蕗子の両親は烈火のごとく怒り狂った。しかしその怒りは相手ではなく、ただただ身内のみに向けられるものだった。蕗子を怒り、認められないと言った。外国人との結婚も、不倫も、子どもを産むことも。

なかったことにしろ、と言われた。

お父さんからは、どんだけ騒がれると思う、と強い口調で諭《さと》されたそうだ。

「わかってたよ。今度こそ、栄誉じゃなくて、もっとずっと酷いやり方で大騒ぎになるんだろうって、想像ついた。でも、その頃にはオリンピックの余波もだいぶ落ち着いてたし、地元では騒がれたとしても、静かにさえしていれば目立たず生きていくことはできるんじゃないかと思った」

どんな騒ぎも、いずれは落ち着く。

そう思っていた蕗子の背中を最後に押したものは、当時の新聞記事に観たある報道だったという。

――中近東にある学校が狙撃されて、そこで働いていた日本人女性が亡くなったっていうニュースあったでしょ。最後まで、現地の子どもたちを庇《かば》って逃げ遅れたっていう。

蕗子とはまったく立場が違う女性のニュースだ。新聞には、彼女の恩師だったという六十代の女性の投書が載っていた。

たくさんの悲しみの声が、ニュースで報じられていた。

地元で行われた彼女の葬儀に、その女性は参列したのだという。女性は、彼女が通っていた中学で教鞭《きょうべん》を執《と》っていた。担任ではなかったし、彼女自身も特に印象に残るような生徒ではなかったが、当時、自分はかなり厳しい態度で生徒たちに接していた。

葬儀の席で、当時の同僚に、何気ない言葉で言われたのだという。「あなたがあんなに厳しい先生でなければ、彼女はその後、こんなことにはならなかったかもしれないね」と。その言葉が突き刺さり、責任を感じているという内容の、それは投書だった。

蕗子自身には、まったく関係のない事柄のはずだった。けれど、これを読んだ時に一番激しく、蕗子の胸はかき乱された。震えた。そして決断したのだ。逃げなければならない、と。

人が乗っかるのは、栄誉だけではない。人間は、自分の物語を作るためなら、なんにでも意味を見る。

投書をしたその女性は、果たして本当にそんな言葉を元同僚に言われたのか。胸にあったのは、本当に責任なのか、苦しみなのか。投書をした女性の年齢は六十一歳だった。定年を迎え、仕事がなくなった時、ふっと自分の教師生活に何かを見いだしたくなったのではないか。

蕗子がしてしまったという、意地が悪い詮索のおよそすべてを、朱里も思った。源樹が言った、冥途の土産、という言葉を思い出した。そして、ぞっとした。他人の死すら、人は自分に引きつけてイベントごとのように消化してしまうものなのか、と足が竦《すく》んだ。

「銀色のマーメイド」としてたおやかで美しく祭り上げられた蕗子への反動は強い。水泳は、もう蕗子とは遠い場所にあった。そこで築いた栄誉だけが、今度は逆に蕗子の足をすくおうとしていた。メダルのようなきれいな話題がいくら積まれても、生々しいプライベートが一つ出てくるだけで、それは許されない汚点になる。まして、蕗子は未婚の母になる。

自分と、生まれてくる子どもを、守らなければならない。誰にも、蕗子の人生を「私のせいで」なんて言わせはしない。

子どもを産んで育てることを、不幸だなんて言われたくはなかった。

幼い頃から親元で暮らし、進学でも就職でも、一度も家を出たことがなかった蕗子は、その時、決断した。

父親の存在は公にしない。親も、親戚も頼らず一人で子どもを育てていく。水泳の世界から、引退する。父も母も、せっかくの業績が、メダルが、と蕗子が水泳を続けることを望んだが、そんなことのすべてを終わりにしたかった。もう泳ぎたくないくらい蕗子は消耗《しょうもう》し、そして自分がこんなことで水泳をやめたいと思っているという事実そのものに、言いようがないほどのショックを受けていた。

シングルマザーの島として、冴島が雑誌に紹介されているのを、その頃に観た。夫からの裏切りにあったり、しがらみから逃れるように島にわたってきた女性たちが、島に仕事を見つけて働いている。

親とたくさん喧嘩して、最後には家出のような形で故郷を後にした蕗子は、冴島村役場のホームページで臨時職員の募集を見た。Ｉターンの相談にも乗る、と書かれているのを頼りに、着の身着のまま、やってきた。

自分の故郷でもダメだったのだから、さらなる田舎ならきっともっとダメだろうという諦めに近い気持ちを半分、ダメでもともとだと挑むような気持ちを半分、胸に抱いて。

田舎や、顔が見えるコミュニティのよさなど幻想だと、Ｉターンとの共生を謳《うた》う冴島にうさんくさい反感を覚えてもいた。

その当時、ほとぼりが冷めてきたとはいえ、蕗子はまだまだ目立った。姿を観た記憶がまだ新しかったし、何しろ名前が「多葉田蕗子」だ。名字も名前も、珍しい。

役場の面接で、蕗子は早々に正体がバレた。

くだけた調子で話す面接官の役場職員が、「あんたあれだよね、オリンピックの」と話し、他の職員まで「おい来てみろ」と呼んできて、場が騒然となる。

みんな、悪気はなかったのだろうと思う。けれど「知らんかったけど、結婚してたんやね」とか「次のオリンピックは出んのか」と明け透けに尋ねる声に、蕗子は愛想笑いを浮かべながら、やはりここに来たのは失敗だったと後悔した。どこに行っても同じことが起こる。ましてここは自分とは縁もゆかりもない、故郷ではない場所だ。優しいはずがなかった。

その時一人の職員が、盛り上がった口調のまま、「どうやろう、小学校で水泳のコーチやってもらったら」と思いつきを口にして、本格的にもう帰ろうと思った、その時だった。

「それはあかんでしょう、あんたら」という毅然《きぜん》とした低い声が、場に響き渡った。大矢村長だった。

「多葉田さんは、事務職の面接に来とるんやから。それに、オリンピックで選手だった人にコーチしてもらうやなんて、あんたたち、それ予算は確保できとるの。小学校の人件費はカツカツなんやから、才能のある人に、できるからってなんでもタダでやってもらえると思うなんて大間違いや」

はっきりとした口調だったが、高圧的ではなかった。職員も「そおかぁ、やっぱり無理かぁ」と和《なご》やかなものだ。

村長が「ごめんなさいね」と謝った。心のこもった言い方だと感じた。

とはいえ、大矢村長は人脈好きで、人と人を繋げたがる人だ。

蕗子を事務職として採用してからも、アプローチはあった。

「プロにコーチは申し訳ないけど、気が向いたら、島の子どもたちにむけて講演会みたいな形で話をしてもらえへんやろか。離島が閉じてる場所やからこそ、あんたみたいな外から来たすごい人に夢を語ってもらえたら」

それに対して、必要ない、と話したのは、衣花や朱里――、あとは、その頃まだ島にいた新の姉の瑞乃たちだ。

「話なら、聞きたい時に自分で聞くからいいよ。それに、『夢』なんて蕗子さんに失礼だよ。蕗子さんがやってきたのは、私たちから見たら夢かもしれないけど、きちんとした蕗子さんの現実なんだから」

この子たちの島で暮らしてみたい、と思ってくれたのだと言う。

これまで、故郷なのにうまくいかないのかと思ってきたのは間違いだった。そうじゃない。故郷だからうまくいかなかったのかもしれない。故郷ほど、その土地の人間を大切にしない場所はないのだ。

6

未菜と一緒に本木の家にいる、というメールをフェリーの中で受け取って、新は自分の家に帰らず、島についてまず、彼の家に急いだ。

蕗子の両親のことは、船の中で衣花とメールをやり取りしたおかげでだいたいわかった。暗くなり始めた湾沿いの道を、柿の木のはみ出た本木家まで急ぐ。

「こんにちは」と呼びかけて戸を開けると、中からスナック菓子とオレンジジュースの甘ったるい匂いがした。絨毯《じゅうたん》の上に、遊び疲れたように豪快に手を広げた未菜が転がって寝ていた。上に、薄いブランケットがかけてある。

その横に座っていた衣花と朱里が「し」と人差し指を唇の前で立てた。あわてて頷いた新に、「大丈夫みたいだよ、よく寝てるから」と特に声をひそめる様子もなく本木が言う。

いるかいないかは半々だと思っていた源樹も、奥に寝そべって漫画を読んでいた。鞄を降ろし、そっと未菜を覗き込む。寝息に合わせてブランケットが上下に動くのを、ほっとしながら見守る。

「遅い、新」と、衣花が小声で言った。

「朱里の家からさっき電話来て、まだ時間かかりそうだから、ごはん、どうしようかって話してたとこ。ホテル青屋の近くのレストランか、お蕎麦《そば》取るか。モトちゃんがお寿司どうかって言ったけど、それだと寿司源《すしげん》になるから。あそこ、観光客価格で高いよね？」

「あ、それだったら、母さんがカレー持ってくるって。ヨシノ、今日うちに泊まるつもりだったらしくて、さっき母さんからメール来た。多めに作ってあるからって」

「ホント？　やった。新の家のカレー、私好き」

新の家では、お客さんが来る日のメニューは大皿のカレー一択だ。

今日はもともと、源樹を誘うように言われていた。源樹くんは、今日もお父さんのレストランで食べるだけだろうから、と母からメールが来たのだ。こういう日が、月に三、四回ある。誘うと、源樹も来てくれる。今日は事情が事情だから、さらに作るカレーの量を多くしてくれたらしい。

寝転がった源樹は、漫画を開き、新が来ても姿勢を起こす気配がない。ちらっと目を向け「よう」と言うだけだ。

「蕗子さんって、ご両親と連絡取ってたの？」

未菜の方を気にしながら、おそるおそる新が問いかける。「たぶん」と朱里が答えた。

「──来たばっかりの頃は、取ってなかったかもしれないけど。ひょっとしたら、居場所くらいは伝えたのかも。それに、うちのお母さんは意地張らないで連絡した方がいいって前から勧めてたみたいだし」

「でも、来るの初めてだよね」

「フキちゃんが来るなって言ってたのかもしれない。フキちゃん、実家に帰ってる様子もなかったし」

「連れ戻しに来たのかな」

「たぶん」

新は静かに息を吐いた。

蕗子が来て数年、彼女の周りに、何度か外の人間がやってきた。悪意があるのかないのかわからない、取材がしたいというものや、観光客がたまたま姿を見て蕗子に気づき、「ファンなんです」としつこく写真をせがんだこともあった。彼女の親に頼まれたという人が、来たこともあった。

蕗子の引退は、会見も表明もなく、本当にひっそりとフェイドアウトするような形だったから、注目する人は注目したし、勘繰《かんぐ》られもした。追いかけられる材料にはなりやすいようだった。

いつだったか、蕗子の取材だという男が不躾《ぶしつけ》に大きなカメラを持って現れた時に、たまたま本木と新で、買い物帰りの蕗子をかばったことがあった。

取材記者を名乗る男とカメラマンの二人を前に、ひょろひょろの自分たちは如何にも頼りなかったろう。まだ赤ん坊だった未菜を抱く蕗子の姿をカメラに入れたくなくて、震える声で本木が「し、しょ、肖像権の、侵害でしょう」と告げると、舐められたのか「記事にはなるよ」と男に突っぱねられた。

「みんなでその女を守っていい人気取りか。この島、気色悪いな」

未菜にも蕗子にも、おそらくこの言葉は聞こえた。怒りがこみ上げるより先に、新は、足が竦んだ。誰かから、こんなふうに正面切ってむき出しの悪意をぶつけられるのは初めてで、圧倒されて、言葉が出なかった。

しかし、その時、本木が言った。

「お引き取りください」と、まだ少し震える声で。

「僕たちが多葉田さんを守りたいと思うのは、多葉田さんがここできちんとそういう関係を築いたからです。誰でもそうできるわけじゃない。多葉田さんだから、守るんです」

記事は結局、どこにも掲載されなかった。

オリンピックは、次のものが始まり、終わり、新しいメダリストの話題を遠い世界の出来事のように見る蕗子は、もっともっと、時が経つのを祈り、待っているように見えた。

──あれから、だいぶ時が経った。

今日、本木が蕗子をどう思っているのか、初めて考える機会があったけど、それはずっと前から兆候があって、気づいて然《しか》るべきことだったのかもしれない。

ふいに、昨日の男のことを思い出した。蕗子と一緒に帰っていった、あの迷彩柄のブランドベストを着た男だ。

「フキちゃんの両親が急に来たことと、あの男の人は関係あるのかな。昨日、フキちゃんと一緒にいた」

「あ、それたぶん関係ない」

「え」

誰にともなく言ったつもりだったのに、急に声が返ってきて驚く。寝そべって漫画を読んでいたはずの源樹が、いつの間にか顔をこっちに向けていた。

「源樹」

「昨日の、あのすかした感じの男だろ？　あいつと蕗子はたぶん無関係」

「どうして？」

「勘」

言うだけ言って、源樹はまた横になり、漫画を開いて読み出す。呆気に取られる新の横で、自分と同じく、衣花と朱里も目を見開いている。ただ一人事情がわからない様子の本木だけが、「え？　何のこと？　男の人って？」と全員の顔を順番に見比べている。

「源樹、あの人のこと知ってるの？」

朱里が尋ねた。

「今日、ヨシちゃんも同じこと言ってた。あの人のことは気にしなくていいって」

「ヨシノが言うなら、そうなんだろ」

「あの人誰？」

「知らね」

物言いたげな全員の視線を丸ごと無視して、源樹が漫画本をめくる。衣花がダメ押しのように「本当に？」と聞く声には、もう何も応えなかった。

母のバイクの荷台に揺られてやってきた大鍋のカレーを本木の家で食べ、ゆるゆると、時間が過ぎるのを待つ。目覚めた未菜が牛乳で薄めたカレーを食べ終えて塗り絵をするのを、新たちは手伝った。

塗り絵に描かれた女の子が、ドレスごと顔まで真っ黄色に塗られているのを見て、「ダイナミックだね」と呟くと、「きれいな色だよ！」と、未菜に怒鳴られた。

結局、蕗子がヨシノを伴《ともな》って未菜を迎えに来たのは、夜の八時過ぎだった。

「ごめんね、本木くん」

申し訳なさそうに謝りながらも、蕗子に泣いたり取り乱したりした跡はなかった。

「お父さんたちは？」と朱里が尋ねる声に、「少しの期間、島にいるって」と事務的な口調で応じる。ホテル青屋に、三日間滞在するという。

未菜の手を引いて本木の家を出たところで、ふいに源樹がヨシノを呼んだ。

「ヨシノ。椎名って男知ってる？」

柿の木の下で、玄関灯に照らされたヨシノの顔が、一瞬無表情になる。しばらくして、彼女が「うん」と頷いた。

「会った？」

「今日、公園でたまたま。あいつがやってる仕事って、ヨシノが頼んだの？」

「察しがいいね。そうだよ」

新たちには、何のことかわからなかった。けれど、衣花も朱里も、今この場で聞き返さない理由は一つだけだった。何か聞いても、源樹はたぶん答えない。聞くなら、後でヨシノが一人になった時だ。

「冴島の手帳、見る？」

尋ねたヨシノの顔を、源樹はしばらく、黙ったまままじっと見ていた。やがて、微かに掠《かす》れた声が「いい」と答えた。

「昔、見た」

7

高校生とはいえ、大人の話に、朱里はそこまで入り込んでよいわけではなさそうだった。

源樹の聞いた椎名という男は、昨日、新が見たフェリーの男かと尋ねると、ヨシノは静かに「そうだよ」と微笑んで、ただ、それだけだった。

湾の周りを歩く帰り道、蕗子の背中の上で未菜がはしゃいでいる。「おかーやん、おかーやん」という呼び方が、島の夜に吸い込まれるように散って聞こえる。

それ以上聞けない空気を作り出すのが、ヨシノは本当にうまい。

蕗子のこともそれは同様で、家に戻ってからも、朱里は母にもヨシノにも、蕗子本人にも、何も聞けなかった。蕗子もヨシノも、朱里の家に一緒に帰る。ヨシノは新の家に泊まると言っていたはずなのに、彼女にとっては、本当に島の家全部が自分の家のようなものなのだなぁと感心する。

未菜と一緒に眠るように言われ、横になった部屋の向こうから、大人たちが話す声が微かに聞こえてきた。

朱里に聞かせてくれてもいいのに。もう高校生だし、わかるのに、と思うけど、それは逆なのかもしれないと、ふっと思う。もう話がわかるし、年が近いからこそ、過去のことまでは聞かせられても、進行形の事情については、蕗子も聞かせたくないのかもしれない。

「水、飲んでくるね」

横に眠る未菜に言うと、未菜が暗闇の中でこっくりと頷いた。寝ているかもしれないと思ったけど、起きていた。

そっと出た廊下で、ヨシノの声が聞こえた。

「意地張っちゃダメだよ」と、聞こえた。しっかり耳に届いて、びっくりして、つい足を止めてしまう。

「フキ、誤解しないで」

ヨシノが続けた。

「私は、フキのご両親を説得するために島に戻ってきたんじゃないよ。フキの方を説得するために帰ってきたの。お父さんたちを、いい加減、未菜ちゃんに――」

「無理だよ。あの子はあんなに父親似だし」

蕗子の声が弱々しく聞こえた。

聞いてしまうのが後ろめたくて、水を飲むのをやめ、回れ右して、部屋に戻る。どんなルールで、何の遊びを考案したのか、未菜が両手を天井に伸ばして、ダウジングでもするように腕をふらふら、円を描くように動かしていた。

「未菜ちゃん」

名前を呼んでみる。未菜は目を閉じたままだ。

「何してるの?」

「あかりちゃん」

舌が回らず、「あーりちゃん」と聞こえる呼び方で呼ばれる。

「ん?」

「明日は、じじとばば、来る?」

息を、ひそかに止めた。

未菜は目を閉じたまま、何かを探すような動きでまだ宙をかき混ぜている。

「おかーやん、じじとばばが来るって言ってた」

「……そっか」

「来る?」

「うん」

頷いて、宙をさまよう小さい手を掴む。ぎゅっと握って、一緒に眠った。

翌朝目が覚めると、ヨシノと未菜たち親子の姿はもうなかった。味噌汁の匂いがする台所を「おはよう」と覗くと、「おはよう、ねぼすけ」と、目玉焼きをフライパンから皿に移す母に、ちらりと睨まれた。蕗子とヨシノは、夜遅くに、それぞれ帰って行ったという。

「フキちゃん、大丈夫なの」

「まあねぇ」

たいしたことでもなさそうに、母がのんびりした声で言う。

「まあ、子どもがいるってことは救いだよ。未菜ちゃんはかわいいから」

未菜は父親似だし。

聞いてしまった蕗子の硬い声と、昨日見た蕗子の両親たちにまるで未菜と打ち解けた様子がなかったことを思い出すと、とても素直にそうは思えなかったが、確信したように話す母の気楽な口調に、少しだけ救われた気持ちになる。

わからないなりに、朱里も「そっか」と頷いた。

蕗子の家のある丘に続く坂道を、白い息を荒く乱しながら登る。

未菜が、朱里の部屋にカチューシャを忘れていた。「渡しに行って、迷惑じゃないかな」と尋ねる朱里に、母が「いいんじゃない」と答えてくれた。

忘れ物を口実にするようで気が引けたが、それでもやっぱり、蕗子の様子が気がかりだった。

舗装された急な坂道の周りは、昔、島の火山が噴火した時の名残《なごり》のような黒い色の道が、まるでアスファルトの輪郭線のように広がっている。朝日の中ではなおさら、際立ってその色が目立った。普段、登校の時にも帰ってくる時にも、急いでいたり、もう暗かったりで、まじまじと周りを見て歩くことは少ない。

道の先から、男の人が歩いてくる。一目見て、あ、と思う。迷彩柄のダウンベスト。

この坂道を、自転車や車を使わず、徒歩で人とすれ違うことは珍しい。目が合って、瞬間的に「こんにちは」と挨拶してしまう。確か――、椎名と言っていたっけ。

「こんにちは。君、島の子？」

朱里はかなりどぎまぎと挨拶したのに、男の方には随分余裕が感じられる。「はい」と頷くと、「そっか。高校生？」と尋ねてくる。

なれなれしい態度だが、口調に無理がなく、自然だ。朱里もつい「グリーンゲイブルズのお客さんですか」と聞いていた。

「珍しいですね。みんな大抵、ホテル青屋か、海沿いの民宿に泊まるのに」

「え？　ああ、そうみたいだね。土日なのに、宿泊客が僕一人で驚いた」

男が柔らかく笑う。微笑むと、嘘くさいまでに透明感のある人だった。敵意も悪意も感じられないが、不思議な緊張感のある人だ。イケメンだからかもしれない。好みではないけれど、少女漫画からそのまま出てきたみたいな顔をしている。

「じゃあ、また」

呟くように言って、男が坂を下りていく。すれ違う時に、ふっと、汐の匂いが混ざったような薄い香水の匂いがした。

8

日曜の朝も、源樹が起きるのは昼過ぎだった。

今日はまだ家政婦の宗田《そうだ》さんがいる。下から、掃除機をかける音が聞こえていた。ホテルと同じ業務用のものを使っているせいで、源樹の家の掃除機は音が大きいのだ。

カーテンを開け、見下ろしたホテルの庭を歩く初老の男性に、ふと目が吸い寄せられた。足が悪いのか、身体を少し前のめりにして、芝生の上を歩いている。それ以外は、姿勢もよく、痩《や》せた体軀《たいく》にしゃんとジャケットを羽織り、旅行中だというのに、穿《は》いているズボンにも皺が寄っていなかった。

中高年の旅行者は、旅行中だからとものすごくラフにヨレた恰好をしている人や、逆にものすごく気張ったおしゃれをして現れる人たちがいるけど、ちょうどいい、きちんとした恰好をしている人だな、と感じた。造園に興味があるのか、庭園の木にいちいち足を止め、表示の立て札で名前を確認しながら歩いている。

あの人が蕗子の父ではないかと感じたのは、直感以外に理由はなかった。そして、次の瞬間に、きっと間違いないと確信する。ニットのカーディガンを手に後ろから彼を追いかけてきた女性は、蕗子とよく面差《おもざ》しが似ていた。

子どもが見境なく張り上げる声と違って、彼らの話し声はさすがにここまでは聞こえなかった。けれど、想像すると、こんなところだろう。

そんな恰好じゃ寒いんじゃありませんか、中に着てくださいお父さん。大丈夫だよ、今日は天気もいいし、上着も着ているし。

妻の持ってきたカーディガンを受け取らず、柔らかな物腰で辞して、彼女を部屋に帰す。妻の方は心配そうに夫の方を振り返りながらも、建物の中に戻っていった。

源樹があの場所まで行った時に、彼がまだそこにいるかどうかは賭けだった。いてもいなくてもどっちだっていい。自分でも、どうして行ってみる気になったのかはわからなかった。

急いで着替え、駆けつけた芝生の庭に、蕗子の父はまだきちんといた。源樹が後ろに近づいていっても、気にした様子がなく、まだ、庭木を見ている。

待ち合わせまで、まだ少し時間があった。正直、落ち着かない気分だった。

「蕗子さんの、お父さんですか」

声に、男性が振り向いた。驚いた様子だったが、源樹を不審に思ったり、不快に思うそぶりはなかった。源樹のような若者相手だというのに、「ああ、はい」と丁寧な挨拶が返ってくる。

「多葉田です。多葉田蕗子の、父です」

フルネームで言うと、急に蕗子がオリンピック選手だったことの厚みが増す。多葉田蕗子選手、と呼ばれていたのを、そう熱心にテレビを観ていたわけでなかった源樹ですら思い出せる。

蕗子の父は、これまで、たくさんの相手にそう名乗り、娘の話をしてきたのだろう。誇らしく自慢する場面もあれば、声をかけられるのが疎《うと》ましかった時もあるだろう。珍しい名字が目立つのは、家族だから、当然蕗子と一緒だ。

声をかけたものの、何が話したいのか、聞きたいのかは自分でもわからなかった。ただ、顔を正面から見て、いい人そうじゃないかと思った。これまで蕗子に聞いていた印象とは随分違う。

「あなたは……」

「蕗子さんの知り合いです」

「ああ、そうですか。——私たちが来てることを、みんな知ってるんですね」

蕗子の父の目に、諦めたような寂しげな光が浮かんだ。実際に彼らが来ていることを知っているのは少数だし、蕗子の事情を知っている者も、興味がある者もさらに限られる。けれど、そのことをどう伝えていいかわからなかった。島の中が狭いのは事実だ。

「昨日、未菜ちゃんと一緒にいたんです。蕗子さんがご両親といる間」

「ああ、そうでしたか。それは、ご迷惑おかけして」

「多葉田さんたちは、蕗子さんを連れ戻しにきたんですか」

単刀直入に尋ねると、蕗子の父が小さく目を瞬いた。短い沈黙を経て、開きかけていた唇を引き結ぶ。「いいえ」と彼が答えた。

「心配しておったのは確かです。この島は医者もいないようだし、未菜がいるのに、これじゃ困るだろうと、不便をしてるなら帰ってこないかと、昨日言ってしまったのは確かです。だけど、あの子の母親が、言い方を選ばないから」

さっきカーディガンを携えてきた蕗子の母の姿が目に浮かぶ。

未菜が、と彼が呼ぶのを聞いて、はっとする。ごく当たり前のように、この人は、未菜が、と今、孫を呼んだ。初めて会うのに、家族のように。

「医者、確かにいないですけど、小さい子どもがいる人は本土に渡るのにお金が出ますよ」

源樹も詳しくはないが、妊娠中にも受診のための交通費の補助が出るはずだ。ああいう補助金が自分たちにも出ればいいのに、と中学で、まだ本土に渡る自由がなかった頃に新たちとふざけ調子に言っていたことがある。

──そうした補助金の概要についても、冴島の母子手帳には全部出ている。本土の医者の連絡先や、受けられる公的なサービスを、わかりやすい言葉で記してある。

蕗子の父は微かに笑って、「そうですか」と頷いた。そして、ごく穏やかな口調で
「連れ戻しに来たのではないです」と繰り返し答えた。

かけていた眼鏡をそっと外し、曇っていた様子もないのに指で軽く拭う。眼鏡をかけ直した後で、彼が、ホテルや庭木とは逆の、海の方に顔を向けた。

「あの子は、泳いでいますか」

「え?」

「きれいな海が近いみたいなんで、来る途中の船の中でもう、安心はしました。あんなに好きで、熱心だったプールを、いろいろあって、あの子は泳ぐのごと取り上げら

れたようなもんだから。わざわざこんな火山のある島を選んで住まなくてもと思ったんですが、海があって、泳げるから島だったんじゃないか、と、昨日、母親と話しました」

火山の噴火はもう六十年も昔のことなのに、島の外の人間にとっては、それでもやっぱり冴島は火山の島なのか。言葉を選ばない蕗子の父の言葉を、源樹は黙って聞いていた。海でもプールでも、蕗子が泳ぐところは一度も見たことがない。

この人は、話したかったのだろう、と思う。

彼の目は、通りすがりの源樹のことなど見ていなかった。ただ、誰かに話したいのだろう。

「私たちは、蕗子と喧嘩をしに来たんじゃないんですよ」

独り言のような、蕗子の父の声が続く。

「心配は、心配ですが。正直、もう、力尽くで十代のあの子と喧嘩をしていた時のような元気がないです。あの子はもう子どもじゃないし、私たちも若くはないですから。――あの子にしてみれば、水泳だってずっと反対されてきて、それでせっかく今大人になったんだから、全力で、まだ三十や四十だった頃の私らと喧嘩をしたいんでしょうが、それは無理です」

「反対したって言っても、中学や高校で水泳やるなら、親の協力は必須でしょう?

お父さんたちが最終的には許していたなら、それは気にしなくていいんじゃないですか」

昨日の蕗子と両親のやり取りがどんなものだったのかはわからない。けれど、彼らは蕗子に敵わなかったのだろう。敵わないと感じ、説き伏せることができなかったから、今こんなことを言うのだとしたら、それは狡《ずる》いと源樹は思う。だけど、それを指摘できる権利は自分にはなかった。

蕗子の父は、また寂しそうに笑って「私たちは、何も」と答えた。

「あの子が、立派だっただけです」

「どうして、今になって会いに来たんですか」

尋ねると、蕗子の父が虚《うつ》ろな目でこちらを見た。口にすると、ああ、自分はきっとこれが聞きたかったのだと思った。

家族なのだから、会いに来るのは当たり前だと、蕗子の両親はそう答えるかもしれない。予想していたが、そうはならなかった。

「連れ戻しに来たんじゃないんですよ、本当に」

蕗子の父の目が、穏やかに、優しく、中に光を灯《とも》したようになる。ジャケットのポケットを探り、封筒を取り出した。

「写真がね、初めて来たんです。これまで、居場所だけ知らせて、会いに来るなの一点張りで。こっちからの電話にも出なかったあの子が、初めて、未菜の写真を送ってきて。それを見たら、いても立ってもいられなくなってしまって、だから、会いに来たんですよ。蕗子には嫌がられましたが。――お母さんとは、すぐ喧嘩になるし」

未菜に会いたくて、と蕗子の父が言った。

封筒から写真を取り出す。蕗子自身の写らない、未菜だけを写した写真が三枚。一緒に入っていた便せんが見えてしまう。簡素に「こどもの写真を送ります。」とだけ書いてあった。

「蕗子に、そっくりでしょう」

二重瞼の未菜の顔を、蕗子の父が指さす。顔が笑っていた。

「本当に、あの子の小さい頃にそっくりで。会いたくなって、それで、お母さんと話して、ダメでもいいから会いに来ようって。昨日は、ろくに会わせてもらえなかったけど」

「――今、俺にしたのと同じ話を、これから、番号教えるんで、その人に話してください」

「え？」

「昨日、たぶん、蕗子さんと話す時に一緒にいた、谷川ヨシノって人です。俺じゃ、うまく蕗子さんとの間に入れないけど、その人ならきっとうまく伝えてくれます。喧嘩せずに、話せると思います」

ポケットから携帯を取りだし、ヨシノの番号を呼び出す。

びっくりした様子だった蕗子の父が、呆気に取られながらも「はぁ、あ、昨日の人ですね」と頷く。もう年で元気がない、なんて言っていたわりには、蕗子の父は、赤外線通信のやり方をきちんと知っていた。

急に現れて、「じゃあまた」と急に立ち去る源樹を、蕗子の父が取り残されたようにぽかんと眺めている。その視線を背中に感じながら、自転車を取りに一度自宅に戻る。

マフラーを取りに寄った二階の窓から芝生の庭を見ると、多葉田夫妻の姿はもうなくなっていた。

9

待ち合わせた公園の、この間と同じ展望台に、椎名はすでに来ていた。手すりにゆったり腕を預け、現れた源樹を見ても、涼しい顔をしたまま表情を変えない。

今日はアイスがなくていい。

自転車を降り、彼の横まで歩いていく。すぐ近くまで来たところで、椎名がようやく「やあ」と声を出した。源樹を見る。

「本当に来てくれたんだ。また会えて嬉しいよ」

台本のセリフでも喋っているようだな、と思う。もともとこういう喋り方なのか、わざとなのかわからなかった。「あんたさ」と源樹は切り出した。「ん？」と男が首を傾げる。源樹は言った。

「あんた、俺の母親の恋人だろ」

男の顔が、目を見開いてそのまま固まった。その顔から目を背けて、源樹は続ける。

「うちの親父と別れるきっかけになった後輩デザイナー。俺の母親の、仕事のパートナー」

冴島の母子手帳は、デザイナーだった源樹の母が作った。

島に移り、地元の仕事を請け負う一環で、母が手がけた事業だった。行政から依頼されたのではなくてむしろ逆で、母の方からやりたいと、行政に持ち込んだのだ。

きっかけは、源樹の予防接種だったそうだ。

島には医者がいない。任意の予防接種の時は本土にわたるが、国で定められたものについては、本土から医者を呼んで、子どもは集団接種を受ける。島の子どもが全員集まり、母親が母子手帳を開くのを見て、源樹の母は――、衝撃を受けた。

島の母親たちは、子どもが早くに巣立つことを前提に育児をする。出産前から丁寧に丁寧に書き込まれた母子手帳は、源樹の母がメモ程度に成長曲線に数値を記入するのとは、まったく別の使われ方をしていた。

豊住第二に進学すれば、まだ一緒にいられるけど、そうじゃなかったらすぐにお別れだから。

そう語る母親たちに、もっと、島に適した、うちだけの母子手帳を作って渡したいと思った。

この間椎名が語った通りの理由だ。冴島の母親たちは、島を離れる子どもに、記念の儀式のように、オリジナルの母子手帳を持たせる。

「驚いたな」

胸の奥から吐き出すように、椎名が感嘆のため息をついた。

「いつから気づいてた？」

「最初から。フェリーで蕗子と話してんの見た時から」

子どもの記憶力舐めんなよ、と思う。

まだ小学生の頃、こいつは一度俺に会いに来ている。「君が、源樹くん？」と甘ったるい声で様子を探られた後で、何年かして気づいたのだ。あれはきっと、母親の恋人だったのだろうと。母に頼まれたか、それとも何か思うところがあって自主的にやってきたのか。ともあれ、源樹を見に来た。源樹の父と鉢合わせしないよう、あの時も、ホテル青屋と離れた、この公園で声をかけられた。

「参ったな」と椎名が少しも困ったところのなさそうな声を出し、肩を竦めた。それから急に、割り切ったように軽い、砕けた態度で「ひさしぶりだね」と話しかけてくる。

「元気そうで安心したよ。もう高校生なんだね。――ひょっとしてだけど、母子手帳のことも知ってた？　冴島の手帳を作ったのは、君のお母さんだ」

「知ってる。だいぶ前に、親父から聞いた」

お前のお母さんが島にいる時にやった仕事だと、現物を見せられ、教えられた。かわいいだけじゃない、乳母車やほ乳瓶や、自転車や、ブランコや、成長とともにかかわるたくさんのモチーフがスタイリッシュに並んだデザインの中央に、母親に手を繋がれた子どもがいた。

父親をデザインしなかったのは、冴島には、当時からシングルマザーが多かったからだ。「他意はないのよ、あなた」と謝られたと、父が冗談にしても笑えない思い出を笑って話し、その心臓の強さに驚嘆する。

母は、この母子手帳の仕事を、当時の不倫相手と同じ事務所でやったのだ。

だけど、それは考えなくていいと、源樹の父はきっぱり言った。

「島の生活は、樹理《じゅり》には合わない部分もたくさんあったんだろう。無理にここに連れてきたのは俺だ。樹理にもかわいそうだった」

──この仕事は、お前のお母さんの誇れる仕事だ。

「結婚すんの？」と、源樹は聞いた。

不倫して離婚したはずの母が、その相手と続いてはいるのに入籍していないらしいことは、人から聞いて知っていた。

「わかんない」と椎名は答えた。「僕はずっとしたかったけど」とふざけ調子に語る。それは俺のせい？　と聞けるほど、源樹は大人でも子どもでもなかった。そうしてやる義理もなかった。

両親の離婚は五歳の時で、母親は、源樹を引き取りたがった。父親は、源樹に選んでいいと言った。どっちがいい？　どっちにいく？

源樹は島に残った。

残ると言えば、母が戻ってきてくれるんじゃないかという期待があったことは否めない。けれど、母は戻ってこなかった。

母からはその後も、会いたいと何度も言われた。狭い島に戻って目立つことを気にしてか、父親を気にしてか、彼女が島に戻ってくることはなかった。源樹も、会いに行ったことは一度もない。

引き取りたいと、何度も父に打診があったことも、聞いている。

「うちの事務所に、離島の町から母子手帳作製の依頼があったことは本当だよ。過去、樹理さんが冴島でやったこととの実績を買われて依頼が来た。その時に、初めて手帳のことを聞いたんだ」

「へえ」

すげえことすんな、ヨシノ。唇の裏で声が出る。

お前、デリカシーないのかよ。

「作ることになった経緯を聞いて、君にもまた会ってみたくなったんだ。あとは――、これを渡しに」

「何」

「お父さんがきちんと君に伝えてくれてたんなら、話が早いや」

はい、これ。椎名が足下に置いていた鞄から、薄い紙袋を取り出す。

「お母さんから。――君が産まれたのは島に来る前だから、冴島製のオリジナルじゃないけど」

中を見ると、茶色くなった表紙の、平たい母子手帳が入っていた。まだ東京にいた頃に住んでいた区の名前が入っている。表紙は、なんの変哲もない花模様。源樹は黙って、それ以上は中を開かず、じっと表紙を見つめていた。どの程度の愛着が母にあったのかは知らない。けれど、長く保管されていたことだけは紙の古さが物語っている。

「読んでも、読まなくてもいいよ。だけど、お母さんはずっと渡したかったみたい」

邪魔して悪かったね、椎名が言って、展望台を後にしようとする。源樹は顔を上げた。

「あのさ」

椎名が足を止める。源樹を振り返った。

「——あの時、俺が島に残ったの、女のせいだから」

父がいいか、母がいいか。

聞かれても、源樹には選べなかった。正式に離婚する。家族じゃなくなると言われても、すぐには信じられなかった。

私と「兄弟」になろうよ、と言われたのは、その時だった。

懸命に、それが自分にできる精一杯の策なのだとばかりに、あの時、顔を真っ赤にして、泣きながら、源樹は言われた。

島の「兄弟」の契りは、男同士が結ぶものなのに。

しかも、元は島の人間じゃない自分に。

「島の『兄弟』の仕組みは知ってる？」

「樹理さんから聞いてる。——住んでた期間は短かったみたいだけど、冴島のことは本当によく、話に聞いた」

「その時期に、幼なじみの女から『兄弟』になろうって言われたんだよ。びっくりして、だけど」

すごく嬉しかった、と単純な言葉を口にしただけなのに、思い出して耳が熱くなる。嬉しかったのだ。あの時。父と母と、どっちを向いていいかわからなかった中で、だけど、両親以外にさしのべられた「兄弟」の言葉に、あの時、どれだけ心が揺れ、そして救われたか。

「——必死に、泣きながら言われたら、そいつのそばで暮らしたいって思った。それからは、島を出てくことなんか考えられなかった。だから、俺が残ったのは、そいつのせいだよ。……母親と父さんを秤《はかり》にかけて、父さんを取ったってわけじゃない」

あんたを、取らなかったわけじゃない。

「伝えてくれる？」

「わかった」

椎名は、また、さしたる感慨もなさそうに頷いた。フリかどうかは、わからなかった。「兄弟じゃダメだろ」と、ふっと笑う。

「兄弟じゃ結婚できないよ、君たち」

「知ってる。だから、その時も断った」

「今、その子とつきあってんの？ 彼女？」

「卒業までには」

島を出るまでには。

反射的に答えてしまってから、あー、俺、そんなつもりあるんだ、と妙に客観的に思う。俺、あいつが好きなんだ。

朱里はたぶん、自分とそんなやり取りをしたことすらもう覚えていないだろうけど。

「いいなあ。僕はまだ結婚できないのに。羨ましい。島の子、何人か会ったけど、レベル高いよね」

椎名が拗《す》ねたように唇を尖らせる。それからまた優美に微笑み、「元気だったって伝えていい？」と聞いてきた。

「元気で、幸せそうで、彼女までいたって伝えてもいいかな」

「好きにしろよ」

「手帳、読むといいよ。特に最後のページ」

じゃあね。

今度こそ手を振って、振り返らずに椎名が公園を出て行く。丘を下っていくその背中を、源樹は最後まで見送った。

椎名の姿が消えても、すぐには手帳を開く気はしなかった。きっと、謝る言葉が羅《ら》列《れつ》してあるのだろうと思った。母子手帳は、六歳頃までの成長についてを書くものだ。五歳で別れた源樹に向け、空白のページに恨み言のようにごめんなさいなんて書かれていた日には、美談を通り越して、破って捨てて帰りたい。

父さんを振って、あんな趣味悪い男とつきあってるようじゃ女としても程度が知れる。思いながら、ぱらっと適当なページを開く。そして、息を吞んだ。

産まれてくる子に最初にかける言葉を書いておきましょう、という欄に、はみ出るほどに力強く、文字が書いてある。

たくさん、たくさん。

げんきで、いてください。

と、書いてある。

欄外にはみ出す勢いで自分の言葉を書き込むのは、島の母親に限ったことじゃない。何だよ、と思う。島の、他の母親たちに後から触発された影響もあるのだろうけど、源樹の母の書き込みも、かなりのものだった。

保育器に入った赤ん坊の写真が貼られている。

デザインの仕事はできるんだろうけど、あんまり文才のある人じゃないんだな、とめくる途中でさすがに気づく。椎名が見た方がいいと言った最後のページに至るまで、手帳はほぼ同じ言葉で埋め尽くされていた。

げんきでいますか。

ずっと、げんきで、いてください。

10

蕗子が未菜を両親に会わせたのは、彼らが島を去る前日の夜だった。

自分の家では抵抗があったのか、彼らが泊まるホテル青屋のロビーに保育園帰りの未菜を連れて、現れた。

ヨシノと、源樹や朱里たちもみんな、付き添った。

かわいい、かわいい、という言葉を、蕗子の両親はひたすら連発していた。蕗子に似てる、そっくりだ、と話す声に、最初は硬い表情をしていた蕗子の顔がだんだんと緊張を解いていく。

「あなたの方のお父さんにも耳が似てない?」という母親の声に、「あのおじさんの小さい頃にも似てるんだよな、このぼやっとしてる顔が」と父親が答える。

未菜の中には、いくつの、誰の顔が溶け込んでいるのだろう。

未菜が、未菜が。

ミーナちゃんが、ミーナが。

昨日今日会ったばかりの未菜の呼び名が、元からそうあったもののように、変化し、溶け込んでいく。保育園に通い、知らない大人にも馴れているせいか、未菜は人見知りをしない子どもだ。笑顔で、きゃー、と祖父母に応えている。

じじ、ばば、という呼び方は、蕗子に教わったのだろうか。

「お父さんにも似てるのか」

蕗子の父が、まだ微かに硬い声で言う。その声が自分に向けられたものだと、蕗子は咄嗟に気づかなかったようだった。

父の言う「お父さん」が誰を指すのか。短い間ではっとしたように気づいて、「うん、そう」と緊張した声を返す。

「目が、特に」

「そっか。目が大きい人だったっけなぁ」

すべすべの未菜の頬を撫でながら、蕗子の父が「かわいいなぁ」と繰り返す。

蕗子の脇に見える鞄を、ふと眺めた。予防接種の帰りに開いていた母子手帳。椎名が目をとめたというその手帳にも、おそらく、溢れるほどの書き込みが連なっているのだろう。未菜の名前を、きっとたくさん書いている。

そっか、と、源樹は一人、頭上を振り仰ぐ。

あはははは｜、と爆笑する未菜が、ホテルのカーペットの上を転げ回り、「汚いよ、やめさせてお父さん！」と蕗子が叫んだ。蕗子が未菜以外の人に向けて大声を出すのを聞くのは初めてだ。

「未菜ちゃん、ご機嫌だね！」

朱里が言って、さりげなく蕗子の横に立つ。蕗子が俯いて、唇を噛《か》んでいる。

蕗子はいつか、ここを去るのだろうと、ふっと思った。根拠のない直感だ。寂しさは感じなかった。

島を去る者、島に来る者。そして、去ってしまっても、その場所に残るものはある。

冴島の日々は、続いていく。

―Ⅲ―

1

日曜日の公民館は、魚と磯《いそ》の匂いがする。

二十人近いおばちゃんたちが、学校の給食室で使うような大鍋が並んだコンロの前を、せわしなく行き来する。この後、みんなで試食と称して一緒に食事を取るから、作業をする向かいに並んだ長机は、団体旅行の宴席のように、料理が人数分ずらりと並ぶ。

朱里の母が社長を務める会社、『さえじま』の作業風景はいつもこんな感じだ。公民館の、普段は料理教室などをしている二階ホールにみんなが集う。

二月も後半。今日は春の新製品となるしらす料理の開発だ。

「朱里。あんた、仕事しいや。未菜ちゃん、遊んでる」

朱里はまだ、家の台所でさえ祖母や母から完全には戦力として認められていない立場だ。『さえじま』の業務についてもそれは同様で、母たちと一緒にコンロの前に立つことも包丁を握ることもないけれど、日曜午後の朱里はズバリ〝未菜係〟に任命されている。

「はいはい、ごめーん」

謝りながら、ともすると火のそばで作業する蕗子のそばに行きたがる未菜を、作業場に入る直前でキャッチする。「いーやだー」と顔をしかめるのを抱き上げて、外に連れ出す。

平日は農業や漁業をしながら、兼業で『さえじま』の社員をしているおばちゃんたちのため、『さえじま』が新製品を作るのはだいたいが日曜の午後だ。ただし、日曜は保育園も休みのため、未菜の面倒は朱里がみる。

調理場の外に出ると、他のIターンのお母さんが連れてきた、未菜よりも大きな子たちが四人、絵本を開いて読んでいた。朱里の姿を見て「朱里！」と呼び捨てにしてくる。その声に応えながら、今にも中に戻ってしまいそうな未菜を「ほら、未菜ちゃんも本読もうよ」と誘う。未菜は「やだー」と、まだ足を突っ張っている。

子どもは、身体は小さいとはいえ、何をやるのも全力なので、並の大人よりよほど手強い時がある。力尽くで袖《そで》を引っ張って引き止めていると、半分開いたドアの向こうで、三角巾にエプロン姿の蕗子が、魚につける天ぷらの衣《ころも》をかき混ぜながら、「ごめーん、朱里ちゃーん」と申し訳なさそうな顔をしているのが見えた。


蕗子の両親は、昨年初めてやってきて以来、その後も何回か冴島を訪れている。一度、こういう日曜の作業時にも来たことがあって、その時は未菜を連れ出して面倒を見てくれた。あれは助かったなー、と朱里は思うが、未菜がホテル青屋の売店でおもちゃを買ってもらい、中のレストランでパフェまで食べてきたと聞いて、蕗子が「甘やかさないで」と両親に注意していた。

試食品の穴子《あなご》の一夜干しをお茶漬けにして食べた蕗子の両親が、「おいしい」と顔を綻《ほころ》ばせるのを見て蕗子が嬉しそうだったことが、朱里にも嬉しかった。

その後パッケージが島のIターンによってデザインされ、無事製品になったものを朱里の母が会社の名前で送ると、蕗子の両親から「みなさんに」と、デパートの包み紙でくるまれた高級そうなチョコレートの詰め合わせが届いた。

「島は野菜も果物も魚も、鮮度がいいものはだいたいあるから、こういうもんが一番嬉しい。蕗子の親はわかっとる」

と、おばちゃんたちが言って、孫や家族の分までチョコをポケットに突っ込んで持って帰っていた。蕗子はただただ、恐縮していた。

「お、やってるねー。いい匂い」

公民館の入り口に、ヨシノがやってくる。今日は、彼女の勤める『プロセスネット』の同僚も何人か一緒だ。彼女が島に戻ってくるのは、三週間ぶりだ。

「ヨシちゃん！」

朱里が声を上げると、他の子どもたちも「ヨシちゃん！」と真似するように一斉に声を張り上げる。「どうもどうもー」と手を振るヨシノに、みんながまとわりついていく。

その後ろに立つ丹澤《たんざわ》さんたち――ヨシノの同僚に向け、朱里はぺこりと頭を下げた。全国各地の自治体で、ヨシノのような活動をそれぞれに行っている人たち。今日は『プロセスネット』を立ち上げた、社長の若葉《わかば》さんの姿もある。社長といっても、まだ若く、外見はまるで子ども番組に出てくる体操のお兄さんのような人だ。がっしりしているけどさわやかで、それでいて、村長たちよりずっと若いのに、妙に落ち着いて見える。彼が話すだけで、おじさんたちが黙り込んでしまうような場面を、朱里も何回か目撃したことがあった。

「朱里さん、ひさしぶり」と呼ばれて、「こんにちは」と頭を下げる。大人で、朱里相手に「さん」なんてつけて呼ぶのは若葉さんだけだ。

この低く、静かに熱意がこもる声で理路整然と話されると、島のおじさんたちは誰もみんな、難しい話が嫌で聞こえないふりをして席を外すのだ。それを後日、家にまで追いかけていって、「僕はあなたの話が聞きたいんです」と熱心に呼びかける。その情熱に口説き落とされる人も多く、ヨシノとともに島内を巡り、「Iターンの若者たちを使ってやってください」と根気強く頭を下げていた。

島に住む一人暮らしのお年寄りをIターンの若者たちが定期的に見回る制度を、彼らがそうやって冴島に定着させた。今では、車を持っているおじさんたちも、Iターンと連動して、見回り制度に協力してくれる。冴島にしょっちゅう来るのはヨシノ一人だが、若葉さんたちも、彼女の活動に寄りそう形で、村長や島の人たちとそうやって関係を築いてきた。

『プロセスネット』のスタッフの他に、今日は知らない顔も数人いる。『さえじま』の商品を売り込むため、ヨシノたちはたまにこうやってお客さんを連れてくる。

今日は、大阪のデパートの社長と、その人と親しい〝紙屋さん〟を連れてくる、と聞いていた。「紙屋さんって何?」と尋ねる朱里に、「そのままの意味。おしゃれな手《て》漉《す》き和紙なんかを包み紙として安く卸《おろ》してもらえるように、おばちゃんたち、はりきってもてなしてね」と笑っていた。

「私の大事なお客さんだから」

ヨシノの頼みなら、と、今日は春先の漁で取れる魚の大盤振る舞いだ。島ではもう、二月のこの時期は〝春先〟だ。

子どもたちに囲まれたヨシノは、まだ肌寒い海辺の公民館でも半袖だった。今日もあちこち動き回って、汗をかいてからやってきたのかなぁとつい思う。

気配に気づき、朱里の母が調理場から姿を見せる。

「おー、ヨシノ。来たの？」

「あ、明実さん」

子どもたちから離れ、ヨシノが中に入っていく。若葉さんが先導して、白髪頭の品の良さそうな一団を案内する。上品だけど、場に不似合いというほどではなく、ラフなポロシャツで来ているのを見て、ほっとした。島のおばちゃんたちは畏まった雰囲気が苦手だ。

「あれが、花急《はなきゅう》デパートの社長？」「雰囲気あるなあ」とこそこそ話す声が、朱里のところまで聞こえて、ひやっとする。

聞こえていたらどうしようかと思ったけど、お客さんたちは、気分を害する様子もなく「初めまして」と名刺交換している。母がそつなく「どうもー」と『さえじま』の社長の名刺を取り出すのを見て、よかった、今日は忘れてなかった、とそちらの方にもほっとする。

朱里の母は、もともとは漁業組合で事務の仕事をしながら『さえじま』の社長になった。会社ができて二年目に、『さえじま』が蕗子のようなIターンを正社員として迎えられるようになった頃と前後して、本格的に漁業組合を辞めて『さえじま』の活動に専念するようになった。

これからは博打《ばくち》になるけど、許してくれる？　と祖母と朱里に向けて真剣に家族会議を持ちかけてきた。祖母はその時は「何も給料がもらえる事務の仕事を捨ててまで」、と反対したようだったけど、朱里は、驚きながらも、母はきっと『さえじま』の活動がそこまで楽しくなってきたのだろうと、嬉しく思った。

会社を作るなんていう未知の分野に、社長に選ばれた当初は「貧乏くじを引いた」と嘆いてさえいたのに。そんな扉を、母に対して開いてくれたヨシノにも感謝している。

とはいえ、「社長」という響きを内心自慢に思いながらも、表向きくすぐったそうに照れる母は、気恥ずかしさも手伝って、名刺を持ち歩かない。ヨシノに常々注意されていた。

挨拶を終え、中に入ったお客さんたちが、大鍋の中で大量に煮えた海苔の佃煮を前に「いい匂いだなあ」と声を上げる。真っ黒い、ペースト状になった海苔を一人のおばちゃんがかき混ぜると、磯の匂いがより濃くなった。この海苔の佃煮が今のところ「さえじま」一番の売り物。四時間鍋につきっきりで炊きあげる、定番商品だ。

お客さんを存分にもてなし、「いやー、本当においしかった」と満腹にしてホテルに帰す。

「この海苔がおいしいので、一度、来てみたいと若葉さんや谷川さんにお願いしていたんですよ」とにこにこ笑う紙屋のおじさんも、優しそうな人だ。「このパッケージもいいですね」と、佃煮の壜を撫でている。

彼らが若葉とともに行ってしまい、場が身内ばかりになると、おばちゃんたちは口々に「デパートの偉い人だと、いくらぐらい給料もらっとるんかな」、「紙ってもうかるんか」と遠慮のないことを話し出す。お茶を注ぎ、残った料理をみんなで食べていると、その時、朱里と、朱里の母しか座っていない隅のテーブルに、ヨシノが一人で「お疲れさまー」と近づいてきた。

何か話があるんだろうな、ということが、雰囲気でわかった。朱里が席を外そうかどうか迷っているうちに、ヨシノがさっさと「ねえ、おばちゃん」と母に呼びかける。他のおばちゃんに聞こえないように、少し小声だ。

「あとで家に行ってもいい？　今日は私もお客さんたちと青屋の方に泊まるけど、話があるんだ」

「いいよ。晩ご飯、食べていき」

「ええー、こんなにたくさん食べたのにそれは無理」

ヨシノが笑って首を振る。

2

公民館の片づけを終え、帰り道の途中まで、蕗子親子と一緒に歩く。丘に続く道に消える蕗子たちの背中を見送った後で、朱里の家に入ってすぐ、ヨシノがズバリと本題を切り出した。

「おばちゃん、テレビ、出てみる気ある？」

母と朱里の、両方が息を呑んだ。

電気ポットで沸かしたお湯を急須に注ぐ途中だった母が、目をぱちくりさせてヨシノを見た。手元で上がる湯気が、もうもうと前髪にかかっている。

ヨシノが、なぜか苦笑のような表情を作った。

「さっき、デパートの人と、紙屋さんと、もう一人、男の人がいたでしょ」

「いたな。背の低い」

「あの人、ＨＢＴのプロデューサーなの。今、私を取材したいって話を持ってきてる」

「ヨシちゃん、テレビに取材されるの？　ＨＢＴって」

「『スペシャリスト』って番組、知ってる？」

「知ってる！」

思わず、声が出た。何回か観たことがある。毎回、それぞれの分野で活躍する人を一人取り上げ、その人の活動を紹介する番組だ。扱われるのは俳優や歌手など、芸能人もいるけど、普段はあまり表舞台に立たない職業の人も多い。

「すごい。ヨシちゃん、『スペシャリスト』出るの？　あの番組、めちゃめちゃ有名だよ」

「はじめは、若葉さんのとこに話が来たんだよ。うちの会社のことを紹介したいって。だけど、若葉さんはテレビに出たくない主義の人だから、代わりに私と『さえじま』じゃどうかって」

ヨシノが首を振る。

「よくわかんないけど、あの番組、何回かに一回、必ずどこかの〝会社〟を扱うっていうルールがあるんだって。で、その会社枠に選ばれたみたい」

ヨシノが朱里の母をじっと見つめる。

「もちろん、おばちゃんたちさえよければっていう話だけど。商品の宣伝にはなるだろうし」

「なるよ！　だって、テレビだし、『スペシャリスト』だよ」

「断りたければ、断ることもできるから」

急須に手をかけたまま、動きが止まっていた母が、深呼吸した。ヨシノから目を逸らし、お茶の続きを煎《い》れる。——嬉しくて動揺しているのに、それを悟られまいとしているように、朱里には見えた。ことさら落ち着いた雰囲気の声で、「そうか」と吐息を洩らす。ようやく、ヨシノの目をまっすぐ見た。

「——ともかく、話があったなら、みんなにも聞いてみんとね。私一人じゃ決められない」

「うん。必要なら、私から話すよ」

母の会社は、くじ引きで社長を決めただけあって、完全なる合議制だ。代表者は母だけど、社長にも決定権はない。

「聞かなくても、みんな、大喜びでＯＫするんじゃない？」

島のおばちゃんたちは、みんなだいたいテレビが好きだ。本当によく観ているから『スペシャリスト』だって知っているだろうし、たとえ観たことがなかったとしても、きっと大はしゃぎするだろう。

朱里の声に母は直接答えず、しばらくしてからヨシノをじっと見つめて聞いた。

「で、あんたは出たいの？」

「おばちゃんたちがどうしたいかで決めていいよ。取材の件は、あくまで『さえじま』の会社と私あてに来てるから、おばちゃんたちが断りたいなら、話はなくなる。——でも、私はそれでも構わない」

「そうか」

頷いた母が、パーマをあてた短い髪にそっと手をやる。そして呟いた。

「責任重大やな」

母がぶっきらぼうな口調で言うのが、神妙ぶってみせたがっているように、朱里には思えた。きっと、本当は興奮している。『さえじま』の事業を主婦のお小遣い稼ぎではなく、テレビで扱われるような成功例にしたいと、母を含めたおばちゃんたちは、みんなそれを目標に頑張ってきた。

ヨシノが、薄く微笑んだ。

「決めさせてごめんね」

「いいよ。あと、『さえじま』のことだから、一応、受けるとしたら村長にも聞いてみんとあかんね」

母が言って、食事の支度をするために台所に立つ。「手伝うよ」と、朱里もあわてて後を追った。

「テレビに出たくない主義だ、なんてこと、あるんだね」

翌日の昼休み、衣花と一緒に昼食を食べながら、『さえじま』とヨシノの元に来たテレビ出演の話をすると、衣花は、とりたてて大はしゃぎする様子もなく、冷静に「へー」と頷いただけだった。

クラスは違うが、入学以来、朱里と衣花はお昼ご飯は一緒に食べる。朱里の言葉に、衣花が「ん？」と顔を上げた。

「テレビが嫌いって、若葉さん？」

「うん。自分の会社が紹介されるなら、いいことなんじゃないかって思うけど、出たくないなんて変わってる」

「そう？　あの番組、私も観たことあるけど、長期間密着されるの、それはそれで大変そうだよ。仕事で誰かと揉めるところや、怒ってるところまで映るわけだし、それに、若葉さんやヨシちゃんは仕事の性質が性質だからね。紹介されたことで今後仕事でかかわる相手に構えられるようになっちゃったら本末転倒でしょ」

「そっかぁ、でも有名になれるのに」

「それも善し悪しだけど。でも、ヨシちゃんのためにはよかったかもね」

衣花のクラスの窓辺の席は、南向きの日当たりがいい場所だ。持参したお弁当と、近所のパン屋で買ったあんぱんに、色さえ見えそうな黄色い光が差している。高校の近くの店に、チャイムと同時にダッシュして、菓子パン一つを二人で分け合うのが、今年に入ってから習慣になった。一年の時から毎日そこで昼食を買っているという源樹に一口分けてもらったパンがおいしかったから、以来、通っている。

色鮮やかに絹さやが散った五目ちらしが入った衣花のお弁当は、なんだかおしゃれだ。

「ヨシちゃんのためって?」

「ようやく、表舞台で認められるって感じがしない? ヨシちゃんの仕事。普段は目立たないことの積み重ねで、時間をあれだけ割いても、評価されてる感じがなかなかないもん。ヨシちゃんが認められるんだったら、私、嬉しいけどな」

「そうだねー」

ヨシノのような女性は、もっと世に知られてほしい、活躍してほしいと大矢村長もよく言っている。どこそこの首長にも話しておいたから、とあちこちにヨシノを紹介しているようだし、地域行政のことを扱う雑誌が選ぶ〝今年の顔〟におとしヨシノを推薦したとかで、彼女はだいぶ恐縮していた。その時は、残念ながら選ばれなかったようだったけど、『スペシャリスト』で丁寧に取材してくれるなら、きっと多くの人にヨシノの仕事の実態を知ってもらえる。『さえじま』のおばちゃんたちにかわいがられるヨシノの熱意は本物だ。

「あ、新だ」

窓の外に、校庭に向かって広がるなだらかな芝生が見える。新は、校舎を囲んだ芝生の坂の脇で、通りすがりの生徒たちにビラのようなものを配っていた。演劇部の春公演に入場を呼びかけているのだろう。

「泣かせるなぁ」と、衣花が呟いた。

「自分は出られないのにね」

「あ、源樹だ」

朱里が呟く。

友達と一緒にビラを配る新の前を、源樹が自分の友達と一緒に横切る。黒髪の新たちと、茶髪の源樹たちは、ここから見てもタイプがまったく違う。源樹が足を止め、新から数枚のビラを受け取ると、自分の友人たちの手に一枚ずつ渡した。

長く話す様子はなかった。そのまま立ち去る源樹に向け、新が張り上げた「ありがとー」という声がここまで聞こえた。源樹は振り返らず、後ろ手に手だけ振って行ってしまう。

特に仲がいい、という様子ではないし、自分たちのように一緒にお弁当を食べるわけでもないけど、男子って不思議だ。

「ま、でも、テレビに出られるっていうのが一番の価値じゃないってことなんでしょ。若葉さん、その辺、嫌いそう」

「そう？」

衣花が視線を机の上のお弁当に戻す。朱里は首を傾げた。衣花が苦笑し、ため息まじりに続ける。

「島のおばちゃんたちテレビ好きだけどさ、若葉さんがそのことを『みんな、ほんっとテレビ好きなんですね』って困ったように言ってるの、見たことあるよ。テレビだけが情報のすべてじゃないのにって、ちょっと苦々しく思ってる」

「──衣花も、そう思ってるの？」

正面から顔を見て聞くと、衣花が表情を止めた。少しあわてたように「利用できるものは利用したらいいと思うけど」と早口に呟く。

「島の人たち、確かに、テレビに出てくるようなものが一番偉いと思ってるとこ、あるから。これだけ価値観が多様化してるご時世に」

「ふうん」

少しだけ、複雑な気持ちになる。朱里も朱里の母も祖母も、若葉さんや衣花が言うようにテレビが好きだ。よく観ている。それを遠回しに悪く言われているような──もっと言えば、バカにされているような気がして、なんとなく気持ちがざらざらする。

テレビが情報のすべてじゃないと言われても、では、他の情報はどこにあるのだろう。ネットだろうか。衣花はネットのことだって、「あんな情報だけ信じて踊らされてたらバカになる」と斜に構えて言っていたことがある。では、〝本当の情報〟なんて、どこにもないじゃないか。

「ごめんー、朱里ー」

朱里が黙ったのを察知して、衣花がへらーっと柔らかくした口調で謝ってくる。

「いろいろ言ったけど、『さえじま』があの番組で紹介されるのはいいことだと思うよ。おばちゃんたちにも張り合いが出るだろうし、会社のためにもヨシちゃんのためにもきっといい。私も観るの、楽しみだし」

「そうかな？」

「うん。できることがあったら協力する」

取ってつけたように言われても、と思いながらも、衣花がそう言ってくれると気持ちが落ち着いてくるのは確かだった。

「ありがとう」と朱里は答えた。

テレビの話を聞いたおばちゃんたちは、案の定、大喜びだったそうだ。

「いやだー、何着ようか」、「美容院はいつのタイミングで行ったらいい?」、「収録いつ?」と口々に言って、大騒ぎになる。

「こんな日が来るんやったら、明実ちゃんに社長譲るんやなかったわ」とふざけ調子に言うおばちゃんまで現れたと聞き、様子が目に浮かぶ。できたらその場に同席したかった。

特に喜んだのは、大矢村長だった。場所としての冴島については、これまでも観光や行政関係の番組で取り組みがテレビに紹介されることも多かったが、『さえじま』の会社にスポットが当たるのは初めてだ。

「よかった、本当によかった」と、母の手を取って喜び、「俊《しゅん》ちゃんも喜ぶ。俺も顔向けできる」と、亡くなった朱里の父の名前を出したと聞いて、胸が詰まった。全面的に協力する、と言ってくれたそうだ。

テレビ局や、番組の制作会社の人と、ここから何回かに分けて打ち合わせをしていき、撮影の開始は冬の海がすっきりとした青い色を取り戻す四月以降になるらしい。

「できることがあったら言って」

ヨシノに言うと、「村長さんもだけど、みんなそう言ってくれるね」と彼女が微笑んだ。テレビの仕事があるうちは、ヨシノが朱里の家に滞在すると聞いて、そのことも、とても嬉しかった。

「そんな気負わないで、いつも通りでいいんだよ。気を遣わせてごめんね」

「――ヨシちゃんも、テレビ、本当はあんまり好きじゃないの？」

昼間、衣花と話したことがちらりと頭を掠め、聞いてみる。ヨシノは「え？」と首を傾げ、だけど、朱里が真剣な顔をしていることに気づいたのか、「場合によるよ」ときちんと答えてくれた。

「名前だけ有名になっちゃうと、きっと困ることもたくさんあるだろうし」

「衣花が、ヨシちゃんのしてきたことが評価されるなら嬉しいって。――あ、もちろん、衣花だけじゃなくて、私もそう思う」

「うん」

ヨシノが頷いた。ありがとう、と言われるかと思ったが、それは言わず、「さーて、頑張るか」と気合いを入れるように、肩を回した。

3

島のおばちゃんたちの周囲が騒がしい時は、新の場合、母の気配ですぐわかる。

「ほんまに？」、「それはまた……」、絶句する気配があって、「すぐ行くわ」。

短い声しか発しない母の電話が多い日は、何か問題が発生している時なのだと、新は経験で知っている。

「ごめん。新、真砂。酢豚、あと片栗粉溶かしてかき混ぜるだけだから、作って先に食べとって」

エプロンを脱いで、コタツの座椅子にポイッと放り、「出かけてくる」と告げる。

「今からか？」と尋ねる父が掛け時計を見上げる。時間はもう、七時半を過ぎていた。「急用、ごめんね」と答える母は、父の方は見ずに、車の鍵を探している。

保育士をしている母は、こうやって夜に急に出かけていくことが昔からよくあった。子どもの急な発熱や嘔吐《おうと》で不安になった母親が、新の家に電話を掛けてくることも多い。島には病院がなく、保育園にいる看護師も本土からの通いで夜はいないから、何かと頼りにされるのだ。父も新たちも、そのことに昔から慣れっこだった。加えて母は、新が高校に入った頃から島のおばちゃんたちとの婦人会のような活動にも熱心に取り組むようになった。子どもたちが大きくなり、姉も大学に入って手を離れたせいかもしれない。

『さえじま』のことに関しても、社員でない分、新の母のような立場には、みんなから愚痴や噂話の情報が集まってきやすい。

「新くん、私やるよ」

寝そべって携帯画面を開いていた真砂は、どうせ家事などやらないだろうと思っていたのに、新が台所に立ったのを見て、意外にもコタツから出てきた。中学生になってから急に背が伸びた妹は、気の強い姉にますます似てきた。

「今、揉めちゃってるんでしょ、『さえじま』のおばちゃんたち」

真砂が、フライパンの蓋《ふた》を開けながら言った。ケチャップと酢の混ざりあった匂いが、ふわっと鼻先を掠める。

「え？」

冷蔵庫の上に手を伸ばし、片栗粉の袋を手にした新は、思わず妹の顔を見つめた。真砂が「テレビのことで」と答えたことで、今のが、地名の冴島ではなく、会社の――、朱里の母たちの『さえじま』を指すのだと気づいた。それにしても、揉めてるとはまた穏やかじゃない。

「おばちゃんたち、喧嘩でもしてるの？」

『スペシャリスト』の収録があるということは、行き帰りのフェリーで朱里から聞いて知っている。もうすでに村を交えたテレビ局との打ち合わせも始まっていると聞いていたが、問題が発生しているという話は聞いたことがなかった。

「わかんないけど、大変みたい。お母さんも最近長電話多いしさ、相談乗ってるみたい。困ったもんだねって、愚痴聞くみたいに」

反射的に、それが朱里の母の悪口でないといい、と祈ってしまう。島のおばちゃんたちの関係は、仲がいいと思っていても、次の日には、仲良しの悪口を別の相手と言い、その翌日にはけろっと直ってくっつき合っているようなことが多いから、誰が悪く言われるかわからないのだ。引きずらない軽やかな悪口に、子どもの頃から肝が冷えたことが何回もある。

しかし次の瞬間、新から片栗粉を受け取った真砂が、意外な名前を口にした。

「村長さんがダメみたい」

「え?」

「おばちゃんたち、村長と揉めてるっぽいよ。テレビのこと反対されてるから、このままじゃ出られなくなるんじゃないかって、みっちゃんちのおばちゃんが話してたって」

「え、でも、村長さんもすごく喜んでたって話だよ。朱里のおばちゃんたちに『さえじま』を作ることを勧めたのは村長だし、あそこの家は亡くなったお父さんと村長が『兄弟』同士だし。それに、冴島にはこれまでも取材やテレビがたくさん来てるのに」

真砂の同級生、みっちゃんの家のおばさんも『さえじま』の社員だ。キホン喋り通しの島のおばちゃんの中でも、一、二を争うおしゃべりとして有名だ。

「本当? でも、ヨシノちゃんも相当大変そうだって、みっちゃんの家のおばさんは心配してたみたいだよ。かわいそうだって」

「かわいそう?」

普段から溌剌《はつらつ》として暗い顔を見せないヨシノには、あまり似合わない言葉だった。

「なんの話や?」と、気楽そうな声を上げた父が、コタツから身を乗り出してこっちを見ている。隠すことではないかもしれないが、真砂も新も答えなかった。父は役場勤めだから、村長とだって職場が同じで、新たちよりずっと距離が近い。母は、父にどこまで話しているのだろうか。

「なんでもない」と真砂が言って、片栗粉の袋をフライパンに向けて傾ける。気づいて、新は悲鳴を上げた。

「あーっ!」

水溶きしない片栗粉が、酢豚の上に真っ白くふぁさっとかかる。兄の声に驚いた真砂が、目を丸くして袋の角度を戻す。

「え、何? ダメだった?」

「何やってんの。片栗粉は水で溶いてからだよ。あと、入れすぎ」

「えー、知らないもん。そんなの、お母さん言ってなかったし」

「ダマになっちゃうだろ!」

あわててお玉を取り出し、片栗粉を掬《すく》えるだけ掬う。

『さえじま』の周辺で、どうやら本当に問題が起こっているらしいことが、翌日になってさらにはっきりした。

朝のフェリーで会った朱里に、さりげなくテレビのことを尋ねると、朱里はなんということもなさそうに「テレビ局の人、私も会ったよ」と答えるだけだった。「楽しみだなー」と語る顔にも作ったところはなさそうで、とりあえずほっとしたが、だとしたら、昨日の話が本当だったらなおのこと嫌だ、と複雑な気持ちになる。

村長と揉めてる、と言う真砂の言葉がより真実味を増したのは、帰りのフェリーだった。

いつも通り、四人そろった待合所に、今日は蕗子たち親子の姿があった。おでこに冷えピタを貼り、マスクをした未菜が、ふうふうと荒い息で顔を赤くして蕗子に手を引かれていた。ぐるぐる巻きのマフラーとコートで厚着をしている。

「未菜ちゃん、どうしたの？　風邪《かぜ》？」

「うん。熱、咳《せき》、鼻水。――嘔吐や下痢《げり》はないから深刻なものじゃないみたいなんだけど」

赤ちゃんだった頃と違って、未菜を抱えると、それはもう抱っこという印象を超えて、蕗子が苦労して持ち上げている、という感じになる。

フェリーに乗り込む時、蕗子が母子手帳のページを開いて示す。病児渡航、と書かれた欄を入り口でチェックされ、蕗子と未菜は切符なしで船に乗り込む。子どもが病気の際の渡航費用は、後でまとめて役場に請求が行く。

普段より無口な未菜は、新たちの誰にも挨拶しなかった。よく懐《なつ》いている朱里にもだ。

目を半眼にして「気持ち、悪い」と船の揺れに耐えている。こうやって見ると、一口に補助金が出ると言っても、病気の子どもを連れて島から本土に渡るということは、お母さん一人の家庭にとっては大仕事なのだなぁと思い知る。風邪が流行《はや》っているのか、船には、もう少し大きい、小学生くらいの子どもを複数連れたお母さんの姿もある。

未菜を見つめる自分たちの視線に気づいたのか、蕗子が苦笑しながら言った。

「これでも、随分、病気はしなくなったの。未菜がもっと小さい時には本当に大変で。今は、洟《はな》だって一人で擤《か》めるけど、赤ちゃんの時には耳鼻科に吸い出してもらわないといけなくて。未菜、鼻水が耳までいって、中耳炎にもよくなったから大変だった」

「その頃は、うちにもよく来てたよね」

「うん。私はおろおろするばっかりだったけど、朱里ちゃんのお母さんが『これなら大丈夫』って言ってくれるだけで、本当に助かった。朱里ちゃんも小さい頃よくやったんだってね、中耳炎」

症状の度合いがたとえ変わらなかったとしても、横に経験から「大丈夫」と言ってくれる人がいるだけで、島のお母さんたちには心強いのだろう。新の母が夜に園児の母たちに呼び出されるのもきっと同じ理由だ。大事なのは、診察や看護だけではない。「大丈夫」と誰かに言ってもらうことなのだ。初めてのこと、馴れないことは、きっと誰でも怖い。

「週に一度、お医者さんを島に呼ぼうっていう話もあるみたいだけど、なかなか難しいみたいね。私たちは気楽な気持ちでそうなったらいいのにって思うけど、そんな簡単な話じゃないみたいだから」

蕗子が困ったように、未菜の額《ひたい》に手をあてる。苦しいのか、未菜がその手を、嫌、というように振り払った。「外に出たい」と言って、蕗子を困らせている。

「外の空気が吸いたいなら、私たちと一緒に上に行く？」

衣花が顔を覗き込むと、未菜が、赤い顔のままこくりと頷いた。

「フキちゃん、連れてくよ。すぐ戻れば大丈夫？」

「ごめんね、わがまま言って」

「いいよ。今日、天気もいいし、あったかいから」

行こう、朱里、と呼んで、男子二人と蕗子を残し、未菜と一緒に奥に消えていく。

島に来た当初と比べて、蕗子はこういうところを遠慮しなくなってきた。看病疲れなのか、蕗子の目も心なしか落ち窪《くぼ》み、顔色も悪く見える。

「ごめんね。みんなの帰り道に、一緒に入れてもらって」

「いいよ。それより、未菜ちゃん、早くよくなるといいね」

「うん」

蕗子が頷き、それからちょっと迷うような沈黙の後で、顔を上げて源樹と新を交互に見た。

「未菜の熱、今回、いつもよりちょっと長くて。そのせいで、仕事もだいぶ休ませてもらっちゃったんだけど」

「テレビで紹介されるんだって?『さえじま』」

「うん」

源樹の言葉に、また迷うような沈黙があった。ふと視線を奥に向ける。そこに女子と未菜の姿がないことを確認したように見えた。頭上から、「未菜ちゃーん、おふねが見えるよ」と朱里の声がする。

やがて、蕗子が小さな声で「朱里ちゃん、何か言ってた?」と問いかけてきた。

「明実さんもヨシノも、たぶん、心配かけないようにって、私には何も言ってくれないから。本当は大変なんじゃないかと思って」

「別に何も。朱里からは順調そうだって話しか聞いてないけど」

「そう……」

一拍おいて「ねえ、新くん」という声を聞いた時に、嫌な予感がした。二度目に聞く名前を、蕗子が言った。

「大矢村長って、どういう人？」

「どういうって……」

「私を役場に採用して、冴島に住むきっかけをくれた人だから、感謝してるし、すごい人だってこともわかるんだけど、私、ほとんど何も知らないんじゃないかって思って。今も――、大変みたいだから」

「ちょっと待って」

蕗子の声を止めたのは源樹だった。「ちょっと寒いけど、上に行こう」と蕗子と新を誘う。

「衣花と、朱里とも話そう。それに、――ここじゃない方がいい」

他の乗客を気にするように、小声で言った。

4

初めて聞く話に、朱里は、誇張でなく、声がすぐに出て来なかった。

大矢村長と、『さえじま』。ヨシノと、テレビ。おばちゃんたち。

村長は、あんなにも乗り気だったのに。

――風向きが変わったのは、ヨシノの立場に関する話からだったそうだ。

テレビ局は、ヨシノを国土交通省からの紹介でやってきたというところから紹介したがった。

その打ち合わせには、村長も同席していた。

国土交通省の名前は、どうしても出さないといけないのか。それでは国の手柄になってしまう、と彼が言い出したのだそうだ。

「そもそも、島の主婦に『さえじま』を作ることを勧めたのは村の行政ですよ」

村の行政、ということは、つまりは村長自身のことを言う。それに、ヨシノを村で雇うことに決めたのだって自分だと、そこを紹介してもらえないのか、と村長は憤《いきどお》っていた。

それでは手柄を横取りされるようなものだ、そんなことがテレビで全国放映されるのか、と。

しかし、テレビ局も、そこは譲らなかった。取材対象は、あくまでヨシノだ。ヨシノとヨシノの会社である『プロセスネット』が国にまで認められた存在であることを強調したい。最初、若葉さんを取材しようとしていたくらいなのだから、当然のことかもしれない。

村長は「納得できない」と突っぱねた。突っぱねたまま、黙って打ち合わせの内容を聞く。やがて、説明が進むにつれ、彼の不機嫌はますます募《つの》っていった。

ヨシノは、村の予算で直接雇われているわけではない。朱里も詳しくは知らなかったが、行政から派生した観光振興協会という組織が雇うという形に、契約上はなっている。そして、その協会にも、『さえじま』にも、役員の欄には村長の名前がない。ヨシノと『さえじま』のための『スペシャリスト』には、大矢村長を紹介する隙も、意図もなかった。

『さえじま』を作ったのは、自分なのに。

会社名は、自分の村である『さえじま』なのに。

新が聞いた話では、村長は、だから取材に反対だという話だったけど、そうではなかった。最後まで内容を聞いた村長は、不機嫌を露《あら》わにしながらも「取材してもいいよ」と言い放った。

「ただし、私の協力がないと島で自由に取材はできないですけどね。それでもいいと思ってるんやから、たいしたもんや。頑張りなさいよ、あんたたち」

そして、どういう意図か、打ち合わせには来る、と言い出した。「うちの島と会社を取材するんだから、責任を果たすために、打ち合わせにも取材にも来ますよ」

そして、ヨシノに言った。

「あんた、たいしたタマやね」


話を聞きながら、朱里は足下がどんどん冷えていくのを感じていた。二月にしては柔らかいはずの太陽の熱を、今はほとんど感じない。横にいる未菜の熱い手をぎゅっと握った。

「テレビ局との打ち合わせにも、だから、村長さんはずっと出てるの。来ないなら来ないでくれた方がずっといいって、おばちゃんたちはみんな言ってるけど、やってきて、真ん中の席に座って、ずっと不機嫌そうに黙ってるだけ。ヨシノが『どうですか？』って何か聞いても『好きにすればいいやろう』って言うだけ。――津江《つえ》さんも、ずっと会社を休んでる。『ごめんなぁ、うちの人が』ってこの間、魚商で会った時に謝られた」

津江さんは、村長の奥さんだ。「兄弟」同士の奥さんということで、朱里の母とも親友みたいに仲がいい。

蕗子の声が「私」と、詰まる。

「許せなくて」

未菜の手を一本ずつ、蕗子と朱里は分け合うように握り締めていた。蕗子の語気が強くなる。

「嫌なら嫌、ダメならダメって言ったらいいのに、こんなの、許せない。おばちゃんたちもIターンの子たちもみんなそう言ってるけど、明実さんやヨシノちゃん自身は『まあまあ』って宥めるだけで、不満さえ言わないの。――私にはじれったいよ」

「村長、それはダメだわ」

衣花が言った。眉間《みけん》に皺を寄せ、仁王立ちのように腕組みをして立っている。

「あまりにおとなげない。子どもっぽい」

高校生の女の子に言われたい言葉ではないだろうけど、聞いた瞬間、ああ、それだ、と朱里も思った。頼れる、優しいおじさんだったはずの村長に、こんなことを思う日が来るとは思わなかった。心が激しく混乱している。心臓の音が、早くなる。

母は、何も言っていなかった。テレビの話が来てからも、ヨシノも交えた食卓で、普通に村長の話も取材の話もしていた。

「意外」

新が、絶句するように一言だけ洩らす。大きく息を吸い込んで、「どうしてだろう」と呟いた。

「冴島は、Iターンのことで取材も多いし、村長さんだってたくさんテレビ出てるんだから、一つくらい、見逃してくれてもいいのに」

「無理だろ。地方局じゃなくて全国ネットだし、番組も『スペシャリスト』じゃ訳が違う。それに、小さい話ひとつを見逃せないからこそ、あの村長らしいんだろ」

源樹が言って、朱里は息を呑んだ。

全員の目が自分に集中したことに、源樹が気づいた。「何だよ」とため息のような声を洩らした後で、覚悟を決めたように視線を向け直す。観念したように、言った。

「――お前らはどうか知らないけど、俺、あの村長嫌いだよ。もともと、大嫌い」

「え」

「親がリゾート開発なんかしてるといろいろ聞くんだよ」

驚き、雷に撃たれたようになった朱里を気遣うように、源樹が「立派な人だとは思う。客観的に、それはわかる」と続けた。

「Iターンやシングルマザーを呼び込む姿勢は立派だし、ミーハーだけど、外から人も連れてくるし、人も繋ぐし、正しいこともいっぱいしてんだろうけど、そうじゃないとこもたくさんある。あいつが嫌なおやじだってのは、今に始まったことじゃないよ。小物だし」

「――どんな小物感溢れるエピソードをご存じなわけ？　源樹は」

衣花が、同じく朱里を気遣うようにそっと見てから聞いた。嫌そうに眉間に皺を寄せた源樹が、蕗子と手を繋いだ未菜をちらっと見る。そして言った。

「医者の話、さっきしてただろ。あれだって、そう」

「医者？」

「島に医者が来ない理由」

蕗子が小さく目を瞬いた。源樹が続ける。

「うちのホテルが島に来る時、村長に何度も念を押されたんだよ。ホテルの中に医者は置くつもりはないんだな？　中にクリニックを作る気は、今後もないんだな？　って」

「作ってほしいってこと？」

島に医者を呼ぶことは、島民の悲願だ。ホテル青屋の中にクリニックができるなら、いざという時にはどれだけ助かるだろう。けれど源樹が首を振る。「違う、逆」

「今後も絶対作るなよ、作らせないっていう圧力をかけに来たんだよ。もともと、うちぐらいの規模じゃ医者を置くなんて親父も考えてなかったらしいけど、それ聞いて、親父は怒り狂ったんだって。表立って揉めこそしなかったけど、その時に、今後、この島では、何かあっても行政や政治とはつかず離れずの距離でいようって決めたって言ってた」

「どうして？　どうして、病院作っちゃいけないの？」

「ひょっとして、村の補助制度の問題？」

口調ばかりが急く朱里の脇から、新が問いかける。蕗子の手元を、少し気にするそぶりがあった。

「今も、病気の子がいるお母さんたちの交通費はタダだよね？　村長が作った、村のそういう施策が、医者が来ると目立たなくなっちゃうから、とか？」

「ちげーよ。もっと生臭い、どうでもいい理由」

「――外波《となみ》のおじいちゃんとこの、孫が帰ってくるのを待ってるんでしょ」

静かな声で、衣花が割って入る。朱里は今日、もう何度驚き、声を失ったかわからない。振り返り、彼女の顔を見る。源樹が口笛を吹き、「さすがに網元の家はわかってるね」と呟いた。

「俺もよく知らないけど、そのじいさんの家が何年も前までは医者だったんだろ？　じいさん本人がって話じゃなくて、そのじいさんのそのまた親父さん。――噴火の時には、その病院が避難所になったりしてたって話」

島に病院があったのは、朱里のおばあちゃんの代までのことだ。もうどの家がそうだったのか、場所もわからない。

　衣花が言った。

「私も、おじいさまたちからの話の受け売りだけど、いつか病院を再建するのが外波の家の夢だっていうのは聞いたことがある。おじいさまたちの代も、その息子の代にも医者が出なかったけど、確か去年、あの家の大学生の子が何浪かして、医学部に入ったんだよ」

　何浪かして、ということは朱里たちの知っている学年の子ではないのだろう。自分たちが親しいのは、せいぜい新の姉がいた代までだ。

「それじゃ、その家の子が卒業して、帰ってくるまで他の医者を呼ばないつもりなの？」

　蕗子の声がさえざえと、青ざめて聞こえた。「でも、説明では――」と息を切らせて蕗子が聞く。

「島に医者を呼ぶのは冴島の悲願だから、ずっと、来てくれる人を探してるって。保育園でも、保健所の講習会でも、私たちはそう聞いて、それを参考にして住むことを決めた人たちだっているのに」

「わからない。だけど、村長さんの家は外波の家とは仲良しで、あそこのおじいちゃんは、病院だった頃の名残でいろんな家とも『兄弟』で、慕われてるから」

衣花が憎々しげにきれいな顔を歪《ゆが》める。

「あの家の『兄弟』には村議の家も多いし、たぶん、外波の家は選挙の時には大事な票田なんだよ。村長の後援会にも入ってたと思う」

「でも、医学部に去年入ったってことは、卒業するまでに四年……ううん、医学部だから、六年？　研修医入れたら、もっとじゃない」

蕗子の顔はもうはっきりと青白かった。「未菜が、子どものうちは無理だ」と呟く唇が細かく震える。

「その孫が無事に研修終えても、島に戻ってくる保証もないしな。第一、ヤブ医者だっていう可能性もあるわけだし」

源樹が吐き捨てるように言って、「うちの親父の悲願だよ」とつけ加える。

「村長と、今も表向きは仲良くやってるけど、いつか、ホテルの中にクリニック作ってやるって、あまのじゃくに躍起《やっき》になってる。今の業績じゃ、なかなか難しいけど。離島に医者を呼ぶのには、報酬《ほうしゅう》だけで二千万って言われてるし。設備費込みだともっとだな」

「にせ……っ！」

朱里は思わず声を上げる。引き絞るような声になって、後半が掠れた。

「じゃあ、医者は、来ないの……？」

蕗子が、気が抜けたような声で言う。「どうしようもないの？」と。

「あの村長さんがいる限り、無理なの？　私たちや、村長さんの世代の人はいいよ。健康だし、本土の病院に渡れる体力も気力もあるから。だけど、そうじゃないお年寄りも島にはいっぱいいるでしょう」

産まれたばっかりの赤ちゃんだって、と、つい最近までの自分の立場について触れる時、蕗子の声が小さく、細くなった。

「村長の反対派住民の中には、地道に医者を呼ぼうと活動してる人たちもいるよ。その前に、村長の任期だって切れるかもしれないし。――また、再選しちゃうかもしれないけど」

「今、六期目だっけ」

新が絶望的な声で言う。今の村長は外から見ても立派な人だ。人気が高い。冴島は、もう二十年、彼以外には村長候補の対抗馬さえ出ていない。この島に「反対派住民」なんて人たちがいることも、朱里は知らなかった。聞いていてさえ現実感がない。

目眩《めまい》がしそうだった。

何も、何も知らなかった。島に医者が往診に来ないのも、ひょっとして、そういう慣例を作って、いつか外波の家の病院が再建した時に、不都合が出ることを防ぐためだろうか。

あの、村長が。

父親のいない朱里の家を、ずっと気にかけてくれた、おじさんが。

それに――。

「みんな……、ずっと、知ってたの？　衣花も、源樹も」

尋ねる朱里に、衣花が「うん」と頷いた。衣花も、そうするより他ないように、だけど、目を逸らしたりはせずに、「そうだよ」と答える。

「でも、源樹も言ってたけど、村長さんだって、悪いところばっかりじゃない。今の冴島があるのは、確かに大矢村長のおかげだし、『さえじま』の会社ができたのも、ヨシちゃんが島に来たのも、あの人のおかげだよ。朱里の家を、ずっと手伝って支えてくれた気持ちにも、嘘はないんだよ」

だけど、おじさんって、そういうものだから。

衣花が言った。

「負けないでほしい。ヨシちゃんにも、朱里のおばちゃんたちにも」

汽笛の音が、鳴る。

冴島の、黒い島影が見えてくる。

恩知らず、という言葉を、その夜に聞いた。

フェリーで聞いた話のショックを引きずる朱里を心配して、衣花が朱里を家まで送ってくれた。朱里は断ったのだが、衣花は半ば無理矢理、朱里や蕗子親子にくっついてきた。


未菜はまだ、ふうふうと荒く息をしていた。未菜ちゃんのためにも、帰り道の人数は多い方がいいよと言われてしまうと、それ以上断れなかった。

5

朱里の家に、人が来ていた。

まだ、母もヨシノも帰ってきていなくて、祖母だけが応対をしているようだった。庭に続く門を一歩くぐった瞬間に「だからね、恩知らずだって言うんや」という嗄《しわが》れた声が聞こえて、背筋が、びっと伸びた。

その瞬間、現金な話だが、本当に、本当に衣花についてきてもらってよかったと、朱里は思った。十二月に、蕗子の両親がうちに来ていた時とはわけが違う。蕗子のお父さんお母さんは、穏やかで、うなだれてはいたけど、礼儀正しかった。

だけど、今のは紛《まぎ》れもなく、大人の男の怒声だ。女だらけの朱里の家では、滅多に聞かないものだ。

「あんたの家、どんだけ村長に世話になったと思っとるんや。会社やって、あんたの息子の葬儀の時やって」

「恩を仇《あだ》で返して、村長の顔に泥塗って、それで平気なん」

まだ家の中に入る前なのに、聞こえてくる。足が竦んで、だけど、中におばあちゃんがいるんだと思ったら、助けに行かなくちゃ、と覚悟が決まる。唇を嚙んで、衣花と蕗子を泣きそうな気持ちで振り返ろうとした時だった。

蕗子が動いた。

「未菜をお願い」と、衣花と朱里の方に半眠りの娘を預け、きっと顔を上げて家の中に入っていく。その時になって、朱里は初めて、蕗子は、大人の女の人なんだ、と思った。守らなきゃと、ずっと、どこかで思っていたけど、自分よりもずっとしっかりした大人なんだと、泣き出したくなるほど、細い背中を頼もしく感じた。自分の膝が震えていることに気づいた。

「こんにちは」

まっすぐ通った声が聞こえる。一足遅れで続くと、来ていた人たちの顔が見えた。そして、息を吞んだ。声が怒っていたからすぐにはわからなかったけど、知らない顔ではなかった。外波の家のおじいちゃんと、その隣に住む、漁師をやっている家の男の人だ。夏祭りで見たことがある。確か、青年団の団長だ。

足の悪い外波のおじいちゃんの持っているステッキが、玄関先に座る朱里の祖母の足近くまで伸びている。武器のように見えて、怖かった。

二人が動作を止めて、蕗子の方を見た。

「会社のことなら、伝えます」と蕗子が言った。毅然とした言い方だった。

「社長はまだ、会社の方だと思いますよ。仕事のことなら、なんならご一緒しましょうか」

「あんたには関係ない」

外波が言った。ぶっきらぼうな言い方だったが、さっきまでの勢いは消えている。

「メイさん、嫁にきちんと伝えとけ」

「はいはい」

強い言葉を向けられても、祖母に萎《しお》れた様子は見えなくて、そのことに、朱里は何よりほっとして、安堵に腰が抜けてしまいそうになる。祖母は突っぱねるでもなく、嫌味を言うでもなく、出て行く男たちに「わざわざどうも」と口だけで礼を言った。

男たちがじろじろとこっちを見るのを、衣花がたっぷり睨んでいる。漁師の方のおじさんが、網元の娘だと気づいたのか、少しだけ気まずそうに顔を伏せた。黙って出て行く。

る。

「何が？　大丈夫だよ」

祖母は笑顔だったが、すがりついた肩と腕の骨張った細さに、胸がいっぱいにな
そして、思った。本当だったんだ、と。

衣花や源樹の言う村長の話は、本当に、その通りだったんだ。


電話をして十五分しないうちに、母とヨシノは家に帰ってきた。

やってきた外波のおじいちゃんたちのことを詳しく話す。母は絶句し、「おばあちゃん、大丈夫でしたか」と祖母を気遣った。祖母は「大丈夫やけど、ちょっと疲れたねぇ。人が怒るのを見るのは」と苦笑していた。

「大矢のガキもおとなげないよ」と、一言だけ村長を悪く言った。

上の世代からも下の世代からも、言われる言葉は一緒だ。おとなげない。

未菜を奥の座敷に寝かせ、蕗子も今日は朱里の家に泊まるという。これまでと違って、それはもう朱里たちを頼るためではなく、今日は逆だ。朱里たちが心配だから、残ってくれた。

自分も泊まりたいと申し出てくれた衣花には、申し訳ないけれど、今日は帰っても

らった。青年団の団長があんなに気にする視線を向けていた以上、網元の家とはそういう存在なのだろうと、朱里でも気づいてしまった。できることなら巻き込みたくない。

衣花は「できることがあったらなんでも、いつでも連絡して」と言い残して、帰って行った。

その彼女から連絡があったのか、新と、源樹からそれぞれ連絡があった。源樹から、メールじゃなくて電話があるなんて初めてだ。ぶっきらぼうな声が『よう』と短く、向こうでした。

『うちの親父が、もしまだ誰か来るんじゃないかって不安だったら、うちのホテルにしばらく避難してもらっていいって。シーズンオフで今、空き室多いし、暇だから』

「大丈夫。フキちゃんも、ヨシちゃんも、みんないるから」

女ばっかりだけど、と思いながら、電話があったことが嬉しくて、「ありがとう」とお礼を言った。

「今日、話聞いてて思ったけど、源樹、お父さんと仲いいんだね」

『あ？』

「忙しくて、あんまり話せてないと思ってたから、安心した」

『安心ってなんだよ』

朱里に心配されるなんて、それはそれで迷惑かもしれない。短い電話はすぐに切れたが、声を聞いたことでだいぶほっとする。

新は、自分の母親と一緒に、家まで来てくれた。

「大丈夫?」と気遣う新に、正直に「怖かった」と答える。

本当に、怖かった。ずっと知っていたはずの人が、まったく知らない人のように見えた。「ちょっと違うかもしれないけど、わかるよ」と、新は答えた。前に蕗子の取材に来た記者を本木と止めた時、むき出しの悪意をぶつけられたように思って立ち竦んだことが、彼にもあったという。

新のお母さんは、しばらく、家に残っていた。

大人たちは、居間で長く話していた。やがて、一時間もした頃に「新、帰るよ」と、息子を呼びに来る。朱里と新は、座敷で眠る未菜の横で、彼女の寝息を聞いていた。

新の母に、「朱里ちゃん、大変だったね」と言われた。

まだずっと若かった頃の新のお母さんに、朱里も保育園でお世話になった。懐かしい先生にそう言われたら、もう平気になったはずなのに、胸が詰まった。

「あ、こいつね、一応、私の送り迎えのために連れてきたの。ボディーガード」

おどけるように新を指さして、「何かあったら呼んでね」と言った。寝息がだいぶ静かになった未菜の顔をそっと覗き、「この調子じゃ、未菜ちゃん、明日もお休みか」と確認して、頰を撫でる。

「すいません、先生」と蕗子が頭を下げる。新の母が「あんたも頑張った」と、その頭を、未菜にするように、静かに撫でた。

その日の夜遅く、お風呂《ふろ》からあがった朱里を待ち構えるように、居間には、母とヨシノと、蕗子がそろっていた。祖母はすでに休んだようだ。

どことなく漂う緊張感に、思わず身構える。みんな、いつもと同じだけど、空気が硬い。この雰囲気から逃げたくて、冷蔵庫を開け、麦茶を注ぐ。コップ片手に居間に戻ってきた朱里を、母が「朱里」と呼んだ。

「テレビの話ね、断るから」

朱里も蕗子も、母と、ヨシノを順番に見た。母は生真面目な顔をしていたが、ヨシノは、困ったように、疲れた顔で微かに笑っていた。

「ごめんね、迷惑かけて」

「……村長さんに、負けるってこと？」

蕗子が訊いた。じっとヨシノの目を見ている。

「こんなことで、負けちゃうの？　せっかく、ヨシノのしてきたことが評価してもらえるのに」

「私のことはどうでもいいんだよ。このままじゃ――」

「よくないよ！」

木製のテーブルを、蕗子がどん、と拳《こぶし》を固めて叩いた。

思ってもない強い声に、ヨシノが笑うのをやめた。蕗子の頬が引き攣っている。唇が、わななないていた。

「ヨシノのことは、どうでも、よくない。どうして？　こんなところで不本意につぶされて、それでいいの？　おじさんたちに、負けるの？」

蕗子の青白い頬が、蛍光灯に照らされてうっすらと光る。アーモンド形の目の下に、重たそうな涙がふっくらと膜《まく》を張って見えた。

フキちゃん――、と声にならない声が、喉で止まる。

そして、気づいた。

フキちゃんも、田舎で、おじさんたちに居場所をつぶされてきた人なんだ。

「メダルを、獲った時」

蕗子が途切れた声を繋げる。当時のことを彼女が話すのは、未菜が産まれてからは本当に久々だ。

「自分が、せめて三十代の男だったら、こんな目に遭わないで済んだんじゃないかって何度も思った。二十代の小娘だから、女だから、つけ込まれて舐められてるんだって。神経を疑うような言葉で、褒められてるんだかけなされてるんだかわからないことを、たくさん言われた。——どこでも結局同じなんて、あんまりだよ」

「それは蕗子の田舎の話であって、今回の大矢村長のことはそれとはまた別だよ」

蕗子の頬を涙が伝っても、ヨシノはいたって冷静だった。正面から蕗子を見つめる。

「このままテレビの件を強引に進めれば、『さえじま』の会社はみんなバラバラになる。今だって、村長の身内だからって理由で津江さんが来られなくなった」

「テレビを断ったところで、この後、戻って来られるかどうかなんてわからないじゃない。村長さんとの関係だって、ここまで壊れちゃったなら、『さえじま』と元通り何もなかったことにするなんて無理だよ」

「無理じゃないよ」

ヨシノは頑として譲らない。蕗子が黙った。

「無理じゃない。何か問題が起こって、お互いぶつかっても、時間が経てば何もなかったようにお互い忘れてやっていける。ここは、そういう場所だよ」

「それじゃ——泣き寝入りと一緒じゃない」

蕗子の涙がテーブルの上にぽたぽた落ちた。一度も拭わないせいで、流れるままになっているのが痛々しかった。にらみ合ったように動かない二人の間に、朱里の母が、そっと割って入る。「いいんだよ」と答える声に、きちんと張りがあった。

「フキちゃん。『さえじま』はね、儲からなくていいんよ。会社だっていって、みんなではりきって、——だけど、成功例にならなくても、テレビで紹介されなくても、有名にならなくてもいい。主婦の、私たちのお小遣い稼ぎになれば、それでよかった会社なんよ」

「でも……」

「成功してテレビに出たいって言ったあれは、半分、冗談」

母の口元が少しだけ笑う。

「気を遣わせてたなら、ごめん。目標を冗談みたいに高く持って、みんなでまとまってやっていけたらっていう気持ちがあっただけなんよ。まさか、本当に実現するとは思わんかった」

そして、ヨシノの方を見る。「ヨシノもそうやんね」と問いかけた。

「あんたも、まさか本当に話が来るとは思わんかったんでしょう。あんたのところで止めて、すぐ断ってよかった話を、だけど、私たちが冗談でもそう言ってたことを気にして、聞いてみてくれた。あんたにも気を遣わせて悪かった」

「うん、私はそんなこと」

ヨシノが首を振る。

「おばちゃんたちを巻き込んで、こちらこそ、申し訳なかった」

「私も、話をもらったからにはみんなに聞かんわけにはいかなくなったから、成り行きでこんなことになっちゃったけど。──初めから、テレビに乗り気やった人は、うちには誰もおらんよ」

「でも、おばちゃんたちは、みんな喜んでた」

蕗子が言う。母が声を出して、ああ、と笑った。

「そりゃ、初めは無邪気にね。だけど、こんな苦労しなあかんのやったら、誰も出たいなんて言わへんよ。テレビにこだわってたのは、今となっては、そうやなぁ、村長くらい」

俯き、まだテーブルに涙を落とし続ける蕗子の前に、母が座って手を握る。力ない蕗子の手がされるがままに、母の大きな手に包まれた。

「断るのは、強がりじゃない。──私が『さえじま』を作ったのはね、島のおばちゃんたちに居場所を作りたかったからなんだ」

初めて聞く話だった。蕗子がそっと顔を上げ、母を見る。朱里も黙ったまま、母を見ていた。

「朱里、武智《たけち》のおばちゃん、覚えてるやろ？」

「――うん」

頷く声が、長く出していなかったせいで掠れた。

武智のおばちゃんは、父の「兄弟」だった人の奥さんだ。朱里が小学校の頃まで、この近くに住んでいた。だけど、今、その家は空き屋になっている。旦那さんが亡くなり、一人になったおばちゃんは、本土に住む娘夫婦の家に呼び寄せられた。

それから二年後、もともと気管支が弱かったというおばちゃんが肺炎をこじらせて亡くなった時、母がすごく落ち込んでいたことを、朱里も覚えている。おばちゃんと母は、「兄弟」の奥さん同士という以上に、島の中学でも同級生だった。本土であったお葬式で、身体の水分が全部抜けちゃうんじゃないかと思うくらい、母はむせび泣いていた。

「おばちゃん、本土に行くのを、本当はずっと迷ってたんよ。向こうには友達もおらんし、おじさんと住んでた家を出るのはつらいし、島を離れるのは寂しいって。やけど結局は、せっかく娘が一緒に住んでくれるって言ってるんやからって、島を出た。でも私は、あの子を行かせてしもたことを、悔やんでも悔やみきれへんくらい、後悔しとる」

口調は淡々としていたが、母の目が赤く染まり始める。

「島に帰りたいって、亡くなる前までずっと言うとったって聞いた。ならどうして本土になんか行ってしまったんやって、お葬式の時はそれを考えたら涙が止まらんかった。それからしばらくして、気づいたんよ。おばちゃんには、きっと、島に残りたい決め手になってくれる理由がなかったんやろうって」

母が遠くを見つめる目つきになって、小さな声で続けた。

「島に残っとれば、あの子は今頃も、まだひょっとしたら元気だったかもしれん。あんなことは、もう絶対に体験したくない」

だから、村長に勧められた時も、すぐに会社を作ろうと思った。

「ビジネスにならんでもいい。だけど、会社で活動さえしとれば、そこが私らの居場所になる。お金がほとんど儲からんでも、島に自分の仕事があるっていうんは、それぐらい尊いことなんよ。十分に、島に残る理由になる」

母が力強く頷いた。

「幸いにして、会社はきちんとビジネスになってくれて、人も正社員で雇えてる。――もう誰も、この会社で寂しい思いをする人は出さんよ。村長がどれだけ、何を言うても、津江ちゃんにだって戻ってきてもらう」

「でも、明実さん、あんな嫌な思いして……」

蕗子が初めて、涙を拭う。朱里の母がにかっと笑う。目の前で、涙が弾けた。

「本音を言うとね、内心では最初からずうっと私は断りたくてたまらんかったの。あんたの姿がテレビに映り込みでもしたら、嫌やもん」

蕗子の顔に、衝撃が走る。母がぎゅっと、蕗子の手を両手で持ち上げる。「私は嫌だよ」と、その手を揺らした。

「今はまだ何も言われんし、気づかれとらんけど、何しろテレビやから、どんなふうに何が騒がれるかわからん。私の会社で嫌な思いをする人は、もう出さん。多葉田蕗子さんはうちの社員だから、絶対に危険にはさらさんよ。ヨシノも私も、だから、断ったら清々するのよ」

蕗子がぎゅっと唇を噛んでいる。俯き、母に手を握られたまま、その手の平を額に当てる。顔を覆い、そして泣き出した。声を上げて、しゃくりあげる。

泣き声は、長く続き、止まらなかった。

6

散歩に行こうか、と、翌朝早くに、ヨシノに誘われた。

一体、いつ寝ているのかと思うけど、寝ぼけ眼《まなこ》の朱里を起こしにきたヨシノはもう身繕《みづくろ》いを調えて、晴れやかな顔をしていた。

誘われるまま、朱里はこっくりと頷き、仄暗い廊下を忍び足で歩く。蕗子や未菜がまだ寝ているなら、起こしたくない。

昨夜は、ほとんど眠れなかった。

だけど、今も少しも眠くない。昨日の話の余韻《よいん》が、一夜明けてもまだ抜けていないのだ。

島の朝は、もう動き始めていた。

車や船のエンジン音がする。村長と母の『さえじま』の軋轢は、どこまでみんな知っているのだろう。自分がこんなに弱いと思わなかった。ヨシノとともに海辺の道に出るまでの間、誰かがやってくる気配にいちいちびくびくする。人に会うのが怖い。

けれど、ヨシノの足取りは堂々としていた。

湾に沿った堤防の道を、軽やかに歩いていく。すれ違う人に、元気よく「おはようございます」と言う。そうすると、不思議なくらい、みんな何事もなく「おう、おはよう」と返してくれた。漁に出た後のおじさんたちの中には、ちらっと視線を向けただけで答えない人もいたが、それはたぶん、何かあってそうというわけではなくて、もともとの人柄だ。

海の向こうで、雲が切れて、そこから嘘のように美しい朝日が射していた。ヨシノが言った。

「私、ここを出てくよ」

心臓が凍った気がした。

顔を固めたままヨシノを見ると、彼女が「そんな顔しないで」と言った。

「今回のことがあったからってわけじゃなくて村との契約が、来月で満了なの。三月は、そういう季節だから」

「……村長さんが、もう契約更新をしてくれないってこと？」

「今の時期にこうなった以上はね。確かに難しいだろうけど、でもそれだけじゃないよ。『さえじま』も軌道に乗ってきたし、村はIターンともうまくやってる。私の役目はここまで。もし連絡がきても、来年度からは更新しない」

「それは、ヨシちゃんの希望で？」

「うん。私の希望で」

追い出されるわけじゃないよ、とヨシノは言ったが、朱里は俯き、どう言っていいかわからなくなる。「ごめんなさい」と、声が出た。

ヨシノが不思議そうな光を目に浮かべて、朱里を見た。目の中が痛くなって、ヨシノを直視できない。自分が情けなかった。

「冴島のこと、嫌いになった？」

「なんで？　そんなわけないよ」

「でも、私たち、ヨシちゃんに、すごくよくしてもらったのに」

今回のことでは、ヨシノにも、嫌な思いをたくさんさせたはずだ。足を止める。それしかできることがなくて、朱里は精一杯、深く、頭を下げた。

「ごめんなさい。ひどいことを言ったり、したりして」

「朱里は悪くないよ。女が田舎で生きていくのに、おじさんたちにへこたれてたら何もできない」

冴島に限らず、嫌な思いをしたことはたくさんあるのだろう。それこそ、蕗子がそうであったように。

「それに、悪いことばかりじゃないよ」とヨシノが言った。

「そういうおじさんたちに、おじさんなりの解決法を取ってもらって助かったこともたくさんある。誰が悪いってことはない」

早く年が取りたい、とヨシノが言って、衣花が驚嘆していたことがある。

自分の仕事のために若さまで犠牲にしていいなんて、どうしてそんなふうに思えるのかと言っていた。

改めて、朱里は思う。

ヨシノは、何のために働くのか。どうしてここまで、できるのか。

人のため、というなら、ヨシノはここで築いた人間関係をこのまま置いていこうとしている。では一体、この人には何が残るのだ。

「前から声をかけられてて、手伝いたい自治体があるの」

ヨシノが堤防に近づき、空と、海を見つめて言った。「そんな顔しないで」と。

「――今度は島じゃなくて、本土だけど。人が抜けて、新しく来る人もいて、今、すごく状況が入りみだれてる。冴島で私が培《つちか》ったことが役に立つなら、今度はそこで暮らしたい。来年から二年の契約で、そこにがっつり家を構えて、暮らそうと思ってる」

冴島との契約は、月の四分の一、合計日数にして八日間は必ず島に寝泊まりすることだったと明かされて、朱里はしたたかショックを受ける。ヨシノは本当に、この島に仕事をしにきていたのだ。

「今度行く場所は、少ないけどIターンの人たちもいる。どうして今、こんな時期にそこで暮らすことを決めるのかって、実の親に言われながらも移り住んできたような人たちを、地元の人も歓迎したいけど、それでもまだやっぱりぎこちなくしか接することができない状態。二年もらえるなら、私にできることを全部そこに置いてくる覚悟で行きたいの」

「なんで、そこまでするの？　仕事だから？」

自分の声がささくれ立っていくのがわかる。だけど、止められなかった。

本当は、もっと直接的な言葉で聞きたかった。冴島を、捨てるのか。ここのことはもうどうでもいいのか。私たちに、愛着はないのか。

——見放すのか。

行かないで、ほしかった。

新しい場所に、ヨシノを取られるのが、嫌だった。

「フキにも言われたよ。昨日、全部話して、そして怒られた。なんでそこまでするんだって、止められた」

ヨシノの顔が、微かに歪む。そして、その言葉を口にした。

「——そこは、あなたの故郷じゃないのにって、言われたよ」

朱里の胸に、蕗子とヨシノが話すところが、見たことのように思い浮かぶ。そして、唇を引き結んだ。

故郷。

口にした蕗子は、言ってしまった後で、どう思っただろう。彼女も、気持ちは朱里と同じだったはずだ。ヨシノに、冴島にいてほしい。

でも故郷でないと言うなら、ヨシノにとって、それは、冴島だって同じことだ。この場所は彼女の故郷ではない。それに、蕗子にとっても。

故郷ではないからこそ自分を受け入れた田舎の存在を、蕗子は、口にした後で振り返ることはなかったろうか。自分の故郷が別にあること。いずれは、そこに帰るのかもしれないことに、彼女はどの程度、自覚的だっただろう。

自分が思いがけず口にした言葉の衝撃が、彼女自身の肩に跳ね返り、蕗子が受けたものの大きさが、朱里にははっきりと想像できた。蕗子は、きっと、言ってしまった。

「出てくこと、フキちゃんに言ったんだ」

「うん。どこに行くのかも」

「もう、冴島には来ないの？」

一縷《いちる》の望みをかけるような気持ちで言う。ヨシノは「仕事では」と答えた。

「次に来るのは、遊びに来る時だね。フキや朱里に会いたい時に、遊びに来る。次からは友達だね」

ヨシノは来ないのだ、と思い知る。

多忙なヨシノが、まして、今度は定住してどこかの町を手伝おうという彼女が、島に遊びに来ることなどあり得ない。

次からは友達、と言われたら、その突き放す響きに泣き出しそうになる。酷い、と責めたくなる。これまでのヨシノにとって、やはり朱里は、友達ではなかった。

そして、今さらのように、気づいた。

朱里のことを、ヨシノはたくさんたくさん、知っているだろう。だけど朱里は、この人のことを何も知らない。愚痴も不満も、聞いたことが何もない。ヨシノはいつだって、朱里たちを受け止めてくれたけど、彼女の方から何か話してくれたことは一度だってない。

蕗子が強い言葉でヨシノを止めたというのなら、それはよほど覚悟してのことだろう。蕗子はたぶん、最後にヨシノと喧嘩をしようとした。大人だけど、衣花と朱里がするような、本音の喧嘩を。

「フキちゃんが、悲しむよ。すごく、心細いと思う」

「フキはもう大丈夫。あの子も未菜も、ここでしっかり暮らしていける」

ヨシノの反応はにべもなかった。

朝日がぐんぐんと頭上高くのぼる海を傍らに眺めながら、歩く湾の道沿いに、柿の木が張り出した本木の家が見えてくる。ヨシノがおどけるように、「あとは、本木氏がもっとしっかりしてくれるといいんだけど」と呟いた。

朱里に顔を向ける。

「朱里。私がいなくなった後、もし次に蕗子と未菜に何かあったら、本木氏に連絡してあげてくれる？」

「……ヨシちゃんは、二人をくっつけたいんだね」

話題が軽くなったことに、ようやく息継ぎができる気持ちになる。ヨシノは、だけど「そんなんじゃない」と苦笑するだけだった。

残酷なほどに輝く海が、太陽を反射して、揺れている。冬の白い波が、春の青さを取り戻そうとしている。

三月に、なる。


契約の終了までに、あと一度くらいは必ずお別れに来ると言って、その日の夕方、ヨシノは島を発っていった。

「これお土産。食べな」と、朱里の母がもらったばかりの苺《いちご》のパックをヨシノに渡す。

「わあ」と、ヨシノが大粒の苺を見つめて、弾んだ声を上げた。

「そっか。もう、苺の季節か」

甘酸っぱい匂いに目を細め、「じゃあ、またね」と、去っていく。苺が大好物だと言う未菜が「ヨシちゃんばっかりずるい」と羨ましそうにしていて、もう、熱は下がったのだな、と安心する。

蕗子が「気をつけてね」と、ヨシノに言って、彼女を送り出した。「ありがとう」

と、ヨシノは答えた。二人に、それ以上の言葉はなかった。

出て行くフェリーを、見えなくなるまで、未菜が「青いおふねだー」と見送る。

「いってらっしゃーい」

と、未菜が手を振った。船はもう見えなくなっていて、その声がヨシノに届かなかったことが、朱里はとても残念だった。未菜がいつの間にか、その言葉を覚えていたことも、胸にこたえた。

7

豊住第二に通う冴島の子どもたちは、だいたい一年に一度、臨時休暇をもらえる日がある。

決めようと思って決められるわけではなく、偶然もらうあたりくじのような休みは、春先の濃霧《のうむ》のせいだ。台風が来ても欠航することがないフェリーが一年に一度、この時期だけは欠航する日が出る。もともと、瀬戸内海は内海なので、台風でも波がそこまで高くならない。その代わり、春の初めには外気と水温の差が激しくなり、霧が発生しやすくなる。

不可抗力で大手を振って学校を休めるこの日を、島の高校生はみな喜ぶが、何年か前、自分たちの卒業式の日に濃霧が重なったという代があって、その年の子たちはかわいそうだった、と大人たちから聞いた。

新が、今日あたりそうかな、と思った三月中旬の朝、島は霧に包まれた。真砂が、自分は中学だから関係ないのに、朝方から何度も何度も外を見にいき、「今日、フェリー休みかな？　休みかな？」と気にしている。

欠航の知らせは、朝早く、新の家にも届いた。

自分で高校に電話して、担任の教師にその旨を伝えると「おー、じゃ、青柳や椎野たちもみんな休みだな」とのんびりした声が返ってきた。「まさに孤島って感じだな。推理小説みたいだ」と言われて、「そんなかっこいいもんじゃないですよ」と苦笑する。

濃霧の海を観に行きたいと思ったのは、思いつきだった。

父も母も仕事に出かけ、一人になったところで、湾が一望できる高台を目指す。きっと濃霧が発生しているのは海の真ん中あたりだろうと思っていたのに、高台に上がって観下ろした堤防付近がもう海との境界線を霧に揺るがされていた。思っていたより、ずっと近い。

それを確認して、今度はより近くで海を観ようと、湾の堤防近く——本木の家辺りを目指す。驚いたことに、堤防の横にはすでに先客がいた。

腰の後ろにリボンを結んだキャラメル色のスカートが、ミルク色の白い闇の中で、まず、見えてくる。後ろ手に手を結び、春の霧を眺めていたのは、衣花だった。

「衣花」

霧は、人の気配まで呑み込んで消してしまうものらしい。湾の前に佇んでいた衣花が驚いたように振り返る。幽霊でも見たような顔をしながら「新」と呼んだ。

「おはよう。学校、休みになったね」

「おはよう」

衣花は一人だった。霧は濃いが、あたたかく、日差しはとても柔らかい。衣花の目が、新を下から上まで、値踏みするように見る。

「ふうん」

「何？」

「あんまり私服のセンス悪くないね。意外」

「そう？」

「うん」

衣花がそっと脇に寄る。誘われたように感じて、新も堤防に一歩、近づいた。

「何しにきたの？」

「霧を観に」

答えると、衣花はなぜか少し驚いたような顔をした。また「何？」と顔を見ると、

「別に」と淡泊な声が返ってくる。

「わざわざ、霧なんか観に来るんだって思って」

「衣花は違うの？」

「ううん。私もそう。――だけど、自分以外にそんなこと思う人がいるなんて思わなかった。島の時間はのんびりしてるようでいて、みんな忙しいし。自分の仕事やなんかで手一杯で、優雅に景色を観る余裕がある人、いないんだもん」

朱里も源樹もまだ寝てるだろうね、と衣花が言い添えて、それはそうだろうなぁと新も思う。思わず、笑ってしまった。

海から立ちのぼる霧は、まるで巨大な温泉から立ちのぼる湯気のようでもある。立ちこめた白い靄《もや》に光が差すと、それは何色にもなって宙で輝いた。

「来月から高三だなんて、信じられない」

衣花が言った。

「あと、一年なんて。――みんなは受験だし」

「衣花は勉強、どうするの」

「するよ。受験はしないとしても、みんなと一緒に、勉強はする」

「偉いなぁ、俺、もし受験しないでいいなら、絶対にもう勉強なんかしないよ」

「そう？」

衣花がこっちを見ないで言う。横顔にふと目をやって、そこで、新は小さく息を呑み込んだ。霧の中で横髪を押さえた衣花の鼻梁も、目の形も、髪を留めたピンの一本さえ、びっくりするほど輝いて見えたからだ。

衣花はその顔のまま、まるで一枚の絵か、石像のように、時を止めていた。咄嗟に言葉をかけられなくなる。衣花は、静かに、笑っていた。

本木の家のドアが開き、彼が顔を出したのは、その時だった。口も利かずに並んで海を眺めている新たちに気づき、「おや」と声を上げる。

からかわれたら嫌だな、と思った。島のおじさんだったら絶対にからかってくる。だが、本木は、霧の海を眺めるとすぐに何かを察したようで、ただ「おそろいで」と言っただけだった。

「モトちゃん」

衣花が呼んだ。その途端、霧の中で止まったように思えていた時間が、急に元通り動き始めた。心なしか、霧の濃度も薄くなり、視界が晴れて思える。

「今の時期は、四ツ家さんちの漁を手伝ってるんだと思った」

「あ、今日は漁の船も出さないことにしたって、さっき電話があったんだ。だから、今日はお休み」

「そうなの」

「しっかし、毎年のこととはいえ、今日は特にすごいなあ。めちゃめちゃきれいだ」

つっかけと、よれよれのTシャツ姿で出てきた本木が堤防の前まで来て、目を細めた。横に立つと、Tシャツの首元がだいぶ伸びているのがわかる。新に言われたくないだろうけど、こまめに買いかえればいいのに、とちょっと気になった。

改めて、本木の家はとてもいい立地にあるのだと、湾の真ん中に今こうして立ってみて思う。島のどちら側からも近く、実際、本木は海の仕事も山の畑の仕事も、どちらにも不便なく通っている。よく、こんな場所が彼が来るまで空いていたものだ。

ふと、思い出す。

差出人不明の手紙を受け取り、この場所に呼ばれているように感じたという本木を呼んだ相手は、この家のことをどうして知ったのだろう。

——そもそも、あの話は本当なのか。

「あの息子は食えへん」と、荻原さんが言っていたことを思い出す。深く考えないからこそ、島で暮らすおじさんたちの言葉や本能的直感とでもいうものがバカにできないことを、新は小さい頃からよく知っている。

ふと、この間からずっと疑問に思っていたことを、今、聞いてみる気になった。霧崎に新が渡した偽物の〝幻の脚本〟のこと。

「ねえ、本木さん。聞きたいことがあるんですけど。あの、霧崎さんのことで」

「ん?」

寝癖のついた頭をこっちに向けていた本木が、新を振り返る。〝食えない〟なんて言葉がまるで似合わないくらい、裏表がなさそうな人だ。

「あの人がいなくなる前」

霧崎のことを、口にしようとしたその時――。

白い、霧の向こうで反響するような声が聞こえた。「モトちゃん!」という、悲鳴のような声は、朱里のものに聞こえた。そばにいた衣花が背筋をぴっと伸ばす。湾の向こう側から、朱里が、サンダル履きのまま駆けてくる。新と衣花が一緒にいるのを見て、一瞬驚いたような顔を浮かべ、今度は全員に顔を向ける。「うちに来て」と朱里が言った。

「未菜ちゃんが、吐いた」

朱里の顔は真っ青だった。保育園の登園時間にはまだ間がある。冬から今の時期にかけては、インフルエンザやノロウイルスの流行もよくある。――なら、母に連絡したらどうか、と新が言いかけたその時、朱里が泣きそうに、顔を歪めた。

「血を、吐いたの」

本木の顔色が変わる。丘に続く道を、新たちを残して、走り出した。

8

濃霧の日には、フェリーが出ない。

今日は、本土に渡れない。

一日もうけた休みを、どう使おうか。朱里が、衣花に電話でもしようかと考えていた矢先、蕗子からその電話はかかってきた。

未菜が、吐いた。

赤い血を、吐いた。

母は、すでに仕事に出かけていた。朱里の家から蕗子の家まではダッシュで五分だ。丘を駆け上がり、家に急ぐ。

「フキちゃん！」

家に入った時、蕗子は完全に取り乱していた。

目を見開く。

未菜がぐったりしながらも、口の周りと足下を赤く、ベチョベチョにして、あああー、と声を上げて泣いている。酸っぱい匂いが、つんと鼻をつく。おろおろとした蕗子が、未菜を抱きしめている。大丈夫だから、大丈夫だから、大丈夫だから、と呪文のように娘に言い聞かせ、混乱している。

やってきた朱里相手に、「吐いたの」と繰り返す。母と、保育園にはすでに電話したという。昨夜まで何ともなかった未菜は、今朝になって、急に苦しみだした。

「風邪も治ってたし、熱もなかったし、こんなふうに吐いたことなかった。直立不動のまま、噴水みたいに、ぴゃーって、すごい勢いで、何度も、吐いて」

どうしようどうしよう、どうしよう。蕗子の不安と混乱が、真っ青な顔から空気を通じて朱里に伝染する。それがわかるのか、未菜の泣き声が、さらに、おーん、おーんと高く、大きくなる。

「二歳を過ぎてからは、あんなふうに吐いたこと一度もなかった。きちんと、身体を折って、かがんで吐けるようになってた。あんなに、あんなに、吐くことなかった」

大きくむせて、未菜が胸を反《そ》らす。苦しくてたまらないように、小さい身体全体で何かを外に出したがっている。こんな大きな咳が出るものなのかと思うような、あーっという咳が、喉から溢れた。赤い吐瀉物《としゃぶつ》が、口の周りで乾き始めている。

朱里は、呆然《ぼうぜん》として、どうしていいかわからなかった。

この一瞬一瞬に、未菜の命が奪われてしまう可能性があるんじゃないかと思ったら、まだ何かできるかもしれないのに、何もわからなくて、立ち竦んでしまう。心細くてたまらない。

何か問題があった時の応急処置が、早かったから助かった、遅かったから間に合わなかった、というニュースや、学校の応急処置の授業でやった内容がデタラメに頭の中を流れていく。そのどこにも、正解がない気がした。徒《いたずら》に不安が朱里を焦らせるだけだ。

どうして、誰もいてくれないんだろう。

正しい知識を持った、大丈夫だと言ってくれる人がここにいない。未菜がこんなに吐いて、蕗子が悲鳴のような声で、未菜を呼んで、泣いているのに。

ヨシノがせめていてくれたらいいのに、と思ったことで、本木を思い出した。もし、蕗子たちに何かがあったら、呼ぶようにと言われた。

外で、朱里の母の、車のエンジン音を聞いた。母が蕗子の家に入ってくるのと入れ違いに、朱里は、家を飛び出していた。「朱里!」と呼ばれる声にも、振り返らなかった。

電話をすればよかったかもしれないということには、走っている間も、一度も気づかなかった。ただ、本木の家を目指すことしか、考えられなかった。

9

本木は、速かった。

普段、どこにこんな体力をしまい込んでいたのかと思うような速さで丘を登る。蕗子の家に入るなり、走ったせいで息も絶え絶えになった声で言う。

「触ら、ないで」

息を荒らげたまま、たまに、呼吸を整えるように空気を呑み込む。取り乱す蕗子に、もう一度言った。

「心配なのはわかる。だけど、吐いたものに触らないで。離れて、手を消毒して洗って。――ゴム手袋が、あったら、貸して」

「本木くん」

「いいから！」

汗を掻《か》いた額を自分で拭い、蕗子と未菜のそばに行って膝を折る。動けない蕗子に代わって、朱里の母が、お風呂場から紫色のゴム手袋を持ってきた。「ありがとう、おばさん」と、本木が手袋を受け取る。

泣きながら呆然とする蕗子の肩を、本木が支えた。まだ、嫌々をするように娘を離さない彼女に、本木が言った。

「僕、医者なんだ」

蕗子が目を見開いた。朱里も、衣花も――、そばにいた全員が、息を呑む。

「医師免許を、持ってる。信じて」

蕗子の肩から、力が抜けた。本木は一瞬、ほんのわずかな間だけ翳るように目を伏せ、それからすぐにすっと前を向いた。朱里の母に言う。

「未菜ちゃんを、どこか寝かせられるところを作ってください」

手袋をはめ、蕗子の手から泣いて咳き込む未菜を引き受ける。本木に躊躇はなかった。未菜の口を開け、中を覗き込む。未菜の泣き声が、ぎゃあん、と高くなる。だけど、そこに、さっきまでのような切迫した、尖った響きがない。声が弱くなっている。それがいいことか悪いことか、わからなかった。

本木が「よし」と呟いて、それから後ろを――まだ動けないでいる朱里たちを振り返る。そして言った。

「保育園と、あとは、源樹くんのところに電話して。保育園にもホテルにも、消毒用か、なければ掃除用のアルコールがあるはずだから、持ってきてもらって。あとは、OS-1っていう、子どもも飲めるスポーツドリンクみたいなものが、熱中症とか万一の場合に備えてあるはず。それと、ゴム手袋も予備を」

よれよれの本木のＴシャツに、未菜の口の周りの赤い吐瀉物がつく。本木が深く、息を吸う。そして、放心状態で自分を見つめる蕗子をしっかりと見た。

「大丈夫。これ、血じゃないよ。ウイルスで併発した可能性もあるけど、これはたぶん、苺の食べすぎ」

「――いちご？」

蕗子と、朱里の声がそろう。

本木が頷いた。泣き疲れたように、ぐずぐずと泣き方を変えた未菜の口を、朱里の母が持ってきた布で拭う。横にした状態で、お腹と喉を順番に押し、本木がもう一度、頷いた。

「熱もないし、大丈夫。脱水症状にだけ気をつけて経過を見れば、問題ないと思う」

蕗子の身体から、力が抜けていく。見えない相手に押されたように、膝が、かくん、と折れる。背骨を失ったように、壁にもたれた。

苺が大好きだという未菜は、母親に隠れ、蕗子の知らないうちに冷蔵庫の苺をすべて食べてしまったらしい。その数、およそ、三パック。大粒のもので、五十粒。

彼女が冷蔵庫に手が届くようになっていたことも、中のものが取り出せるほど背が高くなっていたことにも、蕗子は気づいていなかったという。冷蔵庫の前には、乱暴に破られた状態の薄いビニールのパッケージと、大量のへたが、空のパックとともに散乱していた。

「うげー」と、片づけながら、衣花が声を上げる。

「これだけ食べれば、そりゃ吐くわ。未菜ちゃん、すごいな」

「ごめんなさい」

未菜を寝かし、肩を小さくすぼめた蕗子が小声で謝る。心底申し訳なさそうに、下を向いた。

「血を吐いた、なんて、大騒ぎして。匂いで、わかってもよさそうなものだったのに」

「いいよ。あんな赤い色たくさん見たら、そりゃ、動揺するよ」

まして、蕗子は母一人なのだし。――一人だけで子どもの面倒を見るということの責任と重圧を、自分は見くびっていたのだと朱里は思う。蕗子の家に最初に駆けつけた時、どうしていいか、まったくわからなかった。小さい子の命の責任を握っているというのは、毎日、ああいうことの連続なのだ。

ゴム手袋をした手で床を拭き、念のために消毒用のアルコールを吹きつける。

窓辺で眠る未菜の横に座る本木を、朱里はそっと見た。

「本木が医者って、マジで？」

消毒用のアルコールと、ホテルに常備された医療用品一式、それにゴム手袋の予備を持ってかけつけた源樹が、怪訝そうに眉間に皺を寄せる。

未菜が落ち着き、混乱が去った後で、思い出したように手が震えだした本木が「よかった」とため息をもらす。照れくさそうに、「なんか、怒鳴ったり、大声出したりして、すいません」と謝る姿は、頼りない、いつもの本木だった。

「かっこいいな。本木相手に、こんなこと、初めて思うけど」

源樹が呟いた。朱里たちが「え？」と顔を上げると、源樹もまた、蕗子と未菜の脇で、朱里の母たちと話す本木を見ていた。蕗子が頭を下げて、お礼か何か言っている。本木は、とんでもないというように首を振っている。シャツは汚れて、もう使いものにならなそうだ。

「親父に聞いたら、本木、ホテルに何の医療品があるか、聞いてたことあったって。——親父も、まさか、その時はあいつが医者だとは思わなかったらしいけど、きっと、こういう時に備えて把握だけはしときたかったんだろ」

「そう——、なんだ」

呆気に取られたように頷いたその時、未菜の脇にいた本木が立ち上がり、こっちにやってきた。静かに薄く微笑み、「着替えに、一度、戻ってもいいかな」と尋ねる。

「その後で、みんなにはきちんと話すよ。医師免許のこと、黙ってて、ごめん」

やってきた時のスピードをまったく感じさせない、のろのろとした足取りでサンダルを履き、本木が丘を降りていく。

彼が出て行くのと前後して、「ようやくか」とからっとした声が背後でした。朱里たちは、あわてて声の主を見る。

保育園から駆けつけた、新の母だった。

「ようやく、正体明かす気になったんか。あの息子」

「母さん、知ってたの？」

自分の母親を、新が素っ頓狂な声を出して見つめる。下手すると両目を瞑《つむ》りそうな不器用なウインクをして、新の母が「まあな」と言う。

「呼んだのは、私やから」

「え？」

「あ」と、衣花が声を上げた。

「ひょっとして、モトちゃんに冴島の手紙出したのって――」

「私なんよ」

こともなげに答えられて、朱里たちは、今度こそ二の句が継げなくなる。「正確には、私たち」

「ヨシノや若葉くんと相談しながら、ずうっと、医者を探しとった。だけどまあ、手紙を出したところで来てくれるかどうかは賭《か》けやったけど、あの子は、来てくれた」

医者が開業させてもらえない冴島の事情の中で、地道に医者を探して呼ぼうとしている動きがあるとは聞いていた。新が気づいて、「母さん、なの？」と問いかける。

「母さんが、反村長派、なの？」

島のいろんな家から相談を受け、問題が起きればすぐに出かけていく。いろんなおばちゃんたちの声を束ねて、情報を集め、新の母は、それこそ、島のいろんなことに通じている。指摘すると、彼女はかかっと笑って、「大袈裟だね」と首を横に振った。

「反村長派、なんてたいしたもんやないよ。別に村長のやり方に全部反対してるわけやないし、私自身は行政にかかわろうなんて気もさらさらない。大矢さんは立派な人だ。選挙があれば、私だって、断然、大矢さんに投票するしね。ただ、あの人に期待してもできないことに関しては、自分たちで動こうとしてるだけ」

「でも、父さん、役場職員なのに」

「父さんも知ってるよ。そういう意味じゃ、あんたの父さんだって反村長派。内部にいる人間の方が汚いところも見てる分、アンチが生まれやすいんよ」

新が絶句して、空気の塊《かたまり》を呑み込んだような顔になる。

「医者をやめようとしてたんよ、あの息子」

新の母が言う。

「島に来てくれそうな医者にヨシノたちがあたってる過程で見つけた。あの子の同僚だった男の子が教えてくれたんよ。研修を終えた後、医者の道を諦めて、どっか田舎で暮らそうとしてるなまっちょろい友達がおるって。せっかく勉強したのにもったいないって言うとるのを聞いて、ヨシノが、試しに手紙を出してみたらどうかって勧めてきたんよ。本人は医者だってことは言わないつもりやったようやけど」

「……じゃあ、おばさんは、本木が医者だって知ってて、黙ってたの？　本人が言うまで？」

「知ってたのは私だけやないけどね。でもまあ、本人が自分から言い出すまではどうしようもない。正規の手続き踏んで開業するために来てもらったわけやないから、無理強いはできん。何しろ、正規で医者を呼んだら、二千万だから」

二千万、と朱里も呟いてみる。響きと一緒に、胸がきゅっと詰まったような気持ちになる。

「――モトちゃんは、自分を呼んだのがおばさんたちだって、知ってるの？」

「知らんと思うよ。でも、冴島に呼ばれたって本人が言っとるなら、それでいいんやないの。ロマンチックやから」

「ロマンチックって、母さん！」

新が声を上げる。

涼しい顔してその横にいる新のお母さんの顔を眺めながら、朱里は、だから、あの家だったんだ、と納得する。

湾に面した、柿の木の張り出した好立地の家。元が民宿というだけあって、部屋数も豊富なあそこを、おばちゃんたちはきっと、他に人が入らないよう巧みに動いて、取っておいた。ここぞという時のために。

病院として、あそこを使うために。

10

着替えて戻ってきた本木が着ていたのは、これもまた、前といい勝負だと思うような首元が伸びたTシャツだった。変な表情の、あまりかわいくないひよこが描かれている。

蕗子の家には、蕗子と朱里たち、朱里の母、それに新の母がいた。

騙《だま》されていたように感じたなら申し訳ないと、本木はぽつぽつとした口調で語り出した。

「僕の家、父も母も、両方医者でね。実家は、その二人を中心とした内科と皮膚《ひふ》科の開業医だったんだ」

「すっげえ、ボンボンじゃん」

源樹が言って、ホテル経営の家の息子が言うことかな、と思うが、本木は苦笑して、「小さい頃にばあやがいたよ」と話す。ばあやって！　と絶句するが、本木の顔はいたって真面目だ。本当なのかもしれない。

いい子だけど、今どきの子、と母が本木を評していたことを思い出す。確かに、本木は、もらった材料で食事を作ることもまともにできない、〝今どきの子〟だ。

「そんな環境だったから、昔から、医者になって病院を継ぐんだと思ってたし、両親からもずっとそう言われてた。——自分には向いてないんじゃないかって、考えたことも、あることはあったんだけど、とりあえず、勉強だけ、ずっとしてきた。医学部にも受かったし」

本木が申し訳なさそうに下を向く。

「だけど、実際、向いてなかった」と呟く。

「僕には、無理だった」

「どうしてやめたんだよ」

源樹が聞く。こういう時にずけずけと聞いてくれる人間がいるというのは、ありがたかった。本木が顔を上げ、「情けない、話だよ」と前置きした後で、ぽつりとこう言った。

「金曜日の救急病院が、深夜、とても忙しいってことは想像つく？」

彼の目には、暗い光が浮かんでいた。苦笑して、一人で問いかけの答えを受ける。

「運ばれてくる酔っ払いや怪我《けが》人がひっきりなしで後を絶たない。泣き叫んでる赤ちゃんを抱えたお母さんを何時間も待たせてしまうのもざらで、そんな中で、ほとんど不眠不休にみんな働く。特に僕は一番下の立場だったから、もう、何日寝てないかわからない状態で、頭をぼうっとさせながら、とにかく走ってたっていう印象しかない。何度も逃げ出したくなったし、『親に言われたから』なんていう生半可な気持ちでやれる仕事じゃないんだなって、何度も思い知った。頭の中が——、そうだな、今日の濃霧みたいな状態。視界の端がどっかずっと白かったり、暗かったりするんだ」

言い訳、だけどね、と本木が言った。

「初めは気持ちが緊張してたはずだった。命を、人を扱う現場なんだって覚悟して、その気持ちが麻痺《まひ》してしまわないように、新米だからこそ、気をつけようって思ってた。だけど……」

激務の週末を終えた、月曜日の朝。

休みが何日も取れないでいたその朝に、本木の気持ちはふっとゆるんでしまった。

「遅刻、したんだ」

「遅刻？」

「先輩について助手を務めることになってた手術が、その日、入ってた。僕はまだ研修医だったし、メインの執刀医だったわけじゃない。遅れて行った時には、別の先生が助手を務めて、手術は始まってて、僕はもう、中に入れなかった」

「――医者って、それぐらいのことでクビになっちゃうの？」

厳しすぎないだろうか。

朱里が思わず尋ねると、本木が小さく、かぶりを振った。

「クビにはならなかったよ。僕は研修医だったし、手術も、無事に終わった」

本木が、遠くを見る目つきになる。

「朱里ちゃんが言うように、それぐらいのこと、なんだよ。遅刻したのは、三十分。その日はどういうわけか、目覚まし時計がどれだけ鳴っても僕は起きられなかった。前日に家に帰ってきて、朝までに一時間だけなら眠れるなって思ったところまでの記憶しかない。着替えもせずにベッドに倒れて――、気づいたら、病院からの電話が鳴ってた。たたき起こされた時には、もう、急いで支度《したく》しても間に合わない時間だった。たかが遅刻、なんだよ」

本木の手が、震えだした。わざとでなく、そうなってしまうのだというように。自分のその手を、本木がじっと見つめている。

「その時は別の先生が入って、問題は起こらなかった。だけど、もしこれが緊急の手術だったら？　考えたら、震えが止まらなかった。──医者は、たかが遅刻で人の命が奪われる仕事なんだって、そう思ったら、僕は耐えられなくなった」

部屋の中は、驚くほど静かだった。

独白のような本木の声だけが、響いていた。

「手術をしたその患者さんとは、研修も兼ねて、術前からよく僕が診察をさせてもらった。会社を定年になったばかりの男性の患者さんで、手術も、そう難しいものじゃなかった。だけど、身内の身体にメスが入るんだから、奥さんも家族もみんな心配していて、それに『大丈夫ですよ』と答えるのも僕の仕事だった。ただの助手だっていう僕にも、手術の前日には『よろしくお願いします』って、本人も奥さんも、みんな頭を下げて──」

一息に言った本木が、そこで、言葉を止めた。当時のことを思い出すように、ゆっくりと、言葉を噛みしめるように口にする。

「遅刻して、あわてて病院に駆け込んだ時、その患者さんの奥さんが、待合室にいたんだ。身内が手術する、その時間を待つのに耐えるように、お嬢さんと一緒に座ってた。そこに入ってきた僕にびっくりして、『先生』って、僕を呼んだ。先生、どうしてここにいるんですか。夫の手術中じゃないんですかって」

先生、という響きが、朱里の耳の底に、重たく沈む。

「言葉を返せない僕を見て、二人が黙った。絶句して、それからとても、がっかりしたような、傷ついた顔を、した」

本木の頬が、青白くなっていく。

「今だに、夢に見るよ。遅刻をする夢を、繰り返し。――研修医をどうにか終えた頃には、もう、医者を続けられる自信がすっかりなくなってた」

本木が、震える手を隠すようにしまうのが痛々しかった。彼の口元に、柔らかく苦笑が浮かぶ。

「親には、勘当されるほど怒られたよ。医者が無理なら、医療事務でも、なんでもいいから、病院にかかわる仕事を探すように言われたけど、僕は逃げたんだ」

知っている人が、誰もいない土地へ。

冴島からの封書を受け取ったのは、そんな時だった。

「でも、未菜を助けてくれたよ」

静寂《せいじゃく》を破ったのは、蕗子の声だった。その顔に、作ったところのない微笑みが浮かんでいる。青い顔をした本木の前に立ち、「どうもありがとう」と礼を言う。

逃げてきた、という言い方を本木がするなら、同じく逃げてきた蕗子にしか言えない言葉が、きっとある。

たとえ、それが今すぐに、本木の元に届かなくても。夢に見るほどの過去を、消すことができなくても、言葉を掛けることはできる。

本木は力なく笑って、答えなかった。根気強く、蕗子が告げる。

「本当に、どうもありがとう」

「たいしたことは、何もしてないけど」

「そんなことない。私が今、落ち着いていられるのは、医師免許を持ってる、専門家の本木くんが、未菜を『大丈夫』って言ってくれたからだよ」

答える蕗子の声は、凛《りん》としていた。

「たとえ、それがたいしたことがない病気でも怪我でも、私たち素人にはそれがわからないんだよ。大丈夫って言ってくれるプロがいる、それだけで救われることもある。そういう安心感を、本木くんは今日、私にくれたよ」

島に医者がいるということはこういうことなのだと、さっき実感したのは蕗子ばかりでなかった。朱里も、それにみんなもそうだ。

「大変な仕事だと思う。だからこそ、耐えられないこともあったんだと思う。でも——、今は、本当にありがとう」

「……どう、いたしまして」

答える本木の声は、掠れていたが、震えてはいない。手の震えも、いつしか収まっている。

封書を出したのが、自分たちだということ。冴島の医者になってほしいという話を、母たちがするのではないかと朱里は思っていたが、朱里の母も、新の母も、何も言わない。

カチコチ、と鳴る壁時計の音に混じって、未菜の柔らかい寝息が思い出したように聞こえてくる。

沈黙を破るように衣花が開けた窓の外に、海の青が広がっている。

春の濃霧は、晴れたようだった。

11

ヨシノが戻ってきたのは、三月末の、彼女と冴島との契約が満了になる、まさに直前だった。これがおそらく、仕事としてのヨシノの最後の滞在だ。

島の小学校の謝恩会に呼ばれたという彼女にくっついて、朱里と衣花も数年ぶりに母校の小学校に入る。昔のままの木造の体育館で、今年もバタバタ、卒業生たちが劇をしていた。

今年の『見上げてごらん』は、木の実の擬人化バージョンだ。一人一人が「木の実、降りてきて」と言葉を投げかけて、へそまがりの木の実を口説《くど》いている。

今年の卒業生は十七人。Ｉターンの子たちもいて、人数が多いからこうなったのだろうけど、また随分斬新《ざんしん》な演出だ。口べたな女の子がもじもじしてなかなか言葉を発しないでいると、「りんちゃん！」とヨシノが声を張り上げた。

朱里たちは知らない子だったけど、ヨシノに呼ばれたその子は、はっとしたように顔を上げた。はにかむように笑い、その後でセリフを言う。

「どうか、食べたりしないから、降りてきてください」という言葉に、木の実役の子どもが「わかったー」と答える。色画用紙で作った平たい木の実が、ひらひらと、彼女の手まで舞い降りた。

体育館のステージが、拍手で包まれる。


本木のことを聞いた、と伝えると、ヨシノは「おー」とたいしたことではないように頷き、「明実さんから聞いたよー」と笑った。

「ようやく一歩踏み出したね、本木氏。これで私も安心できる」

「でも、島で病院を開業したりする気はまだないみたいだよ」

「違うよ。私が言ってるのは、フキとのこと。単なる頼りないヤツから、一歩格上げになったでしょ」

うそぶくように笑ったヨシノが、ついでのように、教えてくれる。

本木が島に移り住むことに決めたのは、島で、蕗子の姿を見たからなのだそうだ。

「初めて島に来た日にフキを見かけたんだって。フキは覚えてないかもしれないけど、物件の場所がわからなくて迷ってる時に案内してもらった。――あの多葉田蕗子だってことには気づかなかったらしいけど、キレイな人だなぁってぽーっとなって、『私もIターンなんです。いいところですよ』って言われたのが決め手になったらしいよ。たくさんあった候補地の中から、ここを移住先に選んだ
では、本木は本当に島に来た最初から蕗子のことが好きだったのか。ヨシノが笑った。

「そんな縁で島に来た本木が未菜を助けたっていうなら、縁があったってことなのかもね」

「モトちゃん、そうだったんだ」

「おばちゃんたちがよく、『蕗子はあんたじゃ無理だ』とか『まだシングルなうちに動け！』とか、へこましたり、励ましたりしてるけどね。知らない？」

「知らない」

色恋に疎そうな母たちがダイレクトに言葉をかけるところを想像すると少し笑える。「でも、よかった」とヨシノが頷いた。

「本木氏のためにもね。医者に復帰するかどうかはわかんないけど、いろんな道を選

ぶ際の参考の一つにはなるでしょ」

「そっか」

「しかし、苺と血を間違えるかねー、フキも朱里も」

軽い声で、ヨシノが笑う。

こんなに、蕗子や朱里のことを身内に接するように呼ぶのに、ヨシノともう二度と会わないかもしれないことは、最後だから、考えないようにした。

村長からは、来年度も引き続き、契約を結ぶよう話があったそうだ。だけど、ヨシノは、それを丁重《ていちょう》に断った。ここでのいざこざや、遺恨がどうということではなく、別の自治体で暮らすことを、きちんと伝えたと言う。

彼女の雇い主は、形はどうあれ、村長だったはずだ。

その村長の意に反して、新の母たちの医者探しを手伝っていたという時点で、ヨシノと彼の溝《みぞ》はそれだけ深いものだったということなのだろう。

村長が黒塗りの公用車でうちにやってきた時、朱里は身構え、微かに怯《おび》えた。

「こんにちは」

彼が戸口を開けた途端、男ものの整髪料と煙草《たばこ》が混じった匂いを嗅いで、外波のおじいちゃんや、青年団の団長に脅された時のことまで一気に思い出す。

とても許せることではないと思うのに、おそるおそる玄関に顔を出すと、村長は、前に会った時と少しも変わりなく、朱里の知る、村長のままだった。

「やあ、朱里」と、平然と挨拶する。

「……お母さんなら、まだ帰ってませんけど」

「ああ、知っとる。今日は婦人会の会合やろ」

あれだけおとなげないことをしたのに、どんな気持ちでいるのかわからなかった。腹が立つけど、これからまた村長や他のおじさんたちと気まずい思いをすることなく、ここで元通り暮らせるのだと思うと、少なからず安堵に襲われるのが、さらに癪だ。

『さえじま』のテレビ番組のことについては、触れるつもりがなさそうだった。謝りに来たというわけでもないのだろう。

「ヨシノちゃんはおる？」と村長が尋ねた。

「もう、明日の朝には島を出るんやろ。明日は朝から会議が入っとるから、見送りにいけんのや。今、会いに来た」

答えに迷った。ヨシノなら、奥の部屋に泊まっているが、村長になど会いたくないだろう。朱里が答えに詰まった一瞬の隙に、けれど、廊下の方から「いますよー」と力の抜けた声がして、ヨシノが玄関に姿を見せた。

「どうもです。村長」

女が田舎で生きていく、という表現を彼女が使っていたことを思い出した。恨みがましいそぶりも嫌味も一切ない、サバサバとした態度で、ヨシノが「どうしました？」と笑う。

「世話になったね」と村長が言った。

古い玄関の上がり框《がまち》の先に、一歩たりともこの人を上げたくなかった。朱里の気持ちが伝わったのか、村長も玄関で話を済ませるつもりのようだ。ヨシノも、中には勧めなかった。

「更新の意志がないと聞いて、残念や。あんたは優秀で、本当によくやってくれたから」

「ありがとうございます」

ヨシノの言葉が、誰が何を言ったとしても同じに答えただろうと思うほどに平坦だった。村長が口元を微かに歪める。何かを言いかけて、けれど、唇を閉ざし、仕切り直すように、ヨシノに向き直る。

やがて、彼が「福島に行くんやね」と言った時、朱里は、静かに息を吸い込み、そのまま、止めた。

ヨシノは静かに村長に対峙《たいじ》していた。

「ええ」と頷いた。村長が深く顎を引いて頷く。

「警戒区域に近い村みたいやから。あんたなら役に立つやろう。元からの住民が減って、ボランティアも入りみだれて、今、大変な時やと思うから。避難民を受け入れた周りの自治体の苦労は、相当なものやって聞くし」

――そこは、あなたの故郷じゃないのに。

蕗子が言ったという言葉が、朱里の頭に甦《よみがえ》って、そして、弾けた。どうしてそこまでするのか、と、蕗子がヨシノを止めたことの意味が、まったく違った重みを伴って朱里に迫る。二年、専属で契約して、ヨシノが定住するということの意味を、朱里は軽く考えていた。

思い出したのは、日本地図の、真っ赤な色に塗られた太平洋側の海岸線だった。津波の警報が出た地域を示すあの地図を、何日も目にして過ごしたあの時期。

自分のすぐそばに海があっても、それが同じ海の脅威だという実感が乏《とぼ》しかった。テレビから日常が失われ、赤い海岸線の地図を眺めても、事態は朱里の遠くにあった。

あの年に東京からやってきた何組かのIターンの家族が、「関西に来て、自分がずっと緊張してたことがわかった」と弱音を吐くように言っていた時にも、ただ漠然と、そうなのか、と思っただけだった。

少し考えてみれば、わかることだった。

日本全国を飛び回るヨシノが、この島にいない時、どこで、誰に、必要とされていたのか。

「何年住むの。今度は専属で腰を据《す》えてやるんでしょ」

「二年です。私だけじゃなくて、『プロセスネット』の別のスタッフも一緒ですけど。今の時期しか、私には手伝える時間がもうないと判断して、決めました」

「そう」

村長にしては珍しく、沈黙があった。言葉を慎重に選んでいる。やがて発した、「できることがあったら言ってくれ」という声は、低く、静かだった。

一瞬、謝るのかと思う。けれど、違った。

「ボランティア支援で人が必要やったら、編成する。実際、救援物資が必要な時期にはそうした。私も、あの近辺には何度も視察に行った。——あんたは、この村の身内みたいなもんやから」

ヨシノが、拒否するんじゃないかと思う。今さら何を言っているんだろうと、もどかしい思いでヨシノの言葉を待つと、彼女は居住まいを正して、丁寧に頭を下げた。

「ありがとうございます。遠慮なく、お願いすると思います」

ヨシノが顔を上げる。

「冴島とご縁ができたことは、私の、財産です。早速ですけど、今年の夏に、こちらに、子どもたちとキャンプに来てもいいですか？　小学校では今も、避難したまま帰ってこない子どもたちがいます。――離ればなれになった子たちを、夏休み、ここで会わせられたらって、ずっと、思ってました」

「いいよ、来なさい」

村長が頷いた。

――おじさんなりの解決法に、助けられたことがたくさんあると言った、あの時のヨシノの言葉を思い出す。

謝れないし、人を登らせておいたはしごを外すのは得意だし、自分のためだけに人を繋いで、手柄にこだわったりもするけど、それでも、この人たちは、それでやってきたのだ。

今ここで、必要な援助の決定をくだせるだけの権力を、得るために。

「しかし、ヨシノさんはしっかりしとるね。まさか、具体的なことをもう考えてるとは思わんかった」

「すいません。しっかりっていうより、ちゃっかりって感じですけど」

「寂しくなるな」

村長が言う。「はい」とヨシノが頷いた。そして、言った。

「これまで、ありがとうございました。大矢村長」

12

ヨシノが帰る朝は、たくさんの人がフェリー乗り場に見送りに来た。

朱里たちはまだ春休みで、四人全員が波止場にそろった。

新が波止場に着いた時、本木がヨシノと何か話していた。

からかうようにヨシノが何か言って、本木が苦笑しながら頭を掻いている。新が彼らに近づいたのと時を同じくして、おばちゃんたちがヨシノを取り囲み、本木と新は、それを遠巻きに眺める形になった。

寂しくなる。またいつでも来い。あんたまたどうせ来るんでしょう。おばちゃんたちに口々に言葉をもらいながら、「うん、また来るよー」とヨシノが答える。まったく村長はひどい、とまだ不満を口にするおばちゃんもいた。

「何、話してたんですか」

新が本木に尋ねる。

本木は相変わらず、医者だということを自分たちに明かしてからも、ウェブデザインと島のバイトを続けていて、病院を開業しようなんていう気もなさそうだ。源樹の父から、ホテルのクリニックについての話があったようだけど、それもとりあえずは断ったと聞いている。

横にいると、まだ全然実感できなくて困る。この人が二千万かぁ、とため息が出そうになる。

本木は「え？」と新の方を見て、それから再び、みんなに囲まれるヨシノに視線を移した。

「島やみんなを、よろしくって言われたよ。また来てよって、僕は言った」

「そうなんだ」

波の音が近い。そういえば、と本木が顔を上げた。

「この間、僕に何か聞きかけてなかった？　霧崎さんのこと？」

「ああ」

未菜が大変なことになったせいで、新自身も忘れていた。だけど、今なら確かに聞けるかもしれない。「たいしたことじゃないんですけど」と、前置きして、新は聞いた。

「――荻原さんに、聞いたんです。俺たちは、あの人が急に消えたように思ってたけど、霧崎さんがいなくなった当日も、本木さん、あの人と荻原さんのところに挨拶に行ったって」

「ああ、そのこと」

特に隠していたというわけでもないのだろう。本木が平然と頷いた。

「うん。ちょっと気になって。霧崎さん、幻の脚本のことを追いかけてたけど、フキちゃんのことにも気づいていた。霧崎さんは肩書きも〝作家〟だったし、もし、何かするつもりなんだったら、そっとしておいてほしいって、話をしに行ったよ」

「そうだったんだ」

「尤も、霧崎さんの島での目的はあくまで脚本だけだったみたいだけど。話をしに行った時にはもう、新くんの脚本を手に入れてて、本土に帰る支度をしてた」

「そのこと、なんですけど……。本木さん、ひょっとして、俺の脚本を」

「ん？」

「すり替えたり、してませんよね」

話す時、自分で思っていたよりずっと緊張していたらしく、声が上ずった。

本木が驚いたように目を見開く。新は顔をぱっと伏せた。だけど、耳が熱くなる。

早口に続ける。

「俺の、脚本。幻の脚本の、ニセモノ。内容的にミステリだから、霧崎さんが賞を獲ったあれ、確かに俺のものだとは思うんですけど、それでもやっぱりタイトル違うし、内容がまだ放送になったわけでもないから。本当に俺が書いたやつだったのかなって、ちょっと気になってて」

霧崎本人か、それか誰か別の大人が書いたものなのではないか。荻原さんに「本木は食えない」と言われて、新の頭に湧いた疑念だった。

「霧崎さんは、やっぱり、俺の書いた脚本じゃ満足してなくて、本木さんか誰かがきちんと書いたそっちを本物だと信じて持って帰ったんじゃないかって、思っちゃったんです。そしたら、本木さん、霧崎さんが消えた前日に一緒にいたって言うから」

「――そんなことを、気にしてたの？」

本木が目を丸くして新を見る。新は黙って頷いた。途切れ途切れに、続ける。

「最初知らなかったけど、本木さんは医者だったし。頭、いいんでしょう」

だから、プロ並みの脚本だって容易《たやす》く書けるんじゃないのか。本気でそう思って本木を見ると、彼が黙り込んだ。顔が真面目になる。そして、きっぱりと言った。

「それはない。霧崎さんが持って帰ったのは、たぶん、新くんが書いた脚本で、テレビ局の賞を獲ったのだって、君の話だよ」

「でも」

「医者になることを頭がいいと思ってくれるのは光栄だけど、だからといって、僕に脚本家の能力があるかどうかはまた別の話だよ。医者の勉強をするのに向いてる頭の良さもあれば、文章を書くのに向いてる頭の良さもある。一つができれば全部できるなんてことはないし、ついでに言うと、僕には恐ろしく文才がないよ」

本木が苦笑する。

「さらに言えば、今やってるウェブデザインの仕事だって四苦八苦しながらやってる。島でできる仕事を探して、東京で講座に通って、今だって、本見ながら毎日勉強してるようなもんだから。——頭がいい、なんて何が基準かわからない」

本木が新を正面から見つめる。「信じなよ」と、柔らかな声で笑った。

「賞を獲ったのは、間違いなく君の才能だよ。僕は読んでないけど、面白かったからこそ、霧崎さんは本土に持っていったんだと思う。新くんは、向いてるんだよ」

胸の奥から、ふつふつと、興奮が湧いてくる。うまく言葉が返せなくて黙ってしまった新に、本木がまたふっと笑いかけた。

「ま、結局、賞金や栄誉は霧崎さんが横取りしちゃったわけだけど。——新くんは、本気で書くことが好きなんだね」

「……楽しくて」

ぽつりと呟くと、少し遅れて、ああ、本当にそうだ、と実感できた。

賞金とか、栄誉とか、どうでもいい。自分の脚本を、本当の本当に、大人たちが読んで評価したのだと思ったら、胸がいっぱいになる。

13

人気者のヨシノがおばちゃんたちをやり過ごし、蕗子のところまで辿《たど》り着けたのは、随分経ってからだった。

別れの挨拶に来たヨシノを、蕗子が心を閉ざしたように怒りもせず、静かな顔で「元気でね」とだけ言うのが、朱里の目には痛かった。

蕗子はたぶん、本心から、ヨシノと喧嘩がしたかったのに。本心から止めて、ここにいてほしいと願う、ヨシノは蕗子のそういう友達だった。本土から訪ねてくる気配がない、蕗子が置いてきた友達の他にできた、彼女のほとんど唯一の親友だ。

正面から見つめ合う蕗子とヨシノを、朱里と衣花は、少し離れた場所で見ていた。

今日、ヨシノがやってくる少し前に、朱里は蕗子に話しかけられた。衣花も一緒だった。

「朱里ちゃん。来年、高校を卒業したら、衣花ちゃんだけ、その後も島に残るって本当？」

蕗子は、思い詰めた顔をしていた。ショックを、受けたような。

「私、今、衣花ちゃんから聞いて、初めて知って。みんな、大学や短大や、本土に行くけど、衣花ちゃんはそうじゃないって」

「そうだよ」

朱里は答えた。

蕗子の顔のショックが、上書きされたように見えた。

島の子どもは、いつかここを去ることを前提に育つ。よほどの事情がない限り、高校を出た後の進路を本土に求めるため。そして、その「よほどの事情」の一つが、網元の家だ。網元の家の子どもは、島の外に出ない。本土の高校に通うくらいのことはするが、島を離れて住むことはない。

昔からこの島を守る家の、それが役目だから。

「寂しくないの？」

戸惑うように、蕗子が聞いた。

「昔から、お互いにそれを知ってたの？」

「だって、そういうものだから」

衣花が言った。

「子どもの頃からわかってたことだから。寂しいとか、寂しくないとかじゃないよ。友達じゃなくなるわけじゃないし」

「うん」

朱里も頷いた。

四月からの受験生活で、衣花は朱里の勉強につきあう、とも言ってくれた。私は受験しないけど、勉強したことはまあ、無駄にならないでしょ、と。

蕗子が黙った。

そして、言った。

「強いんだね、あなたたち」


朱里と衣花を見て、蕗子が何を感じたのかはわからない。衣花とも、それ以上そのことについては話さなかった。

けれど、ずっと同じ故郷を持つという点において変わらない自分たちと、蕗子とヨシノの場合は事情が違う。仕事という枠の中で蕗子のフォローを重ねてきたヨシノ。二人の関係は、たとえ今後も続いていったとしても、きっと全然別のものになる。

朱里がそう思って見ていた、その時だった。

フェリーに乗り込む前のヨシノがスマホを取り出し、画面を操作する。蕗子の前に画面を見せ、そして、薄く、笑った。

「フキ、私ね。子どもがいるの」

知らない外国語を聞いたように、すぐには、意味が頭に吸い込まれていかなかった。蕗子が未菜と手を繋いだまま、瞳を大きく、こぼれそうなほどに大きく、見開いている。

ええええーっ⁉　というショックの声は、蕗子ではなく、朱里たち四人から上がった。

一瞬、妊娠している、という意味だろうかと思う。だけど違った。

ヨシノが蕗子に向けたスマホの画面を、「見せて」と引き寄せる。そしてさらに、度肝を抜かれた。源樹が声を上げる。

「でかっ！　何歳だよ、子ども」

「えへへ、小四」

ヨシノがはにかむように笑った。渡されたスマホを手にしたまま固まった蕗子をよそに、「なんや、子どもいたんか」、「ヨシノなんか絶対モテないと思ってた」と、おばちゃんたちがまた好き勝手なことを言う。

蕗子の手からスマホを受け取り、ヨシノが、「黙っててごめん」と謝った。

「若いうちの結婚だったんだ。相手とは、いろいろあって、うまくいかなくて、この子が生まれる前にはもう別れてた。——沖縄にいるおばあちゃんのとこにほとんど預けっぱなしなんだけど、私の、子どもだよ」

ヨシノが笑顔で言った途端、ああ、と深く、腑《ふ》に落ちた。

何のために働いているのか。自分自身の執着がどこにあるのか、わからないヨシノ。心配になるほどだったヨシノ。

——彼女のよりどころは、ここだったのだ。

「と言っても、母親失格だけどね。まだ働きたい、やりたいことがたくさんあってこれからなのにってことを言い訳にして、ろくにこの子のための時間を作らなかった。——仕事があるから向き合えないのか、向き合えないから仕事してたのか、もうわからないくらい。この子の父親のことも、未消化のまま、こんな年まで来ちゃったし」

若さが惜しくないと言ったヨシノは、本当に、言葉通りだったのだろう。「仕事が、好きなんだ」と、彼女が言った。恥じ入るように、小さな声で。

「子どもの父親とのことで、この子が生まれた頃はまだ落ち着かなくてね。自分が誰ともまともに関係を築けないのか、繋がれないのかって思ってた頃に、街に来た『プロセスネット』の活動を手伝う機会があって、その時に、若葉社長に言われたんだ。『あなたは向いてる』って」

ヨシノが笑う。「嬉しかったよ」と彼女が言った。

「なんてことのない手伝いを、その時はしただけなんだ。自分と同じくらいの子どもがいるお母さんたちの話を聞いて、愚痴や不満をまとめただけ。だけど、それを見ていたスタッフの何人かから『羨ましい』って言われた。人の話を聞くっていうことにも才能がいるんだって」

それは、ヨシノを見ていて、朱里たちも気づいたことだった。ヨシノはまさにそこを見込まれて、『プロセスネット』に誘われたのだという。

「自分に才能がある、なんてことを面と向かって人から言われたことがなかったから。自分が誰ともまともに向き合えないのかって思ってたところに、だけど、自分が当事者じゃなければ、私は『向いてる』のかって思えたことは救いになった。誰かと誰かを結ぶ仕事ができることは、光栄だよ」

蕗子を見つめる。「島のお母さんたちは立派だよ」とヨシノが言った。

「自分で子どもを育てながら、自立していこうとしてる。フキのことも、尊敬してる」

「――名前は」

表情を固めたままだった蕗子が、顔を上げる。

「名前、なんていうの、その子の」

「カナ。奏でるっていう字。演奏のソウって書いて、カナ」

「未菜と、発音が一字違いだね」

「うん」

ヨシノが微笑む。

「だから、未菜のこともかわいくて仕方なかったよ」

「私、謝らなきゃ」

「え？」

「ずっと、自分の方が先に母親になったし、ヨシノより先輩なんだって思ってた。まさか、ヨシノがそんな大先輩だったなんて」

「大先輩なんて、おこがましいよ」

ヨシノが苦笑する。スマホをしまい、ヨシノが蕗子だけでなく、朱里たちの方までを向いて言った。

「こんな不良な母なのに、奏《かな》はいい子に育ってくれてね。難しい年頃に差し掛かったのに、私と暮らしたいって、そう言ってくれた」

奏がヨシノに懐いているのは、スマホの写真の、あの表情からも明らかだ。自分よりだいぶ大きい背丈のヨシノを、背中でおんぶしようとしながら、カメラにピースを向けていた。

「中学に入るまでは、まだ自由にしていいよって言われたの。だけど、中学の三年間は、私と暮らしてほしいって、はっきり言葉にされたら、そう言ってもらえることが、どれだけ、この不良母にはありがたい申し出なのかってことを考えた。決断できたのは、島に住む、お母さんたちのおかげ」

ヨシノがくるりと、今度はおばちゃんたちの方に身体を向ける。

「自分の子どもといられるのが中学までだって時間を惜しむ、島のお母さんたちを見て決めたの。奏のくれたあと二年、私はめいっぱい仕事をする。だけど、それから後は、あの子と、一緒に暮らす」

福島に行けるのは、だから、ヨシノにとって今しかないのだ。

蕗子に向けて、ヨシノが「お願いがあるんだけど」と言った。

「奏ね、小さい子が大好きなの。自分に他に兄弟がいないから、憧れがあるみたい。

――今度、沖縄に帰る時に、フキと未菜についてきてもらってもいいかな」

蕗子の睫が、小さく揺れた。ヨシノの顔は真剣で、朱里は、横で見ながら、胸がいっぱいになる。

気まずそうに、ごまかすように。こんな表情でぎこちなく笑うヨシノは初めてだ。

「今はいい子だけど、微妙な年頃だし、ここ最近は、帰るたびに、次は拒否されて嫌いになられてるんじゃないかって心配なの。正直、怖い。フキと未菜が一緒に来てくれるなら、心強いんだ」

――友達になってよ、と言っているのだと、朱里には聞こえた。もうここからは、冴島は彼女の職場じゃない。蕗子は、仕事相手ではない。

蕗子はしばらく、答えなかった。黙っているお母さんを、未菜が不思議そうな顔で見上げている。

ヨシノが緊張しているのが、わかった。瞬きもせず、蕗子の答えを待っている。

「いいよ」と、蕗子が答え、ヨシノの肩から、力が抜ける。

「ありがとう」

「ありがとう」

声が、蕗子とヨシノ、両方の口から出て、歌うように軽く、そろった。

堤防に寄せる波に、咲き始めたばかりの桜の花びらがすでに散っている。まるで、ヨシノを見送る紙テープの華やぎのようだ。

フェリーのエンジン音が低く、うなる。

島を出る人を乗せる船が、空に向けて、汽笛を鳴らす。

それに負けない大きな声で、未菜が「いってらっしゃーい」と声を張り上げる。それを合図にしたように、島のおばちゃんが、「いってらっしゃい」と、バラバラ、口にする。朱里も叫んだ。

いってらっしゃい。

フェリーの甲板に出たヨシノが力いっぱい、手を振っている。口元に手をあてて、そして叫んだ。

そうか、と気づく。〝いってらっしゃい〟は、言いっぱなしの挨拶じゃない。必ず、言葉が返ってくる。

「いって、きまぁす！」

ヨシノの声が、海を通じて、島にわたる。

春の風が吹いた。

Ⅳ

1

縞野《しまの》のおばあちゃんのお葬式は、初夏の風が気持ちいい日曜日に行われた。

冴島は、島の中央に冴山を構えるせいで、海岸からはどの家に行くのにも丘や坂を登るような恰好になる。葬儀が行われた縞野家は、なかでもまた坂が急な場所に踊り場のように突如現れる。古い日本家屋が、勾配《こうばい》に逆らうように柱を組まれて建っている。

「おじいさま、大丈夫？」

祖父と一緒に葬儀に訪れた衣花は、自分の一歩後ろをふうふう言いながら歩く祖父を振り返る。さっき、手を引こうとして、「一人で歩ける」と断られたばかりだった。

六月第二週の島の風に、線香の匂いが混ざっていた。

じわじわと鳴く蟬《せみ》の声がもう始まっている。久々に背広を着た祖父が「なあに、平気や」と言うのは、強がり半分というところだろうか。額に玉のような汗が浮かんでいる。この分では、帰りは迎えの車を頼むことになるかもしれない。

老人ホームに入る前も、島に長く一人暮らしだったという縞野のおばあちゃんの家に、今日は家族の気配があった。盆や正月にはここを訪れていたという彼女の身内が、黒い服に身を包んで、外に向けて窓を開いた座敷に座っている。喪服にパールをつけたお母さんの横の廊下を、場違いに明るい声を響かせながら走り回る子もいた。

祖父と一緒に帳場に入り、香典袋を渡す。受付を務めていた近所の人に向けて、祖父が畏まった声で「このたびはご愁傷《しゆうしよう》さんで」と挨拶する。

衣花は、両親が四十近くなってからできた、遅い子どもだった。

同じ年回りの友達よりだいぶ年配の祖父を、島の行事に連れて行くのはだいたいが衣花の役目だ。祖母は衣花が中学の頃にすでに他界している。

今日はそんなことはないが、葬儀で赴《おもむ》いた家の中には網元の家から人が来たというだけで、焼香の列が真ん中で二つに分かれ、祖父を順番待ちさせず祭壇の前まで通すような場合もある。

縞野家に喪主として立つ男性は、島で見た覚えのない顔だったが、列が進み、祖父の姿を見た数人が、彼の袖をつつき、合図する。「網元さんのとこだよ」と囁《ささや》くのが聞こえた。

島に住む人でないなら特に気を遣ったりもしないだろうと思ったのに、声にはっとした様子の喪主——おそらくは本土に渡ったおばあちゃんの長男が、衣花たちに向けて深く頭を下げた。

縞野家の前の家長だったおばあちゃんの旦那《だんな》さんは、漁師だった。

自分が「網元の娘」と呼ばれることに、衣花は幼い頃から馴れている。

漁船を所有し、網子の漁師たちを雇って漁業を営むのが網元だ。個人で漁をする人も多い冴島では、そんな会社経営のような形で漁業を営むのは榧野家だけだ。封建的だと思うほどの主従関係に近いものが、島ではまだゆるやかに息づいている。昔は実際、網元の家は網子たちの衣食住の面倒まで見ていたらしい。

自然を相手にする仕事は難しい。まして、島のような限られた世界では、助け合わないことには生きていけない。

島に「兄弟」の制度があるように、網元は昔からあらゆる場面で調整役を買って出てきた。不漁の年には自腹を切って網子を助け、また彼らに親分のように慕われることで家産を肥《こ》やしながら、代々続いてきたのが自分の家なのだと、衣花は聞かされて育った。

網元制度が始まった大昔の頃は知らないが、近代的に漁業組合が整備された後も、榧野家は依然別格扱いだ。祖父も父も漁業組合の一員ということに形の上ではなっているが、組合の役員を務めたり、長に選ばれることはない。面倒な事務仕事を免除され、立場と権利だけを別格のものとして与えられた恰好だ。

「網元」は、村長のような行政の長とも、正規の組織である組合とも違う立場として迎え入れられている。昔気質の年寄りの中には、何かあった時も村長より網元を頼るようなことが多く、それを行政側が面白く思っていないであろうことも、衣花は知っている。

普段は、形式的に葬儀に参列することも多い祖父だが、縞野のおばあちゃんとは本当につきあいがあった。遺影に手を合わせた祖父が「見ろ、俺よりずっと若いのに」と呟いた。

八十を超えても矍鑠《かくしゃく》として、自分自身まだ漁船に乗ることもある祖父は、縞野のおばあちゃんが本土の老人ホームに入ると聞いた時も苦虫を嚙みつぶしたような顔をしていた。

口調は荒かったが、まだ元気で、認知症も始まっていなかった頃のおばあちゃんの遺影を見た後は、祖父は急に無口になった。この写真は、おばあちゃんがまだ島にいた頃、自分で用意したものだそうだ。

衣花が手を引いても、今度は祖父ももう怒らなかった。帳場を通って、坂道をゆっくり帰ろうとしたところで、制服姿の朱里とすれ違う。衣花が祖父を連れているように、自分の祖母を連れている。朱里の祖母は、確か縞野のおばあちゃんと同級生だ。朱里と衣花が挨拶するより先に、「椎野くん」と、朱里の祖母が顔を上げた。それに対し、衣花の祖父が「おう、メイ」と声をかける。二人が何か話すのを待ったが、それ以上は言葉を交わす気配もなく、ただ会釈しただけだったので、衣花と朱里は小声で「また、後でね」と挨拶して別れた。島のお葬式では、よくあることだ。

帰り道、「休む?」と聞いても、「もうすぐうちや」と言って絶対に足を止めない祖父の足取りが、往き道よりも早くなる。衣花の一歩先を歩くようにしながら、その背中がふいに問いかけてきた。

「朱里ちゃんは、外に行くのか」

「たぶん」

風に流れる髪を押さえながら、陽光に目を細める。まだ六月だと油断したが、日傘をきちんと持ってくればよかった。祖父は「そうか」と答え、ごく短い間だけ足を止めた。衣花が横に並ぶのを待って、元通り、また歩き始める。

衣花がその話を聞いたのは、翌日、いつものように高校の近所にパンを買いに行った帰りだった。

2

高校は、再来週にある修学旅行の話題で持ちきりだ。そしてそれが終われば、期末テストと夏休みを経て、学校生活は、一気に皆、受験と進路のことに気持ちが切り替わる。

今日は甘い菓子パン系がすべて売り切れで、女子高生がデザートで食べるにしてはどうかな、と思うようなコロッケパンを手にして帰る。

一つだけ残っていたかぼちゃあんぱんを、「かぼちゃ餡《あん》かー、どうしようかな」と普通のあんぱんを探しにきた朱里が迷っているうちに、やってきたおじいちゃんと孫の二人連れに横から買われてしまったのだ。

買い損ねたというのに、会計を済ませた後の朱里がにこにこしているから、不思議に思って「どうしたの？」と聞くと、朱里が嬉しそうに「よかった」と答えた。

「さっきのおじいちゃんが、男の子に『よかったな、お前の好きなのがあって』って言ってた。買わなくてよかった」

鼻歌さえ口ずさみそうな親友の顔を見て、衣花は、呼吸をちょっとの間止めて、それから静かに、鼻から息を吐いた。

よかった、と衣花も思う。

この子が親友で、同級生で、本当によかった。


「形見分け？」

「うん。昨日、大矢村長がうちに来てさ」

自分の遺影さえ元気なうちに一人で支度していたという縞野のおばあちゃんは、生前親しかった人たちに手紙や形見の品を用意していたらしい。趣味でやっていたという藍染《あいぞ》めの手ぬぐいが、朱里のおばあちゃんの元にも手紙と一緒に届けられた。

「しかし、なんで村長が届けに来るわけ？　暇なの？」

縞野家は、網子の家だった。頼るなら榧野家なのではないか、と気になって聞くと、朱里がのんびりした声で「ひどいなぁ」と呟いた。

「同じ組だからだよ。お葬式の手伝いも近所で一緒にやったから。おばあちゃんの息子さんが見つけて、困って相談しに来たんだって。高校を卒業してからずっと島に戻ってないし、宛名を見ても誰がどこの家かわからないからって」

「ふうん」

かつては網子だった家も、代が替わって漁師を継がなければ、つきあいはなくなっていく。そうやって空き屋になった家、売りに出された家、Iターンが入った家、島の地図は祖父の代から今の父の代にかけて急速に変わった。

この間葬儀があった縞野家は、確かに村長の家と地区が同じだ。近所の数軒で作る〝組〟も一緒で、だから葬儀を手伝った際に相談を受けたのだろう。

「それにしても、あんなにいろんなことで揉めたのに、よく朱里の家に平然と来られるよね、あの村長。神経疑う」

「ね」

衣花の声に朱里も頷くが、その顔は怒っていなかった。道に伸びる自分たちの薄い影が、並んで歩くと頭の部分で重なって見える。

「でも、なんか揉めててさ。村長とおばあちゃん」

「またぁ!?」

嫌な予感がして衣花が顔をしかめると、朱里があわてて「違う違う、この間みたいな深刻なのじゃなくて、もっとずっと軽い感じで」と首を振った。

「うちのおばあちゃんと縞野のおばあちゃん、同級生だったんだけど、もう一人、親友みたいな人がいたらしいんだよね。今はもう島にいないみたいだけど」

「あ、なんかおじいさまから聞いたことある。朱里のおばあちゃんたちの代って、女の子三人だったんだってね」

すべての後輩をかわいがっているわけではないだろうけど、祖父は彼女たちの話はよくしているように思う。女三人、姉妹のように仲がよかったと話していた。

衣花がそう言うと、朱里が「本当?」と目をぱちくりした。「私、聞いたことなかったんだ」と続ける。

「何が?」

「縞野のおばあちゃんの他に、うちのおばあちゃんに同級生がいたこと。ずっと、二人だけだったんだと思ってた」

「あ、そうなの? でも仕方ないいんじゃない? もう一人は本土に行っちゃったんでしょ?」

「うん……」

朱里の歯切れが少し悪くなる。ぽつぽつと続けた。

「縞野のおばあちゃん、その人にも形見と手紙を残してたらしくて。村長は、そのこともあって、うちに直接来たみたい。連絡先知ってるんだろう、届けてやれって言ってた」

「うん」

「その時、おばあちゃんがさ、なんていうか、少しヘンっていうか、怒っちゃって」

朱里のおばあちゃんは、ちょっとやそっとのことでは動じない人だ。この間、家に他人が押し入ってきた時だって、素知らぬ顔して「はいはい」とやり過ごすのを衣花も見ていた。怒ったり感情的になるところなんて、あまり想像つかない。

「また村長がなんか言い方間違えたんじゃないの？　横柄《おうへい》な態度だったとか」

「別に普通だと思うよ。私から見ても、ムキになってたのはおばあちゃんの方。連絡なんかずっと取ってないし、わかんないよって言って、村長が本当にどうしようもないのかって言い返して」

どうしようもないも何も、わからないんだから仕方ないだろうと衣花なら思うが、村長がそう言った気持ちも、意地悪くばかりは見られない。老人ホームに入る前までの縞野のおばあちゃんはみんなに優しく、好かれていた。どうにかしてやりたいと思う気持ちは、多少おせっかいかもしれないが、混じりけのない彼の本心だろう。

「その友達からは、島を出て行ってから何十年も前に一度ハガキが来ただけだからって言ってた。じゃ、そこの住所に連絡取れとか、取ったけど、もう住んでなかったとか、最後は口げんかみたいになってた」

「へえ。おばあちゃん、その友達となんかあったのかな。喧嘩別れしたとか」

「……やっぱり衣花もそう思う？」

「うん」

頷くと、朱里がほっとしたような表情を浮かべた。そして言う。

「村長が帰ってからも、なんとなく、今度はおばあちゃんが落ち込むっていうか、へこんでて。不機嫌ってわけでもなく、ひたすらダメージ受けてる感じなのがちょっと気になって」

「うちのおじいさまに聞いてみようか。何か知ってるかも」

「本当？」

「うん。っていうか、今日、うち寄ったら？　朱里が来れば、ママも喜ぶだろうし」

それでなくとも、このところ、衣花が朱里の家で夕ご飯をご馳走になったり泊まったりすることが多いことを気にしている。

ただそれも、子どもの頃に比べると、随分ゆるやかになったものだ。小学校の頃まで、衣花は、よその家でご飯をもらうことも泊まることも、「網元の家が人の世話になるなんてみっともない」と父に許してもらえなかった。それが緩和されたのは、祖父のおかげだ。「今の時分になんだ、堅っ苦しい」と父に言ってくれた。

「ありがとう」と朱里が言って、とてもいい顔で微笑んだ。

帰りのフェリーで、たまたま、今日話に出た大矢村長と一緒になった。出張帰りのようだ。

船内に乗り込んですぐ、彼の姿を見つけた源樹と新の顔にわずかではあるが緊張が走る。けれど、村長は仕事で一緒だったらしい役場の総務課長さんと一緒に、乗り合わせた他の人たちからの挨拶に応えるのに一生懸命で、衣花たちに気づいているかはわからなかった。スーツにそろえてあつらえたような品のいい帽子が、よく似合っている。

衣花たちはなんとなく皆でデッキに上がった。階段を上がる時、村長がおなかが大きいIターン住民の妊婦さんに「出産は里帰りするの？」と話しかけるのが聞こえた。

「竹中《たけなか》さんのところ、もうすぐ七ヵ月なんだってね」

階段を上がってすぐ、朱里が言った。村長の姿が見えなくなったことで、空気が軽くなる。

「さっきの妊婦さん？」と尋ねる新に「うん」と朱里が頷く。

「この春まで『さえじま』で働いてたんだけど、途中からつわりがひどくなって魚の匂いがダメになっちゃってさ。今、産休中で、来月から東京の実家に里帰りするんだって」

「へえ」

本木や蕗子のように四人全員が共通して仲がいいIターンもいるが、衣花は『さえじま』で働く人たちについては、当然ながら朱里ほど詳しくはない。漁を手伝いに来る若者たちの方が、同じIターンでも馴染みがある。

一人でIターンとしてやってくる者、夫婦で来る者、親子で来る者。それぞれに事情が違っても、島への移住を考えた時点で、思考に似通う部分はあるのだろうか。島が積極的に新住民を受け入れるようになってから、島ではIターン同士のカップルが珍しいことではなくなった。おめでたいことだと、村も結婚祝い金や出産助成金をはずむが、その陰でどうしようもないような生々しいトラブルが多いことも、衣花は知っている。

知らない土地に来たよそ者同士が仲良くするという名目で親しくなる彼らの間には、浮気や不倫の話も多い。ひどいことになると、奥さんが里帰り出産している間に、夫が別のIターンの子とくっついて、その子と暮らし始めてしまったような例もある。狭い土地のことだから、あっという間に皆に知られるのに、開き直ったように島で恋愛を楽しむ彼らの姿勢が、衣花はあまり好きではない。どこかよそでやってくれとさえ思う。

蕗子や本木や、好きなIターンもいるけど、新参住民が最初に島に入り始めた頃より見守ってきた祖父から長く話を聞いてきた衣花は、彼らに対して複雑な思いになる場合も多い。

島に来るシングルマザーのことだってそうだ。

〝シングルマザーの島〟とは、聞こえはいいけど、本人たちは大変な場合も多い。同じ問題を抱えてはいても、内情が違うせいで、気持ちは一枚岩になれない。旦那さんの浮気で別れることになったお母さんの中には、蕗子のように相手と不倫してできた子を抱えるお母さんのことを平気で悪く言う人もいる。

似た立場だからこそ、結びついて助け合ったらいいと考えるのは理想論だ。一口にIターンやシングルマザーと言っても、中では一人一人「あの人とうちでは立場が違う」という自意識がひしめいて、団結するどころか、目先の安心感や優越感のために、他を排除する方向に気持ちが向いてしまう。島の医者問題が長く先に進んで来なかったのだって、それが直接的な理由ではないにしろ、そんな背景があったからかもしれない。

大人たちの噂話を、衣花は知りすぎるくらいよく知っているが、朱里はどうなんだろう。無邪気に「赤ちゃん、くるの楽しみだな」と口にする横顔を見ていると何も言えない気持ちになって、口を噤《つぐ》んだ。

これまで、同じ気持ちから、衣花は朱里に言わずにきたことがたくさんある。人の悪意に疎い親友に苛《いら》つくことがまったくないと言ったら嘘だけど、自分が気づいてしまう分、朱里には今のような伸びやかな気持ちでずっといてほしいと思ってしまう。

ヨシノが島を去り、村長の悪口を露骨に言うことこそ減ったが、朱里の口から出る彼の名前が、「村長さん」から「村長」と仲間内で呼び捨てになってだいぶ経つ。

悪意に疎いという点では、新も朱里と同じくらいで、聡《さと》いという点では、源樹は衣花と同じくらいだ。必要以上に新や朱里に余計なことを言わないところは、本当によく自分と似ている。確認し合ったわけではないが、向こうもそう感じているかもしれない。

そんなことを考えていた時だった。

「やあ」と軽やかな声がして、衣花たちは客席に繋がる階段を見た。そして息を呑んだ。大矢村長は一人きり、上がってきていた。おしゃれな帽子を取り、「あったかくなったなぁ」と、のどかな声を出す。

咄嗟に声を返せない衣花の横で、朱里が「こんにちは」と挨拶した。いろいろあっても、彼とつきあいが続いているというのは本当なのだろう。何事もなかったように「村長さん、今日はどこ行ってたの？」と昔のように小首を傾げて尋ねる。演技のような、わざとらしさはなかった。

「東京や」と村長が答えた。

「全国規模の会議があって、その帰り。朱里、おばあちゃん怒っとったか」

「もう怒ってないと思う。ごめんんね、せっかく形見分け、届けに来てくれたのに」

「謝っといてくれ」

村長の声に、朱里がきょとんとした顔を向ける。村長が再び、言った。

「縞野のばあちゃんには世話になったから俺も無理を言ったけどね、考えてみたら友達を亡くしたばっかかだってのに酷なことを言った。謝っといてくれ」

「ああ、はい」

「じゃあね」

言うだけ言って、村長が下に戻っていく。その背中が消えるか消えないか、まだ聞こえてしまうんじゃないかと思うほどのタイミングで、源樹が「完全に悪いおやじじゃねえんだよな」と呟いた。

「次の選挙も当然のように出るんだろ？　いつか、引退する気あんのかな、あの人」

「年になればさすがに潮時を判断して引退するんだろうけど、問題は後継者よね。村議もみんな村長に手なずけられちゃってるから、今、冴島は村っていうより、株式会社みたいなもんだもん」

「あ、そういえば今年は選挙あるんだっけ。いつも大矢村長しか出ないから意識したことあんまりなかった」

朱里が言うのが、如何にもこの子らしいな、と思う。新が階段の下をいつまでも覗き込み、村長の姿が確実に消えたのを確認してから小声で言った。

「つまり、村長さんが認めた人じゃなきゃ、後を譲ってもらえないってこと？」

「たぶんね」

「でも、じゃあ、衣花のお父さんとかどうなの？」

「え？」

「網元の家だったら、島の誰も反対しないよね。大矢村長にだって勝てる」

朱里が素朴《そぼく》な疑問のように言う。衣花は「無理」と首を振った。

「うちの親はやる気ないもん。源樹の親とかどうなの？　Iターンからもし出せる候補がいるとしたら青屋の社長さんくらいでしょ」

「あ？　前も言ったけど、うちの親は行政とかかわらないって決めてっから興味ないと思うよ。めんどくさそうだし」

「そうなんだ」

朱里が言って、「大人の話は難しいな」とのんきな声で呟いた。衣花は苦笑する。

「だけど、冴島が変わる時っていうのは、きっとそんな強硬な形じゃない気がする。もっとゆるやかな視野で、村長のことも立てて、あの人にきちんと筋を通した上で改革ができるような人じゃなきゃ、何も変わらないよ」

「で？」

衣花の声が途切れるのを待つように、源樹が朱里に問いかける。朱里が彼を見た。

「何？　お前のうち、おばあさん、なんかあったの」

　源樹と新にかいつまんで事情を話し、フェリー乗り場で別れる。結論が出る話でもないから、二人ともただ「へえ」とだけ頷いていた。「もし何かわかったら教えて」と言われながら、衣花と朱里は、約束通り、衣花の家に向かう。

　もてなし好きの衣花の母は、玄関で「ただいま」と言うなり、「はあい」と弾んだ声を上げて自分たちを迎えた。「朱里ちゃん、いらっしゃい」と微笑む。

「衣花のお母さん、相変わらずきれい」と朱里に小声で言われて、衣花は「うん」と素直に頷いた。化粧気の薄い島の他のおかあさんたちの中で、家でもうっすら常にメイクして、髪もきれいにまとめた母は、確かに目立つ。衣花の衣装持ちも通販好きも、彼女譲りだ。

　母が身ぎれいにして実年齢をほとんど感じさせないせいで、衣花は自分が遅くにできた子どもだということを昔からほとんど意識せずに過ごしてきた。

「すぐごはんになるから、食べていってね」

　母の背後から、みりんと魚の出汁の匂いがする。「ありがとうございます」と朱里が答えた時、奥の部屋から、今日はもう帰ってきていたらしい父が「お、朱里ちゃんか」と顔を覗かせた。漁の時は外している眼鏡を、今はかけている。

「いらっしゃい。ゆっくりしていけよ」

「あ。おじさん、こんにちはー」

朱里が間延びした挨拶をほんわかとした笑顔で口にする。

祖父は、知り合いの家に出かけているとかで、まだ戻ってきていなかった。先にごはんにしてもらって、と恐縮する朱里と並んで食卓についていると、食事の途中でようやく帰ってきた。

「お。朱里ちゃん、いらっしゃい」

「あ、おじいちゃん、お邪魔してます」

朱里がすっと居住まいを正して頭を下げる。「おいしいか」と聞かれて「すっごいおいしいです。ご馳走すぎて困る」と、お世辞でもなさそうに答える。衣花の母が「本当？　嬉しい！」と少女のような声を上げた。

朱里は食べっぷりがよく、てらいない声で「おいしい」を連発するから衣花の母にも評判がいい。普段こたつでそのままごはんを食べる朱里にとって、衣花の家がダイニングテーブルで食事を取ることは、最初驚異的に映ったのだそうだ。「そんな家、テレビでしか観たことない。東京の家だけかと思った」と言われて、衣花の方が逆に驚いた。

「いつもはこんなに品数多くないよ」

衣花が言うと、母が歌うような声で「そうよー」と笑い返した。朱里の茶碗にお代わりを盛りながら言う。

「朱里ちゃんが来るからはりきったんよ。おばちゃん、朱里ちゃん大好きやもん」

食事を終え、祖父の部屋で話を聞かせてほしいと言うと、母がメロンと紅茶を用意してくれた。（朱里は、茶葉から煎れた紅茶も衣花の家以外では飲んだことがないと言う）

母が用意してくれたお盆の上の、湯気が上がる紅茶を運ぼうとした時、ふいに父の声が飛んできた。

「衣花は他の子と仲良くして、外に行きたいなんて言い出さんか」

咄嗟に振り返る。父は誰のことも見ず、ただ、眼鏡の奥の目を新聞に向けて斜めに落としている。それにより、今のが衣花に向けた声ではない、ふりをしているのだとわかった。衣花に聞かせたいけれど、母に言ったふりをしている。

彼のその言い方に慣れている母が「言いませんよ」と声を荒らげることなく返事をする。リビングに戻りながら、衣花をちらりと振り返り、「早く行きなさい」と目で合図する。だけど、父は止まらなかった。

「でも、あの子は大学に行くんやろう。それに、衣花は青柳の子ともまだつきあいがあるようやし」

「そりゃ、四人しかいない同級生なんだから仲良くしますよ。してないとしたら、私はそっちの方がよっぽど心配です」

娘を守るように、母がリビングに繋がる引き戸をぴしゃんと閉めて、それ以上、衣花に中の様子が見えないようにする。半透明のガラス戸の向こうから聞こえる声は、小さくなって、聞き取れなくなった。

ありがとう、と母に向け、心の中でお礼を言って、お盆を胸に引き寄せて持つ。手に、ぐっと力が入った。素知らぬ顔をして座って、こっちを見なかった父に対して、卑怯者、という言葉が今にも口を衝いて出そうになる。

卑怯者、卑怯者、卑怯者。

――だから嫌いなんだ、と呟く。奥歯をぎゅっと嚙みしめた。

祖父の部屋に戻ると、中では、朱里と祖父が額をくっつけるようにして一枚の写真を覗き込んでいた。すでに、縞野のおばあちゃんの形見分けについて、話をしたらしい。

古びた写真の上に虫眼鏡をあて、老眼鏡をした祖父が「これだ」と一点を指さしている。

「これが、あんたのおばあさん。横が縞野のとこのばあちゃん」

「若い」

朱里が言うと、祖父がかかっと笑う。

「そりゃそうや。最初からしわくちゃで生まれてくるわけやない。朱里は、ばあちゃんがこれぐらいの時によく似てるよ」

「――この横の人が、その、本土に行っちゃったおばあちゃんの同級生？」

「ああ。千船碧子《ちふねあおこ》ちゃん」

祖父が言う。もともとは親戚筋に当たるのか、同じ姓が多い島の中で「千船」は初めて聞く名字だった。

覗き込むと、生真面目な顔をした朱里の祖母らしき人の横に、それよりは少し柔らかい表情で立つ丸眼鏡の女の子がいる。年は、今の衣花や朱里と同じか、それより幼いだろうか。髪型は、みんな、味気ない三つ編みだ。

紅茶とメロンを、お盆からそれぞれの前に置く衣花の前で、祖父が懐かしそうに目を細め、老眼鏡を外した。

「そうか。メイは、連絡取っとらんかったか。つきあいが続いてるもんとばっかり思ってたけど」

「おばあちゃんがあんなに大きい声を出すとこ見たことなかったから、びっくりして。喧嘩でもした人なのかなって」

「喧嘩はしてたかどうか知らんけど、思い出したくないのかもしれんね。碧子ちゃんやメイの代は、一緒に中学が卒業できんで、かわいそうやったから。あの子も、好きで島を離れたわけやない。あの時はみんな、どうしようもなかった」

祖父が紅茶を前に置いた衣花に「ありがとう」と礼を言う。その声と繋ぐようにして、一息で言った。

「噴火があったからね」

祖父の声に、あっと気づく。朱里もそうだったようだ。目を見開いている。

「島を出たというならみんなそうや。冴山が噴火して、私らはみんな三年近く島から避難して、本土で暮らした時があったんよ」

3

百五十年周期で活動を繰り返す、と記録に残る冴山の最後の噴火は、祖父母が若かった頃のことだ。

衣花も朱里も、知識としては知っていた。今から六十年以上前のことになる。戦争のことを、祖父たちから実体験として聞いても、なかなか歴史で習う太平洋戦争と彼らの言葉が嚙み合わない。それに通じる遠さと現実感のなさで、島の子どもはみんな噴火の話を聞く。三年程度で活動が収まった後は、島に戻って来られたと聞いているし、今、島で生活していても、火山の怖さを感じたことはほとんどない。島の噴火は、終戦から十年経たない頃のことだった。

音を立てておいしそうに紅茶を一口飲んだ祖父が、「青柳リゾートの辺りな。濱狭地区」と、説明する。

「いい場所なんよ。見晴らしもいいし、南向いてるから日当たりもいいし。今、観光地になっとるけど、あの辺りは噴火まではずっと住宅地で、人がたくさん住んどった。碧子ちゃんの家もあそこにあった」

「うん」

「噴火の時、避難が早かったせいで、島には犠牲者が幸いなことに一人も出んかった。地震と火山灰がひどくなった頃の自主避難が早かったおかげや。小学校や公民館に集まって、炊き出しして、最初はみんな軽く考えとった。――大きい噴火が起こって、土石流であの辺が埋もれて家がなくなった時も、みんな無事で助かった。だけど、揺れに怯えてくっつき合ってた体育館に、誰かが『濱狭地区はもうあかん』って飛び込んできた時の、あの時のことは忘れられんよ。家がなくなった、つぶれたって聞いて、碧子ちゃんの顔からも、他の大人たちの顔からも、すーっと色がなくなっていった。戦争が終わって、それよりひどいことが起こるやなんて、もう誰も思っとらんかった」

祖父の声は淡々としていたが、朱里と衣花は、瞬きもできずに話を聞いていた。動かさずにいた手が、硬く強張って、さらに動かせなくなる。

青い海と、芝生の庭を構えたホテル青屋の辺りに、今、黒い土以外の痕跡は見る影もない。でも、何もなくなった土地だったからこそ、あそこは観光地になったのだ。

祖父が続けた。

「本土への避難勧告が、その日のうちに出された。——準備が整った順に、人が一人抜け、二人抜け、うちなんかはまあ、濱狭地区に比べたら被害も少なかったし、網子さんたちが全部避難するまでは、最後まで残ったけど」

「……聞いたこと、あります」

朱里がぎくしゃくと頷いた。

「おばあちゃんから。網元さんが、最後まで残って、戻る時も真っ先に戻ってきて、島のことをやってくれたって。だから——、榧野の家は偉いんだって」

「そんなたいしたもんやない。うちの親父が言っとったよ。そういう時のために普段威張らせてもらっとったんやから、やることをやらんで何が網元やってね」

その話は衣花も聞いたことがあった。だからだ、と幼い頃に言われたのだ。だから、網元の家の人間は、絶対に島を離れてはいけないのだと。外に出る選択肢が自分にないことを、そうやって、諭されてきた。

　ふと、気づいた。衣花がそうであったように、祖父もきっとそうだったのだ。想像したこともないが、自分の親から、祖父母から、網元としての心得を説かれてきた。

　祖父の、年を取って灰色に濁り始めた目が遠くを見るようになる。

「噴火が収まって、避難勧告が解かれても、島には戻ってこれた家とそうじゃない家が出た。特に、家がなくなった濱狭地区は、別の家を世話された人もいたようやけど、大勢が親戚や友達を頼って本土に残ったよ。島の人口は半分くらいになって、碧子ちゃんもそんな訳で出てった一人だ」

　祖父が朱里の前に視線を向ける。「東京へ行ったように聞いてる」と言った。

「その時までの住所なら、たぶんわかるよ。今もそこに住んでるかどうかはわからんけど」

「教えてください」

　祖父が言い終わらないうちに、朱里が言った。

　思わず言ってしまったというように、自分で自分の声に驚いている。けれど、続けた。

「その住所。碧子さんの」

「でも、朱里のおばあちゃん、もう住んでなかったって村長に言ってたんだよね」

「うん」

衣花の声に朱里が俯く。「だけど」と顔を上げた。

「『もう住んでなかった』って言ったってことは、連絡、取ろうとしたことがあったんじゃないかと思うんだ。おばあちゃん、ひょっとして、その時にもう会えなくなってることを知って、ショックだったんじゃないかな」

「だから、連絡を取れと言った大矢村長に対しても、あんなにムキになったんじゃなないか。

朱里の考えていることがわかった。衣花からも頼もうかと、祖父の方を見ると、祖父はもう「どこだったかな」と言いながら、自分の書棚を見上げ、探してくれる目つきになっている。孫の自分たちを振り返らず、そのまま言った。

「仲がよかったんよ、メイと碧子ちゃんは。会いたい時に、会っといた方がいい」

ふいに、縞野のおばあちゃんの葬儀に出た帰り道のことを思い出した。朱里の祖母とすれ違った時、祖父たちは言葉こそ多くは交わさなかったけど、確かに何かを分かち合った顔をしていた。

衣花にはまだ、考えてみることすらできない。友達が亡くなるというのは、どういう気持ちなんだろう。

「ほら、これや」と差し出された名簿は、薄く埃をかぶり、中の紙も黄色く乾いてぱりぱりになっていた。朱里と一緒に開いたページに、その名前を見つける。『濱狭地区』とインデックスが貼られた場所の一番最初に、千船家の名前がある。お父さんと、お母さん、他に並ぶ名前は、碧子さんの兄弟や祖父母だろうか。全部で、六人。

移住先の住所を見る。

東京都、江戸川《えどがわ》区。

電話番号は、載っていなかった。


翌日のフェリーの中で、祖父の話を聞かせると、源樹と新は黙って、最後まで聞いてくれた。いつもは朝を寝て過ごす源樹も今朝は珍しく起きていて、自分たちにつきあった。

「東京に、行ってみようと思う」

朱里が決意を固めたように言うと、新も源樹もそろって顔を上げ、彼女を見た。

「もう住んでないっておばあちゃん言ってたけど、本当かどうかわからないし、確かめるだけ試しに行ってみようかと思って。行けば、何かわかることもあるかもしれないし」

「その、碧子さんて人を探すつもりなの？」

「うん」

朱里がこくりと頷いた。

「せめて、縞野のおばあちゃんが遺した手紙や手ぬぐいが渡せたらいいなって思って。その後で、おばあちゃんにも会ってくれないか、聞いてみる。交通費なら、これまで貯めたお年玉でどうにかなりそうだし」

「ばあちゃんと話した？　その友達のこと」

「それはまだ」

源樹の問いかけに、朱里が首を振る。

「素直に聞いてくれないんじゃないかなって自信なくて、それはさすがに……。ダメかな、勝手に探しちゃ」

「別にダメじゃないと思うけど、お前、一人で東京なんか行けんの？　つか、行ったことある？」

「ない」

朱里が答えて、だからといってへこむ様子もなく「えへへー」と笑った。「でもどうにかなるんじゃないかと思って」

源樹がため息を吐く。衣花を見た。

「お前、一緒に行ってやれば？」

「それが……、そうしたいけど、うちも子どもだけで外泊するのはさすがに怒られるから」

事情を話しても、許されないだろう。昨日の態度からも明らかだが、高校三年の今は特に微妙な時期だ。

東京までは、親と一緒になら何度も行ったことがあるが、新幹線まで使っても、さすがに日帰りは厳しい。フェリーの時間で門限があるというのはそういうことだ。

「俺、ついてってやってもいいけど、金がない」

源樹が不機嫌そうにさらっと言って、衣花は驚く。——と同時に、バレちゃうよ、と心の中で密《ひそ》かに指摘する。

今の、朱里を心配なことも好きなこともバレバレだけど、隠さなくていいの？　と。

けれど、鈍感な朱里も新も「うーん」と考え込むだけだ。新が「あんな大きいホテルのお坊ちゃんなのに金がないの？」と場違いな指摘をして、源樹が「関係ねえよ」とふてくされる。新が「うちもなあ」とため息をついた。

「俺は、お金も外泊も大丈夫かもしれないけど、朱里と同じで東京行ったことないからなぁ。結局役に立たないだろうし」

申し訳なさそうに言って、朱里を見た。

「朱里の家も、でもおばあちゃんにナイショなら、外泊は厳しいよね。どうするつもり？」

「それは――、今から何か考えて、言い訳を」

朱里が言葉に詰まるのを見て、ひょっとして宿泊のことを考慮に入れていなかったのではないかと気づく。改めて、一人で行かせるのが不安になってくる。

「それに、本当の本当に、おばあちゃんたち、喧嘩とかして、何か事情があるのかもしれないよね」と、新が平坦な表情で、なかなか厳しい言葉を口にする。

「会いに行っても、会わせても、喜ばないかもしれない。本当に、会いたくないかも」

「うん」

その可能性も考えなかったわけではないのだろう。朱里が静かに頷いた。けれどやがて、小さく頷いて、話し出した。

「うち、お母さんがね」

「うん」

「友達が本土に行って、そのまま亡くなっちゃったんだ。『兄弟』の奥さん同士で、同級生だった、武智のおばちゃん」

朱里が頑張って言葉を探している気配が伝わる。「直接、関係ないかもしれないけど」と照れ笑いのような表情を浮かべ、続ける。

「旦那さんが亡くなって、娘さんに呼ばれて、だから本土に行ったんだけど、行かせるんじゃなかった、島で一緒にできることがあればよかったって、その時に、すごく泣いてた。だから村長に言われてすぐ、『さえじま』の会社を作ることにしたんだって。そこが、島のおばちゃんたちが島に残る〝理由〟になってくれればいいって」

誰も何も話さなかった。朱里が言う。

「お母さんみたいな後悔を、おばあちゃんにまでして欲しくないって、思っちゃったんだ。好きで離ればなれになったんじゃないなら、会わないと後悔しちゃうんじゃないかなって思って。噴火がなければ、碧子さんはまだ今も島にいて、おばあちゃんとも仲良くしてたかもしれない」

直接、関係ないかもしれないけど。

朱里が同じ言葉を二度繰り返したことを合図に、衣花は「行こう」と声に出した。気づくと、言ってしまっていた。

「行こう、東京。外泊、どうにかするよ」

「え、でも」

「あー!」

朱里が戸惑いの声を聞かせたその時、かぶせるような大声で源樹が叫んだ。びっくりして振り返る。フェリーの天井を仰いだ源樹が「そうだ」と独り言のように呟く。

それから言った。

「修学旅行があんじゃん、再来週」

全員が目を見開いた。「あ」と声が出る。

「行き先、東京。そん時に抜け出してみんなで行けば？　二泊三日のうちどっちか、夜、その住所と近い宿で抜け出して……」

「それはさすがに」

たじろいだ口調で新が言う。「バレるよ」と。

「部屋は先生が見回りに来て人数分点呼取るだろうし、同じ部屋の奴ら全員巻き込んで説得しなきゃいけないだろうし」

「寝てる間に抜け出せば？」

「そんな、就寝時間みたいな夜遅くにその住所を訪ねていっても、相手だって寝てるよ。そもそも夜中の訪問は非常識で警戒されるだろうし――。あ、でも……」

新が言いながら、何かに気づいたように声を止める。全員が自分を見る視線を横顔で受け止めながら、少しして、「あのさ」と控えめな声を出した。

「ちょっと、気づいちゃったんだけど。気づいたから、だから、一応、言うけど」

「何だよ」

「一日目の夜、に」

涙を呑むように唾《つば》を呑んで、新が言った。

「観劇が、あるよね。新橋《しんばし》の劇場で、チャリティー公演を観るっていう。演目『赤い海の姫君』……」

「あるな」

源樹が頷く。新の顔がなぜか、ますます泣きそうに歪む。

「六時、開演。たぶん、終演は、九時半くらい」

「それだ！」

朱里と衣花の声がそろう。「でかした、新」と二人で顔を指さすと、新が本格的に悲鳴のような声を上げた。

「一応。本当に一応、っていう可能性だよ？　でも、観劇なら、たぶん、両隣と真後ろの友達を説得して出ればどうにか……」

「時間までに戻れば、どうにかごまかせるかもね。確か、劇場、駅のすぐ近くだって案内に書いてあった気がするし」

「やっぱり、……そうなるよね」

新ががっくりと首をうなだれる。

「気づいたから、言わないとフェアじゃないと思って言ったけど、やっぱそうなるよね」

「嫌なら、新だけ残ってもいいよ。演劇、観たいんでしょ」

「あ、ええと」

新が困ったように目を伏せる。十分に間を取った後で、「当日までに考える」と、か細い声で答えた。

4

豊住第二高校の修学旅行のコースは、毎年、二泊三日の東京旅行だ。

東京タワーがスカイツリーになったり、浅草《あさくさ》が東京ディズニーランドになったり、毎年少しずつコースが変わっているらしいが、どの年も、基本的には、一日目に国会議事堂見学と観劇がセットで組まれている。演目は毎年変わるものの、代理店の勧めるままに、学校はその時にある適当な公演をコースに組み込む。

朝早くに集合しても、東京への旅行の一日目はほぼ移動でつぶれる。

衣花も朱里も仄かな緊張をずっと抱え続けていた。クラスが違うから別々に行動せざるを得ないが、互いの携帯に朝から何度も「いよいよだね」、「ドキドキする」とメッセージを送り合っていた。

国会の赤絨毯の上を歩く途中で、マナーモードにした携帯が微かに振動し、こっそり覗くと「ケイちゃんと里奈《りな》の説得に成功！」と、朱里から、笑顔マークつきの文章が入っていた。

初めて入る国会議事堂を、本当にテレビと同じなんだなぁと思いながら歩く。心はすでに夜の計画に向いていた。

朱里は今日の当日になって話したようだけど、衣花は自分の友達に旅行前からすでに話をつけてあった。というか、説得してわかってくれそうな相手を自分の両隣に据えることができるよう動いたのだ。詳しい事情は話さなかったが、「源樹と新と抜け出す」と言っただけで、彼女たちは勝手に「青柳くん!?　きゃー、行ってらっしゃい！」とはしゃいだ声を出して盛り上がっていた。趣味じゃないっつーの、と思ったが、遠慮なく厚意に甘えておく。

縞野のおばあちゃんの形見の品を託《たく》してほしいと、朱里は大矢村長に相談したそうだ。

村長は驚いていたらしいが、朱里がよほど思い詰めた顔をしていたのだろう、何も聞かずに「頼んだ」と渡してくれたそうだ。

「あんまりばあちゃんには心配かけるなよ」と、頭を撫でられたと言っていた。「セクハラだ」と衣花が指摘すると、朱里は「あはは一」と笑って、「だけど、嬉しかったよ」と答えた。

議事堂を出て、バスに乗り込む。

何車線にも分かれている広い道路も、その周囲に幾重にも連なる高層ビル群も、初めて見るものではないが、いつ見ても圧倒される。もし、この光景に馴れてしまうことがあるとしたら、それはなんだか寂しいな、と思った。そして、もし東京の大学に行ったら、朱里たちはそうなるのだろうか、と、ふと考えた。衣花に気を遣ってか、朱里も新たちも、こちらから話を向けなければ自分の進路についてほとんど話さない。朱里でも、だ。

十分ほど揺られて着いた劇場は、ビルの合間にあった。

入り口に続く長い階段の前に、演目のポスターが何枚も貼られている。一般のお客さんが、バスから降りて整列する自分たちを物珍しげに見ているような気がして、目が合わないよう空を見た。仕事帰りのOLのような人や、入り口で待ち合わせしていた様子のカップルが、続々と劇場へ入っていく。

島に住んでいると、演劇を観ることなんて、せいぜいが本土の県庁所在地に行くか、母やその友達に連れられて宝塚《たからづか》の公演を観にいく程度で、そんな時は、本当にそれだけで一日がかりのお出かけになる。こんな仕事帰りにふらっと来られるような場所でお芝居を観るような、そんなことができるのが東京なんだと思ったら、ふいに、それまでほとんど気にしなかったけど、その機会を逃す新が気の毒に思えてきた。

春の濃霧の日、「霧を観に」と彼が言ったことを思い出す。

朱里も、源樹も、大好きだけど、島で霧や海を当たり前のものではなく美しいと言葉に出せたり、情報や文化を進んで受け入れ、本を読んだりする友達は、衣花には新だけだ。

ギリギリになってから決める、と言っていた新から、会場に着いてすぐ、携帯にメールが入った。朱里と、それに源樹にも一斉送信してある。

『俺も碧子さんのところに行きます。公演開始最初の10分は演出の関係で外に出られないみたいだから、その後で席を外すといいかも』

どんなお芝居で、どんな演出が入るのかまでネットか何かでチェックしたんだろうな、と思う。長く息をついて、衣花はそっと携帯を閉じた。

バレたなら、バレた時に考えればいい。

案内された席に座り、幕が上がる前に「トイレ」と言って席を外す。朱里や他のみんながどうするか知らないが、同じタイミングで席を外すのはまずいだろう。最初からトイレに隠れて、しばらくしてから外に出ることにする。

公演が終わるまでの三時間弱で戻る。

閉幕し、人が入りみだれた頃に戻れるよう、友達に連絡を頼んである。新には申し訳ないけれど、ドキドキして、そして少し楽しいのも事実だった。

観劇は、これからも来る機会があるかもしれないけど、こんなふうに決まりを破ってみんなで抜け出すなんて、おそらく最初で最後だ。

トイレの個室に入って息を殺している最中に、開幕を告げるブザーが鳴った。

——あの少女の、あの一日のことを振り返りましょう。

女優らしき人のよく通った声がここまで届いて、思わずふーっと息を吸い込む。プロの発声ってすごい、と場違いに感動してしまう。新ほどじゃないが、衣花だって、観劇ができないことを惜しむ気持ちはそれなりにある。腕時計を見比べて、念のため、十二分、経過するのを待つ。芝居の声がほとんど聞こえなくなったのを、演出が落ち着いたためと判断して、ゆっくりと外に出た。

人がいたらどうしようかと思っていたフロアはひっそりとして、すでに朱里と源樹がいた。少しして、泣きそうな顔をした新も、よたよたと重い扉を開けて、外に出てきた。

無言で頷き合い、小走りに外の扉を開けようとした、その時だった。静かだったフロアに「ちょっとすいません!」と知らない、大人の女性の声が響いた。

咄嗟に逃げようと扉に手をかけ、外に出たが、間に合わなかった。声の主が走ってきて、一番後ろにいた衣花の肩に手を置いた。びっくりして振り返る。声をかけてきた相手は、引き留めるように衣花の腕を摑んだ。

こちらを見つめる目が鋭かった。視線にたじろぐ。気が強そうな人だ。チェックのシャツとジーンズというラフなスタイルは、デートで観劇に来るような人たちばかり見たせいか、オシャレに決めているとは言い難かったが、メイクには気を遣っていた。

逃げなきゃ、と思う衣花の前で、彼女が息を切らし、こう聞いた。叫ぶように。

「ごめんなさい、つまんないですか⁉」

「え」

咄嗟に口が利けなくなる。けれど、彼女の口調が丁寧な敬語だったことで、その目をきちんと見返す余裕ができた。彼女がなおも聞く。衣花の腕を摑む力が、少しも緩《ゆる》まない。

「つまんないですか。開始十分で抜けられるなんて滅多にないから」

「そんなことないです！」

声を上げたのは、先頭にいた新だった。音がしそうなほどに、ぶんぶんと首を振る。

「すごく、すごく面白かったです。あの、通路まで使ってやる演出はほんとにすごいし、ああ、だから、最初の十分は人が入れられないわけだよなあって思った途端《とたん》に鳥肌が立って、もう、本当に本当に、ほんっとーに観たくて仕方ないです。最後まで、そりゃあもう！　僕、これ、ビデオで何度も、映画バージョンも観たし、大好きな演出家だし、脚本家だし、本当だったら見逃したくなんかないです。今回、チャリティーだから再演してくれたみたいだけど、こんな機会なかったら、二度と再演ないかもって演劇ファンの人たちが言ってるのも知ってるし」

そんなこと言ってる場合じゃない！　と思うけど、新は止まらない。涙目になって続ける。衣花の腕を押さえた女性が、呆気に取られたように目を見開いている。

「でも、仕方ないんです。僕たち、瀬戸内海にある冴島っていう島から来たんですけど、だから、東京に日帰りで来られる機会なんかなくて、お金もなくて、修学旅行利用するしかなくて、でも、この子の」

と、朱里を見る。

「おばあちゃんが、島で噴火があった時に離ればなれになった友達と、どうしても会えなくて、もう一人同級生だったおばあちゃんが亡くなったその形見も渡せなくて、だから、僕たちが会いに行くしかもうなくて、いきなり行ってびっくりさせるかもしれないけど、この公演の間に、行って、帰ってこなきゃならないから、だから」

新が初めて口を噤む。それからまた、「だからごめんなさい！」と叫んだ。

「僕たち、時間がないんです。じゃあ、本当、すいません！」

「――待ちなさい」

声をかけてきた女性が、新に気圧《けお》されたせいで、逆に冷静さを取り戻したようだった。目をぱちくりさせながら聞く。

「あんたたち、冴島の子たちなの？　瀬戸内海の？」

「……はい」

仕方ないから、衣花が頷いた。この騒ぎが中まで聞こえないといいなと祈りながら。そして、絶望的な気持ちで思う。この人にバレたなら、もう、今ここで逃げたところで、どの道、先生たちに報告される。自分たちは制服姿だ。この人が関係者にしろお客さんにしろ、修学旅行生が抜け出したことは、きっと告げ口される。

彼女はしばらく黙っていた。衣花の腕を取ったまま、何かを決めたように、一人で頷く。そこからは早かった。小声になる。

「……会場係に見られてるよ。ちょっと待ってて。口止めしてきてあげるから、その代わり、私もそれに連れてって」

「え？」

「〆切前で、次の芝居書かなきゃいけないのにネタが何にもないの。どんなことでもいいから今すがりたい気分。おーい、大野《おおの》くん」

衣花たちは気づかなかったが、奥の扉の向かい側に立った男性が怪訝そうにこっちを見ていた。彼女の声に、あわてて近くにやってくる。畏まったスーツ姿の彼の襟元を自分の方に引き寄せ、「この子たち、私の知り合いだから、黙っててくれる？」と聞いた。

「終演までには戻るから。あと、本橋《もとはし》さんに伝えて。今日はカーテンコール長めでお願い」

はあ、わかりました、と、押し切られたように頷き、彼が解放される。その彼が戻っていく背中を見送ってから「どうしたの、行くよ」と尋ねられても、今度は衣花たちが呆気に取られるばかりだった。摑まれていた腕がまだ痛い。

「あの、あなた誰なんですか？」

「赤羽環《あかばねたまき》」

彼女が答えた。その声に、新が目を見開き「えええー」と声を上げる。

「さっき、そこの彼が楽しみにしてきてくれたって言った、この舞台の脚本家。人が苦労して書いたもの、観もせずに出てこうって言うんだからつきあわせなさいよ」

名前に、聞き覚えがあった。

公演のポスターで、居並ぶ他の俳優の名前を抑えて、一際大きく書かれた名前。『赤羽環』は、日本で一番多忙な脚本家と呼ばれる人だ。海外の映画祭で賞を獲った時、大きく新聞やニュースで名前を報道されていたせいで、衣花でさえ存在を知っていた。

5

「行こう、どうやって行くつもりだった？」

「大江戸《おおえど》線で、一本だって調べてきましたけど……」

「住所か地図ある？　貸して」

環の勢いに圧倒されるようにして、朱里が事前に調べてきた地図を渡す。観た途端、環が「あー」と顔をしかめた。

「これだとJRで乗り換えて行った方が早いな。この辺の地理馴れてないなら案内役がいた方がいいと思うけど。時間ないんでしょ？　それに、あなたたち、その制服姿で子どもだけで夜に訪ねてってどうするつもり？　まだ六時台とはいえ警戒されるよ。アポ取ってある？」

「それは……」

「大人がいた方がいいよ」

衣花が言い淀《よど》んだ隙を突いて、環が一歩先に立つ。「どうした？　行くよ」とこちらを振り返った。

環に先導されるまま、乗り込んだ電車は空いていた。長椅子に一列に並んで座り、目の前でつり革が正面の窓に映りながら揺れる様を、衣花は現実感薄い気持ちで眺めていた。窓の外に、ライトアップされた東京タワーが流れていく。

「本当に本人、なんですか」という質問が、新の口からそっと洩れる。その声に環が不機嫌そうな視線を「え？」と向けて、全員、身が竦む。

さっきから、怒られたように無言で座り続けるプレッシャーに、衣花も朱里もつぶれそうになっていた。

環は「ああ」と頷き、それから「私、顔も出してるのに、気づかなかった君の方が失礼だと思うけど。好きだって言ってくれてたのに」とちらりと刺すように言う。途端に新の顔が蒼白《そうはく》になった。「ごめんなさい！　気が動転してて」と謝る。

「別にいいよ。それより、まさか冴島の子と会えるなんて思わなかった。今日、確かにあっちの方の学校が修学旅行で入るってのは聞いてたけど」

「冴島をご存じなんですか？」

「行ったことないけどね。君たち、谷川ヨシノちゃんて子、知ってる？」

思ってもみない名前を聞いて、またもや目を見開く。顎を引いて、全員で頷いた。

環がそのまま、「じゃ、この中で彼女が家に泊まったことがあるひとー？」と尋ねる。反射的に全員が手を挙げると、今度は環が目を丸くした。

「マジかー。冴島の家は全部自分の家みたいなものって言ってたけど、それ、本当にそうなんだ。絶対嘘だと思ってた」

「あの……、ヨシノと赤羽さんはどういう」

「地方公演でだいぶお世話になったの。おととしに東北を巡った時。今も一緒に仕事してる」

あ、と気づいて、衣花と朱里が顔を見合わせる。今抜け出してきた公演がチャリティー公演だったこと、会場にいくつも義援金のボックスが置かれていたことも思い出した。

「冴島のことはよく話に聞いたけど、だいぶ盛ってるんだろうなと思ってたから驚いた。あの子、本当に好かれてるんだね」

「よく、話してましたか？」

朱里が遠慮がちな声で聞く。その後に、他の町のことよりも？　とつけたい気持ちがあるだろうことは、衣花にも想像がついた。たくさんあるヨシノの〝故郷〟の中で、自分たちの冴島は、それでも、友達や仕事相手に話すほど、大事な場所だったのか。そう思っていてほしいという願いも込みで、聞いてしまう。

環は「うん」と、あっさり頷いた。

「いつか行ってみるといいって、勧められたよ」

ヨシノの名前を聞いたことで、敵地で一気に味方を見つけた気持ちになる。「そうですか」と、衣花は答えた。


目的の駅に着くまでの間に、さっき新が捲《まく》し立てた碧子さんと朱里の祖母の事情について、環に一から説明し直す。興味深げに、時折スマホにメモを取りながら聞いていた環が、最後まで聞き終えてから「住んでなかったらどうするつもり？」と尋ねた。

「それでも、何かわかることはあるかもしれないから。ほんの少しでも何かわかったら、それを頼りに終演の時間までは探したいです」

「いいね、時間制限つきのロードムービー」

環が笑って、「私、好きだよ」と言った。

そう言ってもらって、気持ちが少し軽くなる。「劇場、横に座る友達ときちんと口裏合わせてきた？」と尋ねる声に、衣花も朱里もパラパラと頷いたが、源樹が「言ってないけど、適当にサボりだと思われてると思う」と答えて驚嘆する。

「無事に時間までに戻れば、誰も別にチクらねーだろ」

「不良だよ」

新が困ったように注意する。

控えてきた地図の住所は、閑静《かんせい》な住宅街の中にある一戸建てだった。表札は出ていない。

「ここだ」と言われた途端、建物が新しそうなのを見てとって、衣花の胸に嫌な予感が浮かぶ。やはり、碧子さんはもうここにいないのかもしれない。

躊躇なく、「時間ないんでしょ?」とチャイムを鳴らしたのは環だった。

どうやら子どもがいる家らしい。インターフォンが取られた気配が伝わった途端、向こうから「きゃははは」とはしゃぐ高い声と、子ども番組の音声が漏れ出てきた。知らない家の、しかも、土地勘のない都会の家の空気を感じて、身が引き締まる思いがしたが、環の口調はよどみなかった。

「夜分遅くすいません。私、赤羽と申す者ですが、そちらに千船碧子さんという方はいらっしゃいますでしょうか」

「はあ……」

中年の、おそらくはその家のお母さんにあたると思われる人の声が、戸惑ったように揺れる。「なんだ、どうした」とお父さんらしき人の声が重なり、子どもの笑い声がその間もずっとひっきりなしに続く。

しばらくして、反応があった。ぶつっと音がして通話が切られた瞬間、やはり怪しまれてしまったのかと落胆しかけたが、その後ですぐ、ドアが開いた。

中年の男性が顔を覗かせる。開けてくれるなんて、不用心かもしれないのに、と思いかけたところで、彼の姿を見て納得する。家の主は、格闘技でもやっているんじゃないかと思うほどに体格がよく、顔もいかつかった。たいていの相手なら、やりあって勝てる自信があって、だから開けてくれたのかもしれない。

近くの家で、犬が遠吠えを響かせる。相手の容姿に怯《ひる》むこともなく、環が朗《ほが》らかな口調で「夜分遅くにすいません」と繰り返す。

「突然、押しかけてしまって申し訳ないです。私、赤羽と言います」

「あんた、見たことあるな」

男が言って、玄関灯の下で目を細める。環の顔に、微笑みが広がった。一瞬だけ衣花たちを振り返る。ほら、私を連れてきて良かったでしょ、とばかりに。

すかさず相手に距離を詰めた環が、名刺を取り出す。着の身着のままにふらっと劇場を出てきたように思っていたのに、彼女はきちんと名刺を持参していた。相手に渡す。

「脚本家をしてます。赤羽と申します。すいません、今日、昼間にお伺いしたのですが、その時はご不在のようだったので、夜分に失礼を。……こちらの住所に、五十年近く前に住んでいた人を探す手伝いをしています」

堂々と話を盛って、そう挨拶する。

帰りの電車の中で、肩を落とした朱里を真ん中に、衣花たちはまた一列に席に座った。

劇場を出てから、まだ一時間と経っていない。

時間がない、とタイムリミットを設定されたように思った三時間の貯金も、やることがなければただ帰るしかなくなる。

碧子さんの住所だった場所に、千船家はすでに住んでいなかった。応対してくれた柳田《やなぎだ》さんは、二十年前にこの場所に土地を買って家を建てたそうだが、その前に住んでいたとおぼしき家もまた、千船なんていう珍しい名字ではなかったと言われてしまった。

「もともと、仮住まいみたいなものだったのかもね。その家に身を寄せてたってだけで、親戚か、両親の友達か誰かの家だったのかも」

確かにそれならば、住んでいた家の名義は「千船」ではなくもともとの家主のものだろう。それでも諦めきれず、せっかくここまで来たのだから、と周囲の家々に聞き込みに行きかねない朱里の気持ちを先回りするように、衣花が「この辺りのおうちはみんな、新しいみたいですけど、古くから住んでいる人はいますか」と尋ねる。

プロレスラーみたいな柳田さんは、環の脇からいきなり顔を出した制服姿の小娘にも優しく、特に不審がる様子もなかった。「古いって、二十年前からのうちが一番古いくらいだなぁ」と答えた。

「この辺り、バブルで土地の値段がやたら高騰《こうとう》した頃に、土地や家を処分してマンションに入っちゃった年寄りが多いんだよ。ちょっとわかんないんじゃやない」

そうですか、と答えて、朱里が露骨に落胆の表情を浮かべる。「聞いてみるけど」と柳田さんは、どこまでやってくれるかわからないけど、請け負ってくれた。

それ以上は、手が尽きた。

もともと、か細い情報しかなかったのだから仕方ない。その上、碧子さんは女性だ。この土地を離れて結婚してしまったなら、名字も変わってしまっているだろう。これ以上は、どう探していいか、衣花たちには見当がつかない。あまりにもあっけなく、三時間の貯金が無駄に終わっていこうとしている。

「でも、いい人で良かったじゃない。柳田さん。普通、不審がって話だって聞いてくれない人も多いだろうに、親身になって話聞いてくれて」

「赤羽さん、ついてきてくれてありがとうございました」

朱里が今さらのようにちょこんと頭を下げる。会った時のために持ってきたという、縞野のおばあちゃんの形見の品が入った紙袋が、寂しげに彼女の膝に載ったままになっているのが切なかった。

「あの家のおじさんが赤羽さんのことを知ってたから、話がスムーズに進んだんだと思う。ありがとうございました」

「よしてよ。たまたま、新聞で顔見てくれてたらしいけど、私は自分のファンだって言ってくれてる男の子にさえ気づいてもらえないような目立たない脚本家だから」

環が言って、新が泣きそうに耳を塞《ふさ》ぐ真似をする。「だからー、それ、謝ったじゃないですか」と涙目になる。

八時前の地下鉄の車窓が、正面に暗い壁と車内の蛍光灯ばかりを映しながら流れていく。乗り換えの東京駅はもうすぐだ。

「で、どうする?」と環が聞いた。

「終幕までまだ時間があるけど、パフェでも奢ってあげようか。成果はなかったわけだけど、ご褒美《ほうび》に」

「いいんですか?」

朱里の顔がちょっと輝いた、その時だった。

「少しでも時間があるなら、戻って観たいです!」

新が間髪入れずに叫ぶ。あまりの声量に、周囲の乗客がこっちを見るのがわかった。「お願いします。戻りましょう」

環が驚いたように目を瞬いた。「気を遣わなくていいよ」と言う。

「さっきは意地悪言ったけど、無理に戻らなくても別にいいよ。今からじゃ途中だし」

「『赤い海の姫君』の舞台なら、DVD、きちんと観てます。初演と、映画も両方。生で観られるなら観たいです」

「え、パフェは？」

今日はずっと無口だった源樹が言って、「パフェ……」と朱里も呟く。「だー、お願いだよ」と新が泣きそうな声を出した。源樹があくび混じりに言う。

「DVDで観たっていうなら、話わかってんだろ？　一度観たもの観て楽しいの」

「だって生はまた違うよ」

「でも今から行ったって……」

「観に帰ろうよ!!」

衣花の喉から、声が出た。

言い争っていた源樹と新、両方が度肝を抜かれたように衣花を見る。当の新までがぽかんとしたようにこっちを見ているのに、はっとして、首を振る。声量を落とした。

「今からでもいいから、劇場に戻ろう。私も観たい。それに——新、そんなに観たいのに、前半捨てて私たちにつきあってくれたんでしょ。感謝してるよ」

「え、あ、……うん」

新がしどろもどろに頷く。衣花本人にではなく、源樹と朱里に向け、小声になって「今の、お礼かな？」と聞くのが癪だった。でも、当然かもしれない。新の演劇部活動を意味ない、と散々こき下ろしてきたのだから、意外に思われて当然だ。

だけど、悔しいじゃないか。フェリーの時間がないなんていう理由で、島に住んでいるからって、新が満足に活動に参加させてもらえないことも、部員扱いされないことも、衣花は本当に一年の頃から腹立たしくて、悔しくてたまらないのだ。

「じゃ、こうしよう」

環が言った。

「パフェはなし。だけど、劇場前のフードコートでアイス奢ってあげる。今ならまだ幕間に間に合うから、その機に乗じて、素知らぬ顔して二幕から座りなさい。それが一番自然」

観てくれてありがとね、と環が言った。新が恐縮しながら、「はい」と頷いた。

上演中は閉じているというフードコートを強引に開けて、レジをもう閉めてしまったという店員に「私が明日払う」と環が告げる。カップアイスを適当に選んで、人数分、朱里たちの目の前に置いた。高い回転椅子を備えたバーカウンターに、一列に並んで座る。

「あと十分。ダッシュで食べて」

命じられるまま、スプーンを動かしながら、ふと思いついたように源樹が「こいつも脚本書くんですよ」と、環に向けて口を開いた。新を指さす。

「テレビ局の賞獲ったことあるんです」

「本当？　すごい」

環の声に、嫌味は感じられなかった。

その目にまじまじと見つめられ、新の顔が真っ赤になる。「いや、僕の名前じゃないし」ともごもご、口を動かす。源樹が補足する。

「賞金も出る中央テレビのコンクールに入選して、今度テレビでやるらしいんですけど、冴島に来た変な作家にパクられて、持ってかれたんです」

「へえ……。名前は？」

「作家の名前が霧崎ハイジで」

「ひどい名前。タイトルは？」

「『水面の孤毒』」

タイトルは、新が答えた。恥ずかしさに消え入りたくなる、と言わんばかりに俯いて、アイスをスプーンでざくざくついている。

「コドクの『どく』は、毒殺の『毒』。僕がつけたタイトルじゃなくて、変えられたヤツだけど」

「そっか、だからセンスないタイトルなんだ」

「た、たぶん。でも本当、赤羽さんに比べたら全然、書いてるなんて言えるレベルのもんじゃないです」

そう言いながら、否定されるのが怖いのか自分がつけた正式タイトルのことは一切口にする気配がない。つつくだけのアイスが、下の方で溶け始めているのが衣花の位置からでも見える。

その時になって、劇場の方が急にざわざわ、騒がしくなった。「終わったかな」と環が身を乗り出して中を見る。

「はい、ゴミ捨てて。戻って」

環とは、四人それぞれ連絡先を交換して別れた。

こっそりと劇場に戻ると、朱里も源樹も新も、それぞれの友達の中に溶け込むようにすぐに消えた。衣花と口裏を合わせてくれた友人たちも、「あー、衣花早かったねー」とのんきな声を聞かせてきて、なんだか拍子抜けする。大冒険したような気持ちだったけど、結局、こんなものだったのか。

終演後、劇場に横づけされたバスに乗り込む前に環の姿を探すと、彼女は出てきた客の応対に忙しそうだった。特別な秘密を共有したように思えてそっと視線を送ると、一瞬だけこちらに気づいて軽く頷き、それだけでまた別の客と話し始めてしまう。

彼女のお芝居は、二幕からでも、十分に面白かった。

6

赤羽環から連絡があったのは、島に戻ってすぐだった。

四人全員の番号を教えておいたが、やはりファンだと伝えたせいか、新のところに電話がかかってきたのだ。

「わかったって、千船碧子さんのこと」

学校の昼休みに、自分たちを屋上に集めた新は興奮していた。環からはさっき電話があったばかりだという。

「あの時会ってくれた、あの家の、柳田さんが近所の人に聞いてくれたんだって。赤羽さんが突然家に来たって、茶飲み話みたいに話したら、その中の一人が、『千船碧子って、碧子先生のことじゃない？』って、知ってたんだって」

「碧子先生？」

「学校の先生だったみたい。近所の小学校で教わったっていう人がいて、その人が覚えてたんだって。それで、赤羽さんが名刺残してたから、連絡してくれたみたい」

新は興奮していた。その声を聞いて、衣花にも喜びが伝染していく。碧子さんが、印象に残る珍しい名前でよかった、と感謝する。前に蕗子の名前を珍しいからこそ、どこに行っても目立ってしまって気の毒だと感じたことがあるけど、その逆にこんな奇跡が起こることもあるのだ。

「その時、碧子先生の名前、若杉《わかすぎ》って名字だったらしいけど、授業で自分の旧姓について話してたことがあったって、覚えてくれてた。『千船っていう、全国で百軒くらいしかない珍しい名前なんだ』って言ってたっていうから、たぶん間違いない」

「すごい！　じゃあ、その先生がいた小学校に行けば何かわかるかもしれない」

朱里の声に、新が頷く。「それが」と続けた。

同じことを、新は環に言ったのだという。すると、環がすかさず「もう行った」と答えたそうだ。

「昔の教え子なんですって名乗って訪ねていって、異動先を尋ねたんだって。『チョロかったよ』って教えてくれた」

新の目がますます輝く。

「旦那さんの仕事の都合で、碧子さんは東京から引っ越してた。先生になる試験を受け直して、最後にいた場所は大阪だって」

「大阪？」

「うん」

電話しながらメモしたらしい手帳を見せて、新が頷く。大阪市の住所と、北鳥居《きたとりい》小学校、という学校名が書かれていた。

「姉ちゃんの下宿先の近くなんだ。ここだったら日帰りで行けるよ。――本当は、そろそろ受験期だから、出かけることあんまり親がいい顔しないんだけど、姉ちゃんの大学のオープンキャンパスだって言えばどうかな。見学に行くって言えば」

一気に言って、全員の顔を見渡す新に、源樹がふーっと長く息をつき、そして言った。

「やるじゃん、新」

千船碧子さん――、結婚して、若杉碧子さんになったという碧子先生は、おそらくはもう定年になっているだろう。

それでも、一縷《いちる》の望みをかけて朱里が電話した小学校に、折よく碧子先生と一緒に働いたことがあるという先生がいた。冴島の名前を出すと、小湊《こみなと》と名乗った男性教諭は、一瞬息を呑んでから「聞いたことがあります。懐かしいです」と頷いていた。

小学校まで話を聞きに行ってもいいと、七月の第二週の日曜の日付を、約束してくれた。


これで万事うまくいく、と声を上げる三人を前に、しかし、衣花にはやらなければならないことがあった。

水を差すことを重々承知の上で、こんなことを言い出すのは心苦しかったが、仕方ない。帰りのフェリーの中で、「あのさ」と切り出す。みんなの目をなんとなく見られなくなる。こんなことは初めてだ。

「何？」と弾んだ声のまままたわいなくこっちを向く朱里の顔を、曇らせたくなくて、なるべく平然とした声を意識して作り出す。

「大阪に行く、理由。……それ、オープンキャンパスじゃなくて、単純に遊びに行くっていう理由じゃダメかな。買い物とか」

「え？」

「大学の見学だって言い方して、それがうちの親の耳に入ると、面倒だから」

「あ」

朱里が小さく声を上げる。衣花は、「ごめんね」と笑った。

「おばちゃん、気にする？」

優しい朱里が心配そうに聞くのが申し訳なかった。「ううん、ママは大丈夫だけど」と首を振る。

「お父さんがちょっと。うるさいんだよね、もともとの網元の血筋はママの方で、自分は婿養子なんだけど、だからこそ、妙な責任感に駆られてて」

もうこの話題はおしまいにしたかった。強引に「ごめんね」と呟いて、押し切るように顔を伏せる。

「瑞乃ちゃんのところに遊びに行く、みたいな理由でもいいかな。みんなが自分の親にオープンキャンパスだって言っちゃうと、どこかからそれ、うちに伝わっちゃうかもしれないから」

「わかった」

黙ってしまった朱里や新に代わるように、源樹が頷いた。気まずいから、続けて、また「ごめん」と言おうとした衣花より先に、新が真剣な顔をして「ごめん」と口にする。衣花に向けて、謝った。

「勝手に提案して、盛り上がってごめん。親には、遊びに行くって言うよ」

「……ありがと」

答えた笑い方が、下手になっていないか自信がなくて、衣花はもう一度、作り笑いを浮かべ直す。

その日、大阪に行くことを、母越しに父に伝えた。父はやはりいい顔はせず、「あの子らは、受験の年に遊んでていいのか」と嘲《あざけ》るように言った。その声が、二階の衣花の部屋まで聞こえた。

こんなことなら早く来年になってしまえ、と布団の中で、衣花は思った。来年になって、みんなが島から出て、自分だけが残れば、父は安心するだろう。同級生たちに娘がこれ以上引きずられることはないと、大学に行きたいと言い出すこともないと、安心するだろう。

来年になんて、一生ならなければいいと普段思っているのが嘘のように、そう、初めて願った。

7

七月の第二週に訪ねて行った北鳥居小学校は、都会の真ん中にあるにしては意外なほど小さな学校だった。

建物こそ新しいが、空き教室もたくさんある冴島小学校・中学校をくっつけたのと同程度の規模に思える。繁華街やショッピングビルを抜けた先、こんなところに学校があるのかと思うような細い道を通っていくと、急に芝生の庭を構えた校庭らしきものがフェンス越しに見えてくる。土の校庭でないところは如何にも都会の学校らしかった。

校門を探してフェンスを一周する。回り込むと、本当に狭い校庭だった。下に車がついた鉄製の校門が、自分たちを待っていてくれたためか、日曜の休みでも、わずかに開いている。

正面に見えた玄関から中に入ると、小さな上履きが下駄箱に並んでいて、なんだか懐かしくなる。

「知らない学校って緊張するね」

入ってすぐ、朱里が言う。四人が来たことに気づいたのか、すぐに「やあ、遠いとこをどうも」と白髪交じりの、ループタイをした男性がやってきた。朱里たち相手にも、きっちりと頭を下げてくれるのを見て、ほっとする。いい人そうだ。

「お電話いただきました、私が小湊です。碧子先生が最後、ここで校長先生を務めた時にご一緒していました」

「池上朱里です」

朱里を先頭に、バラバラと四人とも挨拶をする。制服ではなく、パーカーやスカート姿の自分たちは幼く見えるのではないかと気になったが、小湊教諭に気にするところはなさそうだ。普段、子どもといえば小学生を見ているからかもしれない。

朱里がそわそわし始めたのが、空気でわかった。

出迎えてくれた小湊の後ろに、他にも誰か――碧子先生がいるんじゃないかと期待している。

けれど、小湊は特に何も言わずに、ただ「どうぞ」と朱里たちを職員室の向かいにある、「会議室」と表示された部屋に連れて行く。

仄かに空気が張り詰めた。皆、何も言わなかった。

やがて戻ってきた小湊は、手に一本のビデオテープを持っていた。「まず」と姿勢を正し、朱里たちの前に立って頭を下げた。

「まず最初に、お詫びをしておかなければならない。電話ではお伝えするのが憚られてしまいましたが、若杉碧子先生は、おととしの夏、お亡くなりになりました。脳溢血で、まだお若いのに本当に急なことで、残念でした」

朱里の表情が、え、と口を開きかけたまま、止まった。衣花は咄嗟に、テーブルの下に手を伸ばす。朱里の右手を掴んで握った。

おととし、という単語に残酷な響きがした。

間に合わなかったのだ、と衣花は思った。

「お伝えしないまま、こんなところまでお呼び立てしてしまって申し訳なかった。ただ、もしよければこちらを観ていただけないかと思って、探しておきました。生前の若杉先生が映ったビデオがあります」

小湊が、気遣うように朱里を見た。

「もしよければ、冴島で仲がよかったというおばあさんにも、観せてあげてください。碧子先生も、きっと、それを望んでいるような気がします」

「……はい」

答える朱里の声は消え入りそうなほど小さかった。無理もない。これを観せるということは、すなわち、碧子さんの死についても祖母に伝えなければならないということだ。

会議室のカーテンを、陽光が入らないように薄くレースだけ引いて、小湊が古びたデッキにテープをセットする。ＤＶＤやＢｌｕ－ｒａｙの時代に大仰なＶＨＳなのが、それだけ時間を経たことを感じさせて、胸が苦しくなる。

画面の隅が微かに焦げたような画像が、テレビ画面にいきなり映し出される。舌足らずな声で、当時の児童会長だろうか、子どもが「では、これから、北鳥居小学校、お楽しみ会を始めます」と挨拶した。

小湊が「どの辺だったかな」といいながら、手元のリモコンで早送りをかける。行き過ぎたのか、途中で区切りのいいところまで巻き戻し、ステージの脇の客席を示す。どうやら、子どもたちの劇の真っ最中のようだ。

「これです。これが碧子先生」

少し小太りで品のいい、深い緑色のスーツを着た女性が座っていた。

にこにこしながら、ステージに向けて手を叩いている。丸いレンズの眼鏡が、同じものではないのだろうけど、島で見た若い時の写真と同じだった。

朱里が深呼吸するのがわかった。衣花と繋いだ手が、少し、あたたかく、柔らかくなっている。

――うんとこしょ、どっこいしょ、まだまだ木の実は取れません。

劇中の台詞《せりふ》らしきものが、歌うような節をつけて流れる。客席で見ていた碧子先生が「がんばれー」と鈴を転がすような声で、エールを送るのが聞こえる。

「これ……」

画面を指さしたのは、新だった。朱里も衣花も源樹も、おそらく同じことを考えていた。新の声に、頷く。

――あーあ、まだ取れない。まだ取れない。子猫のタマコを呼んでこよう。あいつなら、きっとすばしこいし、ジャンプできるから、きっと取ってくれるぞ。

別の子が棒読みのセリフを続ける。画面に映る子どもたちは、全部で五人。季節が夏で、代用したのだろうか。青々とした竹を木に見立て、模造紙で作られた赤い木の実がその上に貼りつけられている。

「『見上げてごらん』だ」と、新が声に出した。

人数に応じて大幅に脚色が加わったり、バタバタと落ち着かないこと極まりない〝おおきなかぶ〟系の劇。今年はなんと、冴島ではとうとう木の実が擬人化されてしまっていた。

画面の中の子どもたちは、ジャンプの力を競いながら、順番に木の実に挑戦している。

「これ、有名な話だったんだっけ?」

「――やはり、冴島の、あなたたちの学校でも長く演じられているんですか」

小湊が言って、衣花たちはみんなきょとんとする。

「お電話で、冴島と聞いて咄嗟に思い出したんです。碧子先生は、冴島で、この劇を作家の先生に書いてもらったんだって」

「作家って……」

「ウエノキクオ先生と聞いてます。当時、すでに映画の脚本も何本かやられていた方だったとか」

その声を聞いた途端、新の顔が強い驚きの表情を浮かべる。唇を嚙みしめ、衣花たちをぱっと振り返る。

「その人だ」

と言った。

「その人だよ、俺が、謝恩会の時に聞いた名前。——本土から〝幻の脚本〟を探しに来た人が言ってた。『ウエノの脚本がやられると思ったけど、違ったみたいだ』って！」

新の興奮が最高潮に達していく。驚きに顔を固めたまま、衣花も、朱里も、源樹も、気づいた。霧崎も、その人も探しに来たという〝幻の脚本〟。そんなものが冴島にあるはずがないと思ってた。

「これのことなの？」

信じられない気持ちで衣花が問いかける。

画面では、ジャンプを失敗した男子が盛大に滑って転び、客席の保護者から「あー」とため息と笑いが起こるところだった。彼の着た時代錯誤なもんぺのような衣装が、身体からずり落ちそうになっていた。

8

「――噴火による避難勧告が解除され、何回かの一時帰島を経て、ようやく島に戻れた年に、友達と一緒に頼みに行ったそうですよ。碧子先生は姫路市に用意された避難所にしばらく住まわれたことがあったそうで、近くに住んでいたウエノ先生がそこを訪れたことがご縁になったようです」

小湊の説明を聞いて、朱里の顔に変化があった。「うちの祖母も」と小湊に伝える。

「姫路に、避難していたって聞いたことがあります」

「一緒に避難していたのかもしれないですね」

小湊が頷く。

「当時は冴島も過疎の心配のない村で、子どももたくさんいたそうですが、噴火の影響で、だいぶ人が抜けてしまったようですね。家を失った人たちもいたし、再度の噴火を恐れて、島から出てしまった人もいた。碧子先生の家も、一度は島に戻ったようだけど、結局は再びそこで暮らすことは断念して、親戚を頼ったと聞いています」

それがあの東京の住所だったのだろう。

「一学年二十人以上いた子どもが、どの学年も、平均三人くらいのものになってしまったらしいです。碧子先生は当時、中学生だったそうで」

　小湊が続ける。

「島に戻って一年目に、小学校で、卒業式に劇をしたんだそうです。無事に卒業の時に島に戻れてよかったって喜びながら。だけど、やった劇を観て、碧子先生たちはかわいそうに思えて仕方ない気持ちになったんだと言っていました」

「かわいそうって、どういうことですか」

「演目はなんだったか忘れてしまったそうですが、三人しかいない子どもが、一人何役もやるんだそうですよ。前は二十人くらいでやってた劇だそうだから、当然でしょうね。一人が何回も早着替えして、息を切らしてセリフを読んで、最後の方には息も絶え絶えになって疲れてしまっていたんだそうです」

「ああ……」

　想像してみるとかわいらしい話だが、確かにかわいそうだ。自分たちがやらされたなら、たまったもんじゃないだろう。

　――それを見ていた、朱里の祖母や碧子先生は中学生。

　自分たちの後輩が、かわいそうになったのだ。

「来年からは、合唱か組み体操か何かに変更しようかって話も出ていたところで、碧子先生は、友達と一緒に、だったら、劇を書ける人に新しい、少人数でもできるものを書いてもらおうと考えついたんだそうです。せめてそう、三人くらいでできるものを。本土に避難している間に知り合ったウエノ先生の家を、親にも内緒でいきなり訪ねたんだって、武勇伝を話すみたいに話していました」

「……それはなんか、わかります」

朱里が耳の先を赤くして、ぽつりと呟いた。

「子どもだけで、友達と冒険するの、きっとドキドキするだろうけど、楽しかったんだろうなって、思います。祖母にも、そんな時があったんだと思うと、嬉しいです」

「ウエノ先生は、作家としてはとても厳しく怖い人だという噂だったそうですけど、碧子先生たちのことは、優しく迎えてくれたそうです」

そして、『見上げてごらん』を書いてくれた。

「できあがったものを取りに来いって言われて、行ってみて、碧子先生は仰天したそうです。ものすごく分厚い、紙の束になっている。自分たちがお願いしたのは、三人でできるシンプルな劇のはずで、あんまり長いんじゃできないと困っていると、ウエノ先生から『違うよ、これは全部、別』と言われた」

「別？」

「一束一束、全部違う脚本だと、説明を受けたそうです。脚本は、子どもが一人でもできる一人芝居のものから、二十人用、と書かれたものまで全部で二十パターンあったそうです」

——今は、子どもは三人しかいないかもしれないが、いずれ、一人、二人と戻ってくるだろう。噴火で散り散りになっても、子どもは絶対に戻ってくる。

ウエノ氏は、そう言ったそうだ。

「励ましと、祈りの言葉のように感じたと、碧子先生は言いました。少女趣味な言葉でごめんなさい、と照れたように笑いながら」

衣花と朱里は、一度は離した手を、再びぎゅっと握った。言葉を、嚙みしめる。子どもは、絶対に戻ってくる。

だからだ、と理解する。

だから、『見上げてごらん』は、子どもの人数に応じて、何パターンも脚色が違うのだ。

あれは、何も先生たちがアレンジしていたわけではない。あれこそが、島に伝わる原作だった。

「あなたたちも、やりましたか」

「やりました」

衣花が頷く。

「この四人で、四人のパターンのものを。……今、島はIターンの住民も増えて、今年は十七人用のものを、初めて観ました」

「そうですか。うちは、この間の春は十人用だったかな」

小湊が目を細めて頷く。「再来年には廃校になってしまうんですよ」と彼が言って、驚いた。

「どうしてですか。こんな都会の真ん中で」

「都会の真ん中だからでしょうね。商業地に、子どもはもともと少ないんですよ。この辺りはとても賑やかだけど、こんな場所でも子どもの過疎化が深刻なんです。景気がよかった頃にたくさん小学校をつくったせいで、今では逆に一校あたりの人数が少なくなってしまった。ここも、隣の地区の学校と合同で一つになることが決まっています」

そんなことがあるのか、と絶句してしまう。衣花たちにとって、過疎とは田舎で起こるものでしかない。

「碧子先生が赴任なさってきた年に」と、小湊が声を繋げた。

「子どもが、七人だけという学年がありました。学芸会での演目を決める時に、碧子先生が持ってきたのが『見上げてごらん』の劇です。冴島の話を、その時に聞きました」

朱里の祖母と一緒に頼みに行った大事な脚本を、大人になり、教師になっても碧子さんは忘れていなかった。

朱里の祖母との思い出を、この学校にきちんと残していった。

朱里の手を握りながら、思う。碧子さんに会うことは、確かに間に合わなかった。だけど、再来年には廃校になるというこの学校に来た自分たちは、きちんと間に合ったのではないか。

「意外でした」

それまで黙っていた源樹が、もう劇ではなく合唱を映すテレビ画面を観ながら言う。小湊が源樹を見た。

「すっげぇドタバタしてまとまりない劇だから、そんなプロが書いたと思わなかった。うちの親父なんて、途中、俺たちが実を落とせないの見て『俺がやってやろうか』って客席から立ち上がりかけてたし」

「それで、いいんだそうですよ」

「え？」

「脚本の意図です」

小湊が微笑んだ。とても、嬉しそうに。

「うちでも、毎年うまくいかなくて保護者や他の学年の子から励ましや野次めいた声が飛びます。だけど、その分、実が無事に取れると、会場が全部一丸となってほーっと安堵のため息に包まれる。──随分臨場感に溢れた劇ですね、と実は私も、碧子先生に言ったことがあります。その時に言われました。それでいいんだって。同じような問いかけを、碧子先生たちもウエノ先生にしたらしいんです。そうしたら」

──プロの演劇じゃないんだから、それでいいんだ。学芸会の脚本なんだから。大事なのは、島と学校が、観ている人を交えて盛り上がることだ。そういう空間を作ることが、演劇の一つの役割でもある。

彼が答えたという言葉を聞いて、衣花は胸の奥があたたかくなるのを感じた。

確かにそうだ。島には島の、学芸会には学芸会のよさがある。源樹の父親が、あの年、息子のために席を立ちかけたことは、四人全員が今でも覚えている。

この劇は、島の子どもの思い出だ。

そして、碧子先生のいた、この学校にとっても。

「ありがとうございました」

朱里が、丁寧に頭を下げる。

「おばあちゃんに、伝えます」

「よろしくお伝えください」

小湊教諭も深々と頭を下げる。

「——碧子先生は、二人の息子さんと、五人の孫がいたそうですよ。ご家族、旦那さんともとても仲がよかったそうです」

碧子先生の生前の住所と、お墓の場所が書かれたメモを預かり、朱里たちは小学校を後にした。


冴島までの帰り道は、往きの道よりさらに四人とも無口だった。

やがて、新幹線に乗り込んでから、新が小さく「あのさ」と呟く。

「『見上げてごらん』の劇を、ヨシノのいる村に、届けられないかな」

全員が新を見る。新が静かに、考え込むようにしながら、言う。

「単純な思いつきだって、笑われるかもしれないけど」

「いいと思う」

衣花たちも賛成する。

——子どもは、必ず戻ってくる。

今日、聞いたウエノ氏の言葉を思い出す。あの時三人だけだった子どもは、今二十人近く、冴島にいる。

　時間をかけ、形を変えながら、冴島にも、子どもは戻ってきた。

「ただちょっと気になったけど、あの脚本、おばあちゃんの時代のだけあって、言葉とか古いよね。今日見たビデオの子も、田舎の子どもみたいな恰好してたし」

「朱里。あの子も、もんぺってだけで、島育ちのうちらに〝田舎の子ども〟なんて言われたくないと思うよ」

　衣花が笑う。空気がようやく軽くなった。

「でも、確かにそうかも。あと、やっぱ設定もなんとなく古くさいんだよねー。今の子たちには物足りないかも」

「ね、提案なんだけど、赤羽さんに修正してもらえないか、頼んでみない？」

　新が言って、全員、ああ、と気づく。「いいね」と衣花も頷いた。

「赤羽さんに託せば、絶対いいのにしてくれる。ヨシちゃんにも、赤羽さんから渡してもらおう」

　そこまで話したところで、源樹が興味を失ったように生あくびをして目を閉じた。

　縞野のおばあちゃんの形見が入った、朱里の紙袋は今日もまた渡すことができなかったが、もうそれを見ても、切ない気持ちには不思議とならなかった。

　新幹線が動き出してしばらくしてから、今度は朱里が眠ってしまった。衣花の肩に首を傾け、寝息も立てずに目を閉じている。やっぱり相当神経を張り詰めさせて、今日まで過ごしてきたのだろう。

朱里の首を肩に置いたまま正面を見ると、源樹もとっくに眠っていた。こちらは窓辺に完全にもたれかかっている。新もそうかと思ったが、彼だけが、起きていた。

「今年の夏休みは、去年みたいにはもう遊べないのかな」

だとしたら、今日で本当に気持ちを切り替えなければならない。二人だけで起きているのが妙に気詰まりになって場つなぎのように言うと、新がふっと顔をこっちに向けた。

「さみしい？　衣花」

「さみしいっていうわけじゃないけど。ずっと前からわかってたことだし。だけど」

それ以上言うつもりがなかったのに、何故か今日は言葉が出てしまった。すぐ隣に、朱里の顔があったからかもしれない。

「朱里みたいな友達はもう二度とできないんだと思うと、それはすごく、さみしい」

口にしてしまったら、自分でも予想外なほどに胸が痛くなって、涙が出そうになって、あわてた。急いで奥歯を噛んで横を向くが、目の周りが熱くなり始めている。

新に見られたかと思ったが、新はただ「うん」と頷くだけで、何も言わなかった。

彼が鈍感なことが――鈍感なふりを貫いてくれることが、今はとてもありがたかった。

翌、月曜日。

この前のように屋上に集まり、四人で、環の携帯に電話をかける。新の携帯を、今日はスピーカー設定にする。

電話に出た環は、移動中らしかった。スピーカーの向こうから、他に人がいる気配がしている。この間の公演は無事に千秋楽を迎えたようだけど、常に忙しいのだろう。

『外だけど大丈夫だよ。話して』という言葉に甘えて、碧子先生のことを話す。ウエノキクオの名前と、幻の脚本について話したところで、環が息を詰めた気配があった。周囲にいた人に『ちょっとごめん』と断って、どこか静かな場所に移動する。

『聞いたことあるよ。植埜喜久生《うえのきくお》の幻の脚本。——多忙だった時期に、他の仕事を後回しにしてまで彼が何か書いてた時期があって、それが、あの人の仕事をどう辿っても該当するものがないんだって、あの人が亡くなってから、評伝書いてる人がいた』

植埜喜久生は、社会派と呼ばれる推理小説の名手だったそうだ。

『私も一度だけ会ったことがある。その〝幻の脚本〟、あの先生らしいね』

「あの、赤羽さんに、僕たちお願いがあるんです」

『何かな。もう散々いろいろやってあげてるけど』

「……植埜先生の、この脚本を、ヨシノがいる村に届けたいんです」

新が言う。

夏の屋上の上には、目が痛くなるほど青い色の空と白い雲が浮かんでいた。

「だけど、やっぱり、時代背景も違うし、服も、着物って書いてあったりだとか、もうちょっと、今の子に合ったキャッチーな雰囲気に、赤羽さんに直してもらいたいんです。そしたら絶対にいいものになると思う」

お願いします、と電話相手なのに、頭まで下げそうな新を、気持ちの上では衣花たちも同じ思いで見つめる。

環のことだから、きっと快く引き受けてくれるに違いない――と期待を込めた目で見つめていたその時、抜けるような空に、彼女のきっぱりとした声が響き渡った。

『断る』

え？ と新の口から拍子抜けした声が出る。驚きが一瞬遅れて広がって、新が「えええええー」と大きく悲鳴を上げた。

「どうしてですかぁ!?」

『植埜先生の書いた脚本には興味あるし、ヨシノちゃんにも来週会うけどね。脚本、読ませてほしいとは思うけど、その修正作業、私はやらない。矢野くん、あんたやりなさい』

新が目を見開いた。

衣花たちも固唾《かたず》を呑んで、その様子を見守る。環の声が続く。

『読んだよ、「水面の孤毒」。霧崎ハイジ入選作』

「あれは……」

『悪くなかった』

環が言う。

『途中、ごちゃごちゃ探偵役が蘊蓄《うんちく》垂れる場面は、勝手に霧崎氏がつけ加えて創作したんだと仮定して、そこを削った上で言うけど』

「はい」

新の声が、裏返って緊張する。

『そこが君の書いた部分じゃないなら、悪くなかったどころか、かなりいい。植埜先生の名前を騙《かた》っていいほどの出来じゃ当然ないけど、君、才能あるよ。君がやりなよ』

新の顔が、固まったまま、今度こそ、声も出なくなる。彼の目が、泣きそうに、こんなに大きく見開かれるところを、衣花は初めて見た。

『それに、ヨシノちゃんがいる村は、子ども、たくさんいるよ。あの子だったら一人や二人バージョンが役立てられる別の場所もたくさん知ってるだろうから、それはありがたくもらうとしても、逆に人数が多いバージョンが必要』

「そうなんですか」

『もともと住んでた子が転校して抜けていく一方で、全村避難になった別の自治体の子の方もたくさん受け入れてるからね。教室が足りないとこもあるくらい』

環の説明に、新も、そして衣花たちも同時にはっとする。ヨシノが移り住んだ場所の現状について、自分たちはほとんど何も知らない。不勉強のまま、単純な思いつきだけを口にしていたことが恥ずかしかった。

環が続ける。

『二十人以上の人数で、何人でも対応可能な脚本を君が書いたら、「見上げてごらん」はどこでも使える脚本として完成するんじゃない？　最後のバージョン、君が書いたらいいよ』

環の声は気安かったが、有無を言わさぬ響きがあった。

『添削ぐらいならしてあげるから、できたら連絡して。じゃ』

気持ちいいほど潔く言い切って、電話はそのまま切れた。

9

大阪から戻った翌週の土曜日に、衣花が図書館から家に戻ると、家に、朱里の祖母が来ていた。

父は土曜でも仕事で、海に出るか、漁船の見回りに出ている。

衣花は母に、何も話していなかった。碧子さんのことも、朱里の祖母の事情についても。にもかかわらず、母が心得たように「おじいちゃんたち、リビングにおるよ」と教えてくれた。

朱里の祖母がうちを訪ねてくるなんて初めてのことだ。

そっと覗いたリビングで、祖父たちはこたつの両脇に座り、テレビを観ていた。画像の粗さから、すぐに碧子先生の小学校でもらってきた、あのビデオだとわかる。うちにまだかろうじてビデオデッキがあってよかった。『見上げてごらん』の劇の再生中だ。

画面の左隅に、碧子先生が映る。

祖父たちの間に、会話らしい会話はなかった。ただ、祖父が「太ったなあ」と言う。朱里の祖母がそれに「ねぇ、太った」と返している。

「太った」以外に言うことないのかな、と思って耳をそばだてるが、二人は黙って画面を観るだけで、特に笑うことも、故人を偲《しの》ぶといった印象もない。ただ、最後まで、ビデオを観ていた。

大阪の小学校から戻ったその日のうちに、朱里は祖母に、ビデオテープと、碧子さんの生前の住所を渡したという。

長く持ち歩くことになった、縞野のおばあちゃんが碧子さんに遺した形見分けの品も一緒に渡す。

朱里の祖母は、驚いてはいたが、怒らなかったという。何故、朱里が碧子さんのことを知ったのか、調べたのかということについても、何も聞かなかった。

ビデオを観たければ再生するが、と申し出た朱里に「そのうちでいいよ」と答え、形見の品を、碧子さんのお墓か家族に届けたらどうかと提案すると「そうさねぇ」と曖昧に頷くだけだった。けれど、碧子さんの形見分けの品を大事にしまい、朱里も、返してこいとは言われなかったそうだ。

ビデオを観終えた朱里の祖母が、言葉少なに祖父と会話し、お茶を一口呑んで、帰ろうとする。

「衣花」

と、その時になって、ようやく衣花が呼ばれた。リビングに正面から顔を覗かせると、祖父に「送ってってやれ」と言われた。

「朱里ちゃんちや。近いやろ」

「わかった」

朱里のおばあちゃんが遠慮するんじゃないかと思ったが、彼女はにこにこしながら「あら、ありがとうね」と言う。

帽子をかぶって外に出ると、七月の日差しはからっと白く乾燥して見渡す限り一面を日向に灼いていた。

この辺で畑仕事をするおばちゃんたちがよくかぶっている、庇のついた布製の帽子を朱里の祖母もかぶる。一緒に歩き出した。

衣花の家が見えなくなってきた頃に、朱里の祖母が初めて、話しかけてきた。

「衣花ちゃん、ありがとうね」

「え？」

「朱里と、探してくれたんやろ。碧子ちゃんのこと」

返事に詰まった。朱里の祖母も答えは期待していなかったらしく、再度「ありがとう」と言って、うんうんと頷いている。

「朱里に話したけど、聞いたかい。私と、碧ちゃんのこと」

「聞きました。二人、とても仲がよかったたって」

朱里のおばあちゃんと碧子さんは、小学校で聞いた通り、姫路市にある同じ避難所で生活していたそうだ。植埜先生のところに脚本を頼みに行った経緯も聞いた通りで、二人はとても仲がよかった。

碧子さんが、噴火の避難勧告が解かれてから一度は島に戻ったのも本当だったようだ。その時期に、二人は脚本を頼むことを考えた。

「ずっと、一緒にいられるんやと思っとったんよ。私はね」

朱里の祖母が、日向の坂道をふうふう言いながら下っていく。勢いがついて転ばないように、衣花は一歩後ろから「はい」と頷いて、ついていく。

「碧ちゃんの家も島に戻ってきて、これからもずっと一緒やと思って、だから小学校でやる劇を作家の先生に頼むことだって考えて。すごく楽しかったのに、碧ちゃんは、その後ですぐに家族で東京に行ってしもた。後で聞いたら、島に戻ってきてたのは、島に残した畑や財産を処分するためで、避難所にいた頃から、もう東京に行くことが決まっとったんやって」

通り道にある家の一軒が、打ち水をした跡がある。あっという間に水が空に吸い込まれ、乾いていくのがいっそ気持ちいいほどに、意味のあまりなさそうな打ち水だった。

朱里の祖母は正面を見て、歩き続ける。

「裏切られた気がしてね」と彼女が言った。

「あたしと一緒に、島の子のためにって作家の先生のところに行った時も、遊んでた時も、火山灰の片づけをしとる時も、全部、碧ちゃんは、もうここからいなくなることを知っとって、黙って、一緒にやってたのかと思ったら、切なくてね。島には、親世代は親戚のところに行って、若者だけ島に戻ってきた家もあったけど、まあ、無理やわね。私らは子どもだったし」

朱里の祖母が足取りを緩め、宙をそっと見上げた。

「せっかくもらってきた劇をするところも、碧ちゃんは一度も観られんまま、本土に行ってしもたんやと思っとったよ。ビデオ、ありがとうね」

「いえ……」

「帰ってきた碧ちゃんと一緒に、あの子の家があった場所に行ったんよ」

朱里の祖母が言った。日向の乾いた道を、見つめている。

「土石流に埋まって、屋根の頭だけ、地面から浮島みたいにあちこち見えとった。まったく何もなくなるっていうのも切ないもんやけど、屋根や、神社の鳥居や、場所の名残があるのもそれはそれでこたえた。まるでそこが最初から地面やったみたいに、屋根を埋めた黒い土に雑草や花が生えてるのを見て、碧ちゃんが言っとったよ。すごい、こんな場所でも草が生えるんだって。濱狭地区は、すっかり、地形ごと、場所の匂いが変わっとった。植物はそこに根を張れても、人間は――」

あたしは、と朱里の祖母の肩が揺れた。震えるように。

「あたしは何を、裏切られた気になっとったんか……」

衣花は近づいていって、そういう彼女の背中に手を回す。太陽に、熱くなった背中だった。

「あたしも、意地を張ってしもて、本土から、あの子が一度手紙をくれたのに、返事を書かんかった。結婚することになって、どうしてもあの子にそのことを伝えたくて手紙を書いたんやけど、その時にはもう、あの子は住所が変わっとった」

衣花ちゃん、と朱里の祖母が、足を止めた。振り返り、衣花の顔をじっと見た。

「あんたは、後悔したらあかん。あんたがもう一押し頼み込めば、榧野くんは落ちるよ」

榧野くん、というのは祖父のことだ。朱里の祖母の顔は、大真面目だった。

「年寄りは、孫には甘いからね。私もそうやけど。榧野くんが決めて言うことなら、お父さんやって反対しないやろ」

息の塊を呑み込む。

どう、答えていいかわからなくなる。

祖父の一人娘だった母のところに婿養子に入った父は、網子の家の働き者の、生真面目な若者だった。責任感が強く、母と自分になかなか子どもができないことを焦り、四十近くなって衣花を授かった時には、喜ぶより先に、いつまでもいつまでも祖父に「男でなくてすいませんでした」と謝った。

「何、俺だって娘しかおらんよ。あんたの嫁だ。嫌味かい？」と苦笑まじりに祖父に言われたことこそが嫌味のようなものだということにも気づかないほど生真面目な父は、そして、衣花を責めるようになった。網元の娘である母には、当たりづらかったのかもしれない。

好きなところもたくさんあるが、嫌いなところもたくさんある父だ。今は、六対四の割合で、〝嫌い〟が勝つ。

網元の家を誇りに思うあまり、自分の娘が外に出て行くかもしれないことに怯えている。衣花が出て行けば、それは自分の責任だと思いこんでいる。どんなことがあっても島を離れない網元の家は、冴島そのものなのだといつだったか、言っていた。

「島を出る出ない、本土に行く行かないで寂しい思いをするのは女の方が多いよ。結婚したら名前やって変わって、碧ちゃんのことも私は探せんかった。あんたと朱里に、寂しい思いをして欲しくない」

朱里の母もまた、自分の友達と島で望まぬ別れを経験している。祖母、母、――そして、今から自分と別れるかもしれない朱里の、女性三世代の心残りが、あの子の家には残るかもしれないのだと、衣花は思う。一度思ったら、苦しくなって、口が利けなくなった。

「ありがとう、おばあちゃん」

そう返すのが精一杯で、衣花は静かに頷いた。「それと」と朱里の祖母が続ける。

「前にうちに来てくれた時、大矢村長のせいで嫌な思いをしたと思うけど、許したってね」

さらりと言われて、衣花は目を瞬く。朱里の祖母は薄く笑っていた。

「衣花ちゃんや朱里にはもうわからんかもしれんし、二度と、わからんでいてほしいけど、火山を背負った村の長を何年も務めるっていうのは、覚悟のいる、立派なことなんよ。島にここまで人が増えたのは、あの人のおかげや」

「はい」

その言葉を聞いて、朱里と話したことを思い出す。

いつだったか、フェリーでの帰り道、網元の家なら現村長に勝てる、と言われた。衣花はそれに、うちの親はやる気がないと返した。それはまったくその通りだ。けれど、源樹の親が企業人として行政にかかわらないという姿勢を貫いているのと比べて、衣花の父はそこでも事情が違う。

島には、確かに、大矢村長でなく網元の椎野家をこそ頼る人たちも多い。長く続いてきた封建的ですらある主従関係が脈々と続いているからだ。

村議や村長になってはどうかという声も、現実にないわけではない。けれどそれに、「行政とうちは違う」「村長なんかになったらおしまいや」と、相手を下に見た態度で返すのは、単に父の自尊心によるものだ。闘ってもないのに勝ち誇ったように相手を嗤《わら》う行為を、衣花は昔から実の親ではあっても卑怯者のすることだと考えていた。

やり方はともかくとして、大矢村長の下で島が一丸とならないのは、今の網元である、父のこの態度のせいもある。網子の漁師たちは皆、網元がバカにするから、それにならって村長や行政をバカにするのだ。だから、村長たちだって、網子がうちを慕うのにいい顔をしなくなる。

覚えておこう、と胸にしまう。

朱里の祖母に今言われた言葉を覚えておこう。島でこれからも、あの家の娘として暮らしていくなら。

「ありがとう」ともう一度、朱里の家に着くまでの間に、衣花はお礼を言った。

10

新が修正した『見上げてごらん』の脚本ができたのは、夏休みに入ってすぐだった。

「お前、勉強しろよ」と源樹が自分のことを棚に上げて言っていたが、夢中で作業に取り組んだという新は、眠そうな目をしながらも、顔に心地よい疲労感が感じられた。

「楽しかった」

というのを聞いて、呆れてしまう。環に褒められて、いい気になったのかもしれない。

「ただ、もし機会があれば別のも書いてみたいな。『見上げてごらん』は完全なシチュエーションコメディだけど、もっと不確定要素がない、最初から最後までお話としての要素が強い三人ものも、四人ものも、書いてみたい」

自分の家にみんなを集めてうっかりそう言ってしまった新の背後から「受験が終わってからだよ！」と、彼の母親の声が飛ぶ。新が、尻尾《しっぽ》を逆立てた猫のようにびっと姿勢を正し、「はい」と頷いた。

新が書き上げた二十人以上でもできる『見上げてごらん』は、セリフの数がとにかく多い。色分けされたセリフは、どの役がどれを言ってもいいように考えられ、大人数でも十分調整できるようになっていると、衣花たちにも読めた。

新の『見上げてごらん』では、木の実は落ちない。

皆、どうにかして取ろうと苦労するが、最後には諦めて、「この実が落ちて、また横に木が育つまで」と見守ることを選ぶ。赤い木の実が生《な》ったままの木の下で、みんなで宴会をする。フルーツポンチを作って、みんなで食べる。

脚本の添削を約束した環は、なんと冴島まで来てくれた。

「一度来たいと思ってたし、世間は夏休みだし」と言いながら、フェリー乗り場にピンク色のスーツケースをひっさげて現れた環は派手に目を惹いた。霧崎と違って、正真正銘、本物のクロコダイルレザーだ。

ヨシノから連絡があったせいで、環はおばちゃんたちにもだいぶ歓迎されていた。

「あんたのドラマ観たことある」、「あんた、ひょっとして、生で芸能人見たことあるんちゃう?」と、口々に言われる声に、「ありがとうございまーす」、「めちゃくちゃ見ますよ、芸能人」と軽やかに答えていく。

『さえじま』のおばちゃんたちに、公民館でお昼ご飯を一緒に食べさせてもらい、その後の島観光にも、衣花たち四人はつきあうことになった。

地元の人はあまり行かない神社が、実は観光客の間でパワースポットとして騒がれているると聞きつけた環を、山の中腹にあるその社に案内する。

砂浜と堤防のコンクリートが熱を照り返す猛暑の中、石段を登った先の鳥居をくぐると、急に涼しい場所に出た。

それが「パワー」かどうかはわからないが、強い日差しが森の木々を越すことで柔らかくなり、はっきりと違う場所に来たと感じられる。気持ちよかった。

「さすがだね」

上にきてすぐ、環が言った。

「何がですか」

「ヨシノちゃんの名前を出すと、みんなよくしてくれる。私みたいなよそ者でもね。あの子といると、今もそういうこと多いよ。ヨシノちゃんが築いた人間関係のお裾分けを、私は『あの子の友達なら』ってもらってる状態」

「昔、同じようなことを」

朱里が言う。

「言われたことがあります。別の友達にですけど。……でも、そんなことないと思う。きっと、島のおばちゃんたちは人なつっこいんです。テレビも好きだから、赤羽さんに会えて嬉しいんだと思う」

「それは光栄」

環が目を細め、眼下に広がる海を観て大きく伸びをした。

冴島に来る前、神戸で知り合いの舞台を観てきたという環は、明日にはまた別の仕事のために、今度は渡米するのだという。改めて、本当に忙しい人と知り合ったのだなぁと思う。

書き上げた新バージョンの『見上げてごらん』を、環は「及第点」と評した。それにほっとしたように頷いた新が「他のも書いてみていいですか」と、さっきの話をする。

「もっと違う少人数の脚本も、書いてみたいです」

「やりなよ。別に私に聞かなくていいから」

環があっさりと言って、苦笑する。

「ただ、あんまり没頭しすぎて学校の勉強も疎《おろそ》かにしないようにね。好きなことを続けるためには、好きじゃないこともたくさんやっといた方がいいよ。たとえ、それが無駄に思えるにしろ。いずれ、感謝する時もくるかもしれないから」

「それなんですけど。あの、環さんって、X大の出身ですよね。確か、文学部」

環が新を見た。新が「ごめんなさい、ネット見て知りました」と頭を下げる。

「そうだよ」

環が答えて、新以外の残りの三人が息を呑む。Ｘ大は東京にある私立の名門大学だ。偏差値の高さと入試の難しさを、受験をしない衣花ですら知っている。

「どうしてそこだったんですか。僕、勉強はしてるけど、まだ、やりたいこととか、希望の学部が全然決まらなくて」

新の目が真剣だった。

「Ｘ大は学生の演劇活動も、ものすごく盛んですよね。だから赤羽さんもそうだったのかなって……。学部じゃなくて、サークル活動がしたいから大学に行こうなんて、間違った考えかもしれないけど、念のため、聞いてみたくて」

「ああ」

環が合点がいった、というように頷く。

「別にいいと思うよ。どんな理由でどんな大学や学部に行ったたって。それに、実際に受験する時に将来がもう見えてる子なんてほとんどいないと思うし。どうなの、君の友達は」

環が他意などなさそうに、衣花たち全員を見た。気まずくなるのが嫌で、衣花が先に「私は島に残るので」と答える。できるだけあっさりと聞こえるように、その後で訊いた。

「源樹と、朱里は？　東京かどっか行くの」

「東京かわかんないけど、俺、デザイン工学。家電とか、もののデザイン考える学部」

源樹がさらりと言って、衣花たちは驚く。初耳だ。

「理系？」と尋ねる衣花に「まあね」と答える。

「でも、どうして？　あんた、ホテル青屋とか、あの辺りのリゾート継ぐんだと思ってた。経営学部とか、そんなんじゃないの？」

「あ？　うちの親父、そんな気あんまないよ。二世が継いだ途端にダメになった会社たくさん見てるから、お前には何も期待しないって前に言われた。仕事のことがわかった後継者を社員の中に育ててるから、お前はきちんとどっかに就職しろって言われた」

「でも、だからってなんでデザイン工学？」

その時、正面に立つ朱里が静かに源樹を見ていることに気がついた。源樹も、気づいて朱里を見る。

朱里が遠慮がちに、口にする。

「――お母さんと、同じ道にいくんだね」

源樹が視線を逃すように目を伏せる。「直接はあんま関係ないけど」と答えた。

「お前は？　朱里」

「私、看護学部」

朱里が照れたように言う。こちらも初耳だった。

「春に――、未菜ちゃんが体調崩した辺りから、考えるようになって。看護師さん、私には無理かもしれないけど、少なくとも、医療の知識があったらいいなって思うようになったの。家からできるだけ近い関西方面の大学を、順に受けるつもり。本当は、医者って言えたらかっこいいんだけど、私じゃ医学部、無理みたいだから」

あんな恰好してるけど、モトちゃんって本当にすごいんだと思った。

朱里がついでのように続ける。

わかっていたことだ。朱里が島の外に行くことも。大学に行くことも。

寂しさは不思議とそこまで湧いてこなかった。応援したい、と強く思う。自分のやりたいことがこんなふうに見え始めた親友を、応援したいと、衣花は思った。

それぞれの事情についてすべて知っているわけではないから、わからないところも多かったろうに、話を聞き終えた環は満足そうだった。

新に向け、「君もいいと思うよ」と告げる。

「演劇がやりたい、は、いい理由だよ。――実際は、学生演劇なんてピンキリで、自家中毒の吹きだまりみたいなことも多いから、私は嫌な思い出しかないけど。その時の奴らの悪口で、今も最低三日は徹夜で呑めるし」

あ、これ実話だから、と続けて、だけどその後で、新に向けて笑いかける。

「だけどそれが、自分に協調性がなかったからだってことも、今になればよくわかる。君は私以上に向いてるよ。協調性があって、きっとどんなとこでだってうまくやっていける。試験、難しいかもしれないけど、頑張ってね」

「はい！」

新が気持ちいいほどの声で頷き、それに源樹が「だけどお前さぁ」と水を差す。

「簡単にそんなこと言って、X大だぞ？　どの学部にしろ、めちゃ偏差値高いのにそんな余裕なことでいいのかよ」

「え、でも文学部ならA判定もらったことあるけど……」

新が言って、全員、その場にいた環まで含めて、「え」と声が出る。新が驚いたように「え？　何？」とみんなを見つめ返す。

「新、A判定なの？　X大が？　本当に？」

「マジかよ。模試の時本当にAなんて評価もらってるヤツいんのかよ」

源樹が髪を掻き毟《むし》る。環が「まあまあ」と宥めた。

「私は、模試では最後までC判定だったけど、当日の点数で入れたし、入試なんて一発勝負の運みたいなもんだよ。望み捨てなくて大丈夫だって」

「Eならもう無理？」

源樹が言って、今度は新が「え、源樹E判定なの？」と声を上げる。源樹が睨んだ。

「悪いかよ。だから今から巻き返して勉強しなきゃなんねーんだよ。うるっせぇな」

しゅわしゅわ鳴く蟬の声が、頭上で高くなる。

おかしくなって、衣花も、朱里と一緒に笑った。


神社を降りて、夕方の堤防を湾に沿ってみんなで歩いた。環はホテル青屋に泊まるという。ホテルの部屋でも、明日までに送らなきゃいけない原稿を書くと聞いて仰天する。

島を出るのは、明日の朝。

見送りにいくと、衣花たちは約束した。

ホテルに戻る途中に通った道で、保育園帰りの蕗子と未菜に会った。蕗子と環は、昼間、『さえじま』の会食で顔を合わせてはいたが、環はおばちゃんたちに囲まれていたし、ゆっくり話せた様子はなかった。

未菜を自転車の後ろに乗せた蕗子が、「あ」と環の顔に視線を留める。環も、気づいた。

環が蕗子とメダルのことに気づいたか、それともヨシノからもともと聞いていたかはわからなかった。けれど、ごく自然に目を合わせて、環から「こんにちは」と挨拶する。

「昼間はご馳走様でした」

「いいえ」

蕗子が首を振りながら、自転車を引いて近づいてくる。そして尋ねた。

「赤羽さんは、ヨシノちゃんと一緒に、今、お仕事をされてるんですよね。ヨシノちゃんの行った村で」

「はい」

環が頷いた。その時に、蕗子の目の中に、小さな決意のようなものが見えた。自転車を停め、畏まったように居住まいを正し、環に向けて頭を下げる。

横で見ている衣花たちがみんなびっくりするくらい、丁寧な頭の下げ方だった。

「ヨシノちゃんを、どうかよろしくお願いします」

環が小さく息を吸い込んで、そのまま止めた。真剣な声で、蕗子が続ける。

「あの子は、私の大事な友達なんです。よろしくお願いします」

「――顔を上げてください」

環が言い、蕗子が頭を上げる。自分たちには乱暴な言葉遣いをする環も、蕗子のような大人には、改まった態度になる。蕗子の真剣さが伝わったのだろう。環が真面目な顔で言った。

「わかりました。けれど、そんなことを言われるなんてとんでもないほど、お世話になっているのは私たちの方です。ヨシノさんが今住んで手伝ってくれているのは、私の大事な人の故郷です」

蕗子の瞳が、大きく揺れた。衣花や朱里の頭の中で、声が弾ける。

——そこは、あなたの故郷じゃないのに。

蕗子が言ったという言葉を、あたかも今受け止めるようにして、環がしっかり頭を下げる。「ありがとうございます」と。そして繰り返した。

「私たちに、大事なヨシノさんを任せてくれて、本当に、ありがとうございます」

11

環が去ったのは、珍しく、夏なのにうっすらと霧がかかったようになった朝だった。

ヨシノの時と違って長いつきあいではないし、見送りの人の姿も少ない。「じゃあね」と立ち去る環も、別れをそう惜しむ気配もなく、淡々とスーツケースを中に運んだ。

「脚本、確かに預かったから」と言い残して、船の中に消えていく。

フェリーが汽笛を鳴らして遠ざかるのを、「公園から、見えなくなるまで見よう」と言い出したのが誰だったか、わからない。勉強したくなかったからか、ただなんとなくまだ一緒にいたい気持ちになったからか、衣花たちは、四人で、高台の公園に向けて歩いた。自転車だった源樹も、自転車を引いて、同じ速度で坂を上がった。

その時に、どうして気持ちが破裂してしまったのか、衣花にはわからない。

歩く途中で、見つめる自分の足元がどんどんぶれて、滲んで、まだ公園まで着かないうちに、衣花は蹲《うずくま》った。

馴れていた、はずだったのに。

ヨシノの時でも、平気だったのに。

これまで何度も、島に残りながら、「行ってらっしゃい」を言い、「行ってきます」の声を聞いた。何故それが今でなくてはならないのか、わからない。

だけど、蹲ったまま顔を隠し、衣花は——、泣き出した。

頭上に高く、太陽が出ていた。海辺をおおった薄い靄も、山の坂道にはもう見る影もない。自分を隠すものが何もない空の下、衣花の声は、止まらなかった。

朱里が、衣花、衣花、と名前を呼んで自分の肩を揺すっている。源樹が、マジで、という口の形をしたまま、表情を強張らせてこっちを見ているのが、膝に置いた手の間から見える。新が困っている。困っているのが伝わる。

どうにかしなきゃと思うのに、止められなかった。

蟬の声が聞こえなくなる。

その時だった。

「衣花！」

何も伝えていないのに、朱里のあたたかい手が伸びて、衣花の身体をぎゅっと抱きしめた。声に目を開けると、朱里の顔が——泣いていた。

それを見たら、窒息《ちっそく》しそうになる。苦しくなる。初めて、衣花は言った。本人に、言った。

「朱里、行かないで」

どうしてそんなことを自分が言ってしまうかわからない。言いながら、だけど、朱里が行ってしまうことはもう知っていた。応援するのだと決めたばかりだ。

引き留められないことは、誰より一番、衣花が知っていた。

朱里が目を見開いた。困らせてしまうと思うのに、泣き声が止まらなかった。

朱里が昔、衣花が島に残る、網元の家の決まりごとを知ったばかりの頃、「寂しくないのかな」と自分のお母さんに聞いていたことを、衣花は知っている。「私は寂しいけど、衣花は、寂しくないのかな」と気にしていたことを。それに、朱里のお母さんは「寂しいに決まってるよ」と答えた。

今胸の中にあるものを吐き出さなければ窒息してしまうのだと思ったら、絶対に言いたくなかったのに、声が出てしまう。泣いてしまう。

――朱里の祖母に、自分が一言頼めば祖父が折れると言われた、あれは間違いだ。衣花はそんなことを望んでいない。島の外に行きたいなんて、思ってはいない。

みんな衣花にそれを言うけど、衣花は一度だって外を望んだことはない。網元の家に生まれ、どんな時だって、この島と生きてきた家のことが好きだ。困ったところがある父だけど、母や、祖父と一緒に暮らしたい。

衣花の望みは、ここにいることだ。朱里や、源樹や、新と、ここで暮らすことだ。祖父にどれだけ望んだって、それは叶わない。彼らはみんな、ここから出て行く。

自分が女であることが、悔しかった。朱里の祖母の言う通りだ。別れて後悔を遺すのは、男よりずっと、女の方が多い。肉親でもない薄い繋がりを保つためにあるこの島の「兄弟」の契りは、男同士が結ぶものだ。

それを聞いて、昔から、ずっと思ってきた。

本土と島で離れても、朱里が自分の「兄弟」だったらいいのに。朱里が外に出て行っても、そこで誰かと結婚しても、もうここに戻ってくることが、たとえ、なくても。

それでも途切れないものが、自分たちに残ればいいのに。

衣花はずっと、朱里の「兄弟」になりたかった。


ぎゅうっと自分を抱きしめる手の存在を、その時に感じた。

無言で、何度も何度も、朱里が衣花の肩をくるみ、抱きしめている。「行かない」と、声がした。

驚いて、驚きすぎて、涙でどろどろの顔のまま、息を呑む。今のは自分の錯覚だろうかと思いかけたところで、朱里がもう一度、言った。

「衣花が嫌なら、行かないよ」

奥歯を嚙んで、朱里の腕をぎゅっと握る。

こらえる、ように。

そうしないと、また泣いて、その言葉に甘えてしまいそうになる。その誘惑に抗うには、ものすごく強い、意志の力が必要だった。「ごめん」と呟き、朱里の胸を押し返す。

そして、涙まみれの顔を拭って、赤い目をした、朱里を見た。

「ごめん。もう、言わない」

立ち上がると、朱里がまだ、衣花を見ていた。心配そうに自分を気遣うその目を見て、認める気持ちに初めてなった。朱里と同じく心配そうにこっちを見る源樹と新に向け、衣花は同じように「ごめん」と謝った。

「ごめん、ずっと言わなかったら爆発しちゃった。私――、来年が来るのがものすごく寂しいです」

平気そうな声で言ったつもりだったのに、最後の言葉が、掠れて、つぶれた。

泣いた跡の残る頬に、夏の日が容赦《ようしゃ》なく注ぐ。

呼吸を整え、朱里に何度も「ごめんね」と謝りながら、固まり、軽く痺れた足を奮い立たせて丘を登る。

公園に着くと、気を遣ったのか、普段から金がないと言っている源樹がジュースを買ってくれた。

「だいたい、変な決まりだよな。網元の家だって、一度外に出てから戻るっていう選択肢だってありにすりゃいいのに」

励ますつもりなのか、源樹が言って、衣花は「うん」と頷いた。泣きすぎたせいで、頭がまだぼーっとする。

「別に、みんなみたいに外に行きたいわけじゃないんだ」

きちんと伝わるかどうか、わからなくて、衣花は言葉を選びながら続ける。

「たまに――、不安になる時はあるけどね。私、これからもずっと島の中だけで人間関係を終わらせるつもりなのかなって。知ってる人が全部いなくなった後の島で、私、どっかの家とお見合いでもさせられるのかなって、絶望、したい時はある」

精一杯軽い声で、冗談めかして言わないととても口にできない。それくらいの不安は、衣花の胸にも常にある。

「それか、Iターンで来る人の中から結婚相手、見つけるか。でも、よそ者だって言って、うちのお父さんうるさそうだけど。私の知ってる人は、みんな島を出て行っちゃうし」

「あ、それなら、俺、帰ってくる予定あるけど」

その時。

ひょうひょうと新が言って、源樹と朱里が「え」と目を見開くのがわかった。新が続ける。

「脚本家になりたいって思うようになったの、島のIターンの人たちみたいに、インフラさえ整ってれば島の中で仕事できるなって思ったからなんだ。大学に、まずは行って勉強して、それからどうなるかわからないけど、うちは、俺以外女兄弟だし、いつか、島に戻った方がいいんだろうなって考えてたから」

「……それはいいけど、新、お前、今がどういう話題かわかってる？」

源樹が言って、朱里が頷く。

「新、衣花のこと好きだったの？」

「え」

「結婚、したいの？」

新が、「え」に濁点《だくてん》がついたような声で言って、それから「あああー」と声を上げ、「違う、違うって！」と大きく手を振り動かす。

「そういう意味じゃなくて。だいたい、そんなの衣花に怒られ――」

と、新が声に出して、自分の方を見る――気配がする。新が黙ったのを見て、源樹と、それに朱里も衣花を見た。二人が驚いているのが伝わる。

衣花は俯いたまま、顔が上げられなかった。

嬉しかった。これが、恋なのか、そうでないのかはわからない。だけど、顔が、耳まで熱くなって、上げられなかった。

新が、息を吸い込む気配があった。源樹も朱里も、もうからかわない。新が衣花に、一歩近づき、そして、言った。

「衣花。——だから、待っててよ」

うん、というか細い声が喉から出るまで、時間がかかる。

誰も何も言わず、自分のその声を、待っていてくれた。


朱里と「兄弟」になりたかったことを伝えると、源樹がいともたやすく「なれば？『兄弟』」と言った。

Iターンの息子は簡単に言うなぁと思ったが、新も「ああ、それすごくいいよ」とあっけなく言う。島の「兄弟」は、血縁ではないけれど、公的なものだ。昔は血判を押して、杯だって交わし合った。

「そんな簡単なものじゃないんだってば」と否定するが、朱里が「じゃ、卒業までに決めよう」と言う。

「今ここで、源樹たちを証人にして、ジュースで乾杯してもいいけど、それじゃ、衣花的にダメなんでしょ？　きちんと家の人まで巻き込んで、公的なものとして認めてもらわないと。なんだか、本当に結婚みたいだけど」

「——それに、これもまた結婚みたいで自分で言ってて嫌になるけど、うちの父は許さないよ。女で『兄弟』なんて」

「やりがいある方が俺は燃えるけど」

源樹が言う声に「あんたはいいよ」と、軽く嚙みついておく。

「男はいつでも正式に『兄弟』になれるもんね。初めてのことをやるのは大変なんだから」

「だったら、前例を作る意味でもちょうどいいよ」

新の声が、明るく笑う。

「卒業までにできるように、ちゃんと、支度しよう」

ちょっと、あんたたち、受験勉強はいいの。

思うけど、やはり嬉しくて、声にならなかった。

丘を見下ろすと、当然のように環を乗せたフェリーの姿はもうなく、海を渡る風が、汐の匂いを運ぶだけだ。

美しい島だ、と思う。

湾に沿って三日月形になった堤防が、波が寄せたせいで黒くなり、強い日差しにあっという間に乾いて、白くなる。衣花たち四人が昔作った標語、『海はぼくらと』の文字は、ここからでは読み取れない。

息を吸って、衣花はそっと胸に誓う。

私はここで、生きていく。

❖　❖　❖

春の濃霧が晴れた日の昼に、フェリーが動くという知らせが入った。

朝に帰ってくる予定だった朱里が、半日遅れで島に着くと聞き、衣花は勤め先の部屋を出る。

「阿部《あべ》くん、ちょっと自転車貸して」

「え、嫌ッスよ。俺の、高いんスから」

これだから最近の子は……とは言いたくないけれど、ふらっと自分探しにやってきて島でバイトする若いIターンの中には、言葉遣いも悪ければ、融通《ゆうずう》も利かない子も多い。まだ二十代の自分に言われたくないだろうけど、衣花には気になる。

——昔は、フキちゃんみたいな礼儀正しい人がちゃんと臨時職員で来てたのに。

「じゃあいい」と呟いて、別のバイトの子に「貸して」と頼む。無口だけど礼儀正しい平牧《ひらまき》くんは、黙って鍵を貸してくれた。

「西の駐輪場の、一番、ボロいのが僕のです」

「ありがと」

礼を言って上着を羽織り、「昼休みが終わるまでには帰るから」と告げる。

フェリー乗り場までの湾に沿う堤防を自転車で駆ける時、小学校の傍らにある海が、視界の端で光を弾く。

堤防には、歴代の小学校卒業生たちが描いた絵が、長々と続いている。ドラえもん、ピカチュウ、ハローキティ。卒業年と、それぞれの考えた標語が入る。衣花たちの代が書いた標語『海はぼくらと』からだいぶ時を経て、去年、未菜の学年が書いた標語は、『島はぼくらと』。

辿り着いたフェリー乗り場は、本土のものと違って、常に濡れている。

本土の高校からの帰り、毎日のように目にした、真夏のプールサイドのようなあの銀色の雰囲気はないが、海や魚、汐の匂いがむっと立ちこめたこちらの乗り場の方が、衣花にはやはり馴染み深い。

島の海岸線は、どこも全部、乾く間もなく水の気配でいっぱいだ。本土の海は、陸と海が明確に線が引かれたように分かれているけど、島の海は、堤防やコンクリートを、境目とも思わずにやすやすと乗り越えてくる。

黒く塗られた堤防も、だけど、それでちょうどいいのだと、思える。

冴島から見る海はキラキラと輝き、いつだって眩しく、目が痛いほどだ。せめて堤防が濡れて黒くないとバランスが取れない。

乗り場に迎えは、衣花一人だった。

きっとみんな、今の時間は仕事している。

やってくる朱里を待つ間、さっき、自転車を貸すのをあれだけ渋っていた阿部くんが、エメラルドグリーンのおしゃれ自転車に跨がって、すぐ横にすいーっと現れて仰天する。

「何やってんの？」

「いや、こっちの方まで昼飯買いに来たんで、ついでだから寄ってみたんス。スカートのまま自転車に乗るの、よくないッスよ」

「……ほっといて」

ため息を一つ洩らしたところで、春の、ゆるい白波を浮かべた海の上に、フェリーの姿が見えてきた。

だんだんと、その影が大きく、なってくる。

目で見て確認できるところまで近づいた船のデッキに、朱里の姿が見えた。力一杯手を振って、こっちに向けて、笑いかけている。口元に手をあてて、何か、言っているように見えるけど、まだ声までは聞こえない。

負けじと、衣花も手を振る。

「村長」

阿部くんに呼ばれた。

振り返る。

「何」

「あの人が、柿の木のとこの病院に来る、看護婦さんですか」

カワイイッスね、と彼が続ける。「そうだよ」と衣花は答えた。看護師と、かわいいと、両方の意味で。

「私の『兄弟』なの」

「村長と同じで若いッスね。つか、村長が若すぎなんスけども」

おかげさまで、と心の中で答える。

二十五歳で被選挙権をもらってすぐ、きちんと筋を通すため、必要なところに挨拶に出向いた。その一年後、衣花が出馬の意向を伝えた時、大矢村長は、もう嫌な顔はしなかった。引き継ぎでも、できるだけ多くのことを教えてくれた。

火山を持つ村の首長を務めることが、どういうことかも。

フェリーの上で声を張り上げる朱里が、何と言っているのか、聞こえてくる。衣花に届くまで、何度も何度も、叫んでいる。

「何て言ってるんスかね」

阿部くんが言う。

けれど、衣花の胸に、その声はちゃんと届いた。

島に残ると決めた日から、衣花は自分はきっと一生ここで、人に「行ってらっしゃい」と言い、「行ってきます」と言われて暮らすのだと思っていた。

だけど、それだけじゃない。

私はきっと、これを言う人になりたかった。

「おかえりなさい」と、力を込めて言う。

「おかえりなさい、朱里！」

「ただいまあ」

朱里の声が、海と空に弾けるように流れて、そして、島に吸い込まれていく。手を振る朱里の後ろに、広い広い、海が広がる。

冴島の日々は、続いていく。

この話を執筆するにあたり、友人の西上ありささんにお話を聞かせていただきました。彼女と出会ったおかげでコミュニティデザイナーという職業を知り、そもそも西上さんとの出会いがなければ、この小説は存在しなかったと思っております。

この場を借りてお礼を申し上げます。ありがとうございました。

解説

瀧井朝世（ライター）

これは、とっても辻村深月だ。でも、今までの辻村深月じゃない。

著者の愛読者なら本作を読んで、そんな矛盾した感覚を抱くのではないか。ただ、おそらく感想として一致するのは、本作は間違いなく彼女の代表作のひとつである、ということ。

二〇一三年、直木賞受賞後の第一作として単行本が刊行された書き下ろし小説『島はぼくらと』は、これまでの著者の小説にはなかったくらい、透明感ある光に満ち溢れた作品だ。舞台は瀬戸内海に浮かぶ人口三千人ほどの小さな島、冴島《さえじま》。村には中学校までしかないため、高校二年生の朱里《あかり》たちはフェリーで本土の学校に通っている。同学年の幼馴染《おさななじ》みは網元の一人娘でどこか醒《さ》めている衣花《きぬか》、父のロハス計画で二歳の時に東京からやってきた源樹《げんき》、島で保育園を営む母親を持ち、演劇の脚本に興味を持つ新《あらた》。島の子どもたちはだいたい、大学進学をきっかけに島を出ていく。だから彼らにとって、家族や仲間と一緒に過ごせる期間はあとわずかだ。そんな季節のなかで体験する、島にやって来る人々との交流、いくつかのトラブル、小さな冒険、そして謎……。

これまでも、著者はメフィスト賞を受賞したデビュー作『冷たい校舎の時は止まる』をはじめ数々の青春ミステリを生み出してきた。また、山梨県で生まれ育ち大学進学とともに故郷を離れた著者にとって、地方都市というテーマも非常に重要で、地元の同窓会での人間模様を描く『太陽の坐《すわ》る場所』、母娘問題や女同士の格差問題に切り込む『ゼロ、ハチ、ゼロ、ナナ。』、村社会のしがらみを浮き彫りにする『水底《みなそこ》フェスタ』、直木賞受賞作である短篇集『鍵のない夢を見る』といった作品を発表している。

ただ、これらの作品と『島はぼくらと』が決定的に異なるのが、後者が地方都市の暮らしを肯定的に描いていること、そして主要人物の高校生四人が、それぞれ悩みを抱えているものの屈託なくのびやかであることだ。

地方の描き方の変化についての大きなきっかけは、本作を執筆する三年前にさかのぼるそうだ。インタビューでうかがったところ、瀬戸内国際芸術祭で島めぐりをする機会があったという。海のない県で育った著者にとって「空や海の青さ、太陽の光や風の強さが強烈」だったようで、「自分の育った、山に囲まれ海のない田舎とはまったく違う田舎を実感して、この場所だったら地方というものを肯定的にとらえられるような気がしたんです」と語っている。また、二〇一二年に地方都市の人々が登場する短篇集『鍵のない夢を見る』で直木賞を受賞したことも大きかったのだろう。選考委員の講評で「地方都市の女性がよく描かれている」と言われ、「そこはあまり意識していなかった」と意外そうな様子だったが、その時、小説内で田舎町での生きづらさと「闘ってきた」ことが、報《むく》われたと感じたそうだ。その解放感が、この作品に繋《つな》がったともいえるのではないか。

地方都市の描き方については、今までは閉塞的な面が強調されていたが、この冴島は外に向けて開かれているのが特徴的だ。村の生き残りのためにIターンやUターン組を積極的に受け入れ、さらにシングルマザーに優しいコミュニティづくりに励《はげ》んでいるのだ。本作の執筆にあたって実際に取材も行ったそうで、地域産業の興し方やその内容、母子手帳の取り組みやテレビ取材でおきる揉《も》め事の話などは非常に現実味がある。島の人々の親密さ、子どもたちの進路の問題や医者の不在、さらには兄弟の契《ちぎ》りの風習、網元と地域の人々の関係性、そして過去の災害など、その土地ならではの様相が多角的に描かれ、この架空の島を立体的に見せてくれている。そしてそこに、ミステリ作家である著者だけに、幻の脚本やIターンの青年、本木が島に来るきっかけとなった手紙など、さまざまな謎もちりばめられて、その興味でも読み手を惹《ひ》きつける。このあたりのストーリーテリングはもうお手のものだろう。

主人公たちに関しては、最初はコミュニティデザイナーのヨシノやIターンでやってきたシングルマザーの蕗子《ふきこ》の物語を構想していたという。だが、彼女たちが困難にぶつかって乗り越えようとする話では、これまでと同じ「闘う」話になってしまう。その時湧《わ》いてきたのは、デビュー作の学園ミステリからずっと読んできてくれた人たちのためにも、また高校生たちの話を書こう、という思い。そうして、視点人物の四人の少年少女が誕生した。

彼らがとても仲よく、淡い恋心も感じさせてなんとも微笑《ほほえ》ましい。祖母と母と女三人で暮らし、その母が地域活性化のための新しい産業に取り組んでいる朱里、網元として住民から一目置かれ、旧来の家族観を持つ家で育った衣花、幼い頃に島に転居してきた後で母が出ていき、今はリゾートホテル経営者の父と二人で暮らす源樹、そして両親と妹と暮らす新。幼馴染みとはいえ異なる家庭環境のなかで、それぞれが仲間や島にどんなことを感じ、将来をどんなふうに考えているのかが少しずつ見えてくる。また、世間ずれしていない彼らの真《ま》っ直《す》ぐな目を通すことで、大人たちの世界の複雑さも、ある程度客観性を持って読者に提示してくれている。

ここで、小ネタだが重要なことをふたつほど。

まず、タイトルについて。小学校卒業時に朱里たち四人が書いた標語「海はぼくらと」（最後に「島はぼくらと」という言葉自体も登場する）から採《と》られているのはすぐ分かるが、では「海はぼくらと」とは何かというと、『ドラえもん』の映画『のび太の海底鬼岩城』のエンディングテーマの題名なんだそうだ（作詞は武田鉄矢氏）。辻村さんといえば大のドラえもんファンで有名だが、こんなところにもさりげなくドラえもん愛が込められていたのかとニヤリ。

もうひとつは、後半に登場する脚本家の女性、赤羽環《あかばねたまき》について。辻村作品にはよく、作品の主要人物がまったく別の小説に顔を出すことがある。赤羽環は初期作品『スロウハイツの神様』の登場人物である。もちろんそれを読んでいなくても本作を楽しめるのは間違いない。ただ、読んでいれば、三九九ページの台詞《せりふ》「私の大事な人の故郷です」という言葉に「うわわわわわ」と身悶《みもだ》えし、喜ぶことになる。

これまでとは違い、地方を肯定的に書く。そんな思いで筆がとられた本書ではあるが、心から感心するのは単なる田舎暮らし礼賛、故郷万歳の話にはなっていない点だ。まあ、辻村深月がそんな安直な作品を書くはずがない。ここに描かれるのは、ロハスが満喫できる田舎暮らしではなく、生き残りをかけてさまざまな取り組みをしている現代の地方都市の生々しい姿であり、それが内包する問題点や人間関係の難しさである。また、一人でこの島にやってきた蕗子が、自身の故郷でどんな思いをしたかについて明かされる部分では、地縁血縁の残酷さも浮かび上がる。しかも少年少女たちも、もうすぐ島を出ていってしまうという予感に満ちている。つまり本書は田舎が一番！　という内容ではなく、故郷とは何かについて、深く考えさせる内容となっているのである。自分には故郷があるのか、あるとしたらその土地と自分はどんな関係か、そして自分はこれから、どの土地でどんなふうに生きていきたいのかを、どんな読み手にも問いかけてくる作品なのだ。朱里たち四人が将来について語る場面で、読み手は改めて気づかされる。島を出ていくからといって故郷を捨てるわけではないし、同時に故郷に留《とど》まるからといって自由を奪われているわけでもない。みんなそれぞれの価値観を持って生きていけばいいのだ、と。

ふと胸を打つのは、新の父親の「行ってきます」「行ってらっしゃい」を気持ちよく言う、という家訓。父いわく「別れる時は絶対に笑顔でいろ。後悔することがあるかもしれんから」。たしかに大切な人と喧嘩《けんか》別れした後、ずっと会えなくなったら悔やんでも悔やみきれない。島の母親が母子手帳に思いを存分に書き込んで子どもが島を出る時に渡す、という習慣からも感じられる通り、新の父親だけでなく、冴島の住民はみな、人と人はいつか離れてしまうものだと知っている。だからこそ、一緒にいる時間を慈《いつく》しまなければいけないと分かっている。物事は移り変わるということを、わきまえているのだ。

読者だってそのことを感じるはずだ。旧来の村社会から抜け出そうとしている島、もうすぐ少年少女期を終える主人公たちの姿を追っていくにつれ、すべてのことはいつまでも同じではないし、人間同士もいつまでも一緒ではない、と強く伝わってくる。あらゆるものは移ろい、変化していく。そのことが悲観的に描かれるわけではない。大好きな土地、大切な人たちと離れてしまうのはもちろん寂《さみ》しい。でも、互いに変わっていくからこそ、そこからさらに同じ相手と新しい関係を築いていけるのだ。変化というものは、未来への架《か》け橋《はし》になりうるものである。そう、本作が圧倒的な肯定感を携えているのは、これが未来を創る話になっているからだ。

著者自身も、自分の変化を恐れていないようだ。本書の刊行後、二〇一四年には作家生活十周年を迎え、強烈にブラックな結末が待つ『盲目的な恋と友情』、アニメ業界を舞台にした『ハケンアニメ！』、家族をテーマにした短篇集『家族シアター』の三作を発表、その翌年には特別養子縁組の問題に切り込む『朝が来る』など、まったくテイストの異なる話題作を次々発表している。それは上昇気流に乗ってどんどん高みに昇っていくような、今後をますます期待させる変化である。

本書は二〇一三年四月に小社より刊行されました。

|著者| 辻村深月　1980年2月29日生まれ。山梨県出身。千葉大学教育学部卒業。2004年に『冷たい校舎の時は止まる』で第31回メフィスト賞を受賞しデビュー。『ツナグ』で第32回吉川英治文学新人賞、『鍵のない夢を見る』で第147回直木三十五賞を受賞。2018年には、『かがみの孤城』が第15回本屋大賞で第1位に選ばれた。その他の著作に、『ぼくのメジャースプーン』『スロウハイツの神様』『ハケンアニメ！』『朝が来る』『傲慢と善良』『琥珀の夏』などがある。

島《しま》はぼくらと

辻村深月《つじむらみづき》

2016年7月15日第1刷発行
2024年4月5日第18刷発行

講談社文庫

定価はカバーに表示してあります

発行者――森田浩章
発行所――株式会社　講談社
東京都文京区音羽2-12-21　〒112-8001
電話　出版（03）5395-3510
　　　販売（03）5395-5817
　　　業務（03）5395-3615

KODANSHA

デザイン―菊地信義
本文データ制作―講談社デジタル製作
印刷―――株式会社KPSプロダクツ
製本―――株式会社国宝社

Printed in Japan

ISBN978-4-06-293451-0

講談社文庫刊行の辞

二十一世紀の到来を目睫に望みながら、われわれはいま、人類史上かつて例を見ない巨大な転換期をむかえようとしている。

世界も、日本も、激動の予兆に対する期待とおののきを内に蔵して、未知の時代に歩み入ろうとしている。このときにあたり、創業の人野間清治の「ナショナル・エデュケイター」への志を現代に甦らせようと意図して、われわれはここに古今の文芸作品はいうまでもなく、ひろく人文・社会・自然の諸科学から東西の名著を網羅する、新しい綜合文庫の発刊を決意した。

激動の転換期はまた断絶の時代である。われわれは戦後二十五年間の出版文化のありかたへの深い反省をこめて、この断絶の時代にあえて人間的な持続を求めようとする。いたずらに浮薄な商業主義のあだ花を追い求めることなく、長期にわたって良書に生命をあたえようとつとめるところにしか、今後の出版文化の真の繁栄はあり得ないと信じるからである。

同時にわれわれはこの綜合文庫の刊行を通じて、人文・社会・自然の諸科学が、結局人間の学にほかならないことを立証しようと願っている。かつて知識とは、「汝自身を知る」ことにつきていた。現代社会の瑣末な情報の氾濫のなかから、力強い知識の源泉を掘り起し、技術文明のただなかに、生きた人間の姿を復活させること。それこそわれわれの切なる希求である。

われわれは権威に盲従せず、俗流に媚びることなく、渾然一体となって日本の「草の根」をかたちづくる若く新しい世代の人々に、心をこめてこの新しい綜合文庫をおくり届けたい。それは知識の泉であるとともに感受性のふるさとであり、もっとも有機的に組織され、社会に開かれた万人のための大学をめざしている。大方の支援と協力を衷心より切望してやまない。

一九七一年七月

野間省一

中島らも 僕にはわからない
中島らも 今夜、すべてのバーで〈新装版〉
鳴海 章 フェイスブレイカー
鳴海 章 謀略航路
鳴海 章 全能兵器AiCO《アイコ》
中嶋博行 新装版 検察捜査
中村天風 運命を拓く〈天風瞑想録〉
中村天風 叡智のひびき〈天風哲人 箴言註釈《しんげんちゅうしゃく》〉
中村天風 真理のひびき〈天風哲人 新箴言註釈《しんげんちゅうしゃく》〉
中山康樹 ジョン・レノンから始まるロック名盤
梨屋アリエ でりばりぃAge
梨屋アリエ ピアニッシシモ
中島京子 妻が椎茸だったころ
中島京子ほか 黒い結婚 白い結婚
奈須きのこ 空の境界(上)(中)(下)
中村彰彦 乱世の名将 治世の名臣
長野まゆみ 簞笥のなか
長野まゆみ レモンタルト
長野まゆみ チマチマ記

長野まゆみ 冥途あり
長野まゆみ 45°〈ここだけの話〉
長嶋 有 夕子ちゃんの近道
長嶋 有 佐渡の三人
長嶋 有 もう生まれたくない
永嶋恵美 擬態
永井 均 内田かずひろ 絵 子どものための哲学対話
なかにし礼 戦場のニーナ
なかにし礼 生きる力〈心でがんに克《か》つ〉
なかにし礼 夜の歌(上)(下)
中村文則 最後の命
中村文則 悪と仮面のルール
中田整一 編/解説 真珠湾攻撃総隊長の回想〈淵田美津雄自叙伝〉
中田整一 四月七日の桜〈戦艦「大和」と伊藤整一の最期〉
中村江里子 女四世代、ひとつ屋根の下
中野美代子 カスティリオーネの庭
中野孝次 すらすら読める方丈記
中野孝次 すらすら読める徒然草
中山七里 贖罪の奏鳴曲《ソナタ》

中山七里 追憶の夜想曲《ノクターン》
中山七里 恩讐の鎮魂曲《レクイエム》
中山七里 悪徳の輪舞曲《ロンド》
中山七里 復讐の協奏曲《コンチェルト》
長島有里枝 背中の記憶
長浦 京 赤《セキ》刃《ジン》
長浦 京 リボルバー・リリー
長浦 京 マーダーズ
中脇初枝 世界の果てのこどもたち
中脇初枝 神の島のこどもたち
中村ふみ 天空の翼 地上の星
中村ふみ 砂の城 風の姫
中村ふみ 月の都 海の果て
中村ふみ 雪の王 光の剣
中村ふみ 永遠《とわ》の旅人 天地の理《ことわり》
中村ふみ 大地の宝玉 黒翼《こくよく》の夢
中村ふみ 異邦の使者 南天の神々
夏原エヰジ Cocoon〈修羅の目覚め〉
夏原エヰジ Cocoon2〈蠱惑の焰〉

2023年12月15日現在